# 뜻밖의 生

# 뭇 밖의 生

김주영
장편소설

문학동네

차례

뜻밖의 生 007

작가의 말 309

그녀의 출현이 몽환적이었던 까닭은 안개 때문이었다.

안개를 볼 수 없었던 초저녁 무렵에는 하늘을 가득 채운 별빛들이 바다 위로 쏟아져내릴 것처럼 요란했다. 그러나 어느덧 이 작은 포구의 구석구석은 소리 없이 밀려든 안개에 점령당하고 말았다. 그것은 하체 없는 유령처럼 스멀스멀 선창머리로 기어오르면서, 쇠잔한 포구에 나열되어 있는 고단한 삶의 흔적들을 뭉클뭉클 삼키고 있었다.

언제나 그 자리에 완고하게 버티고 있던 수평선, 방파제를 둘러싸고 얼기설기 누워 있던 마름쇠 모양의 테트라포드, 쉴새없이 밀려드는 파도에 떠밀리며 멀리로 굽이쳐나간 해안선, 오랜 장마로 어장에 나가지 못하고 며칠째 포구에 결박되어 있는 채낚시 어선들, 노점상들이 벌여놓은 비린내 나는 좌판들과 찌그러진 의자들과 포장마차의 비닐 덮개들, 어판장과 선착장의 경계선들, 그 모두를 소리 없는 양떼들처럼 몰려온 안개가 점령해버렸다.

그러나 유령이 내뿜어놓은 입김과도 같은 안개 속에서 비교적 뚜렷하게 드러난 물체가 있었다. 낮은 지붕들 위로 우뚝 솟은 제빙 창고였다. 짜깁기하듯 골함석으로 꿰맞춰 얼추 3층 건물 높이로 보이는 그 건물 한 모퉁이에서 불쑥 튀어나와 늘어진 원통형 사출구는, 마치 안개 낀 저수지에 코를 박고 있는 거구의 코끼리를 연상시켰다.

찌든 녹내와 비린내가 코를 찌르는, 어망들과 어물 상자들이 어지럽게 널려 있는 어판장 주변, 그리고 빛바랜 간판들이 추녀 끝에 걸려 있는 횟집 골목, 부서진 유류 계측기만 삐딱하게 누워 있는 주유소와 그 주변 초라한 어구 가게들이 들어선 어름에서 흡사 안개의 그림자처럼 느리게 움직이고 있는 사람의 움직임에 나는 진작부터 시선을 박고 있었다.

내가 피운 화롯불은 새벽 조업을 준비하던 어부들이 드럼통을 반으로 잘라 난방용 화로로 이용하던 것이었다. 방파제로 나가는 길 입구에 두 개나 놓인 드럼통은 내가 이 포구에 머무는 동안 알뜰하게 보살피는 사람 없이 밤낮으로 그 자리에 방치되어 있었고, 바닷바람이 거세게 부는 날이면, 그 화로에서 타다 남은 불씨나 잿가루가 바람을 타고 방파제 주위로 흩어져 시야를 뿌옇게 가리곤 했었다. 잘 차려입고 방파제 쪽으로 산책을 나온 젊은 연애쟁이들은 희뿌옇게 날아오른 그 먼지를 피해 깔깔 웃으며 종종걸음을 치곤 하였다. 방파제 끝머리에는 오래전 작동이 멈춘 빨간 등대 하나가 우산도 없이 비를 맞으며 서 있었다.

그런데 턱밑까지 다가선 그의 외양은 전혀 예상 밖이었다. 사내가 아니라 여자였기 때문이다. 끽해야 삼십대 초반으로 보였다. 멀리서 보았을 땐 사내인지 아닌지 긴가민가했던 것은 그녀가 꽁지머리에 남성복 차림이었기 때문이었다. 화롯불 앞까지 다가선 그녀의 입에서 나직하지만 탄력 있는 첫마디가 흘러나왔다.

"아저씨 안녕, 앉아도 돼요?"

그녀가 나를 빤히 내려다보았다. 나는 앉아 있던 자세 그대로 옆으로 약간 비켜앉는 시늉을 하면서 말했다.

"그럼, 앉으시오."

"기다리고 있었던 것처럼 얘기하네요."

"그랬을지도 모르지요. 임자가 따로 있는 자리도 아니고."

"절 아세요?"

"아니. 모르면 어떻소."

등뒤로 힐끗 시선을 돌렸던 그녀가 뇌까렸다.

"씨발…… 안개 때문인지는 몰라도 엄청 춥네."

"예쁜 입으로 어찌 그런 험한 말을?"

"제가 가진 건 쌍말뿐인걸요. 제 맘대로 할 수 있으니깐요."

"맘대로 할 수 있는 게 그것뿐이겠소……"

"기분 나빴죠?"

"그럴 리가……"

한동안 뜸을 들이다가 그녀가 느닷없이 말했다.

"왜 그렇게 절 뚫어져라 바라보세요? 내가 초록색 얼굴에 교회 첨탑 같은 고깔모자 쓴 마녀 같으세요? 마녀는 깊은 산속에 숨어 있는 대저택에 살면서 빗자루 타고 다니지 바닷가에서 남장하고 다니진 않아요. 그런데 내 눈엔 아저씨가 번데기 같아요."

내 면전에 대고 거침없이 쏘아댄 말이었다. 그 순간 정신이 번쩍 들었다. 아무리 대담한 여성이라 하더라도 초면인 사람에게 건네는 말치곤 파격이었다. 하지만 나는 언제나 그랬던 것처럼 태연하게 되받았다.

"키가 작다는 얘기겠는데, 자주 듣는 말이오."

"키 작다는 얘긴 아직 안 했는데?"

"아직 안 했다면 앞으로는 할 거요?"

"그야 모르죠."

"무슨 말을 하고 싶소?"

그 순간 나는 그녀가 오랫동안 사람들과 어울려 이런저런 살가운 얘기를 나눠본 적이 없을지도 모른다는 생각이 들었다. 그녀 역시 사람이 그리웠는지도 몰랐다.

"사실은 의외로 주름살이 많다고 얘기하려 했어요."

"그야, 육십 년이 넘는 세파에 시달려온 처지니깐 당연하지 않겠소."

"아저씬 미쉐린맨 같기도 하네요."

"농담이오?"

"비슷한 거예요."

"거참, 거침없군."

"미안해요, 아저씨."

그 순간 나는 뜨끔했다. 그녀가 녹록한 상대가 아니란 것을 깨달았기 때문이다. 그러나 나는 놀란 속내를 감추고 태연하게 되물었다.

"미쉐린 같다는 건 무슨 얘기요?"

"통통하단 얘기예요."

"거기가 거기군. 그거 알고 있소? 귀먹은 사람도 자기를 비방하는 말은 곧잘 알아들어요."

"귀먹었단 얘긴 안 했는데……"

"놀랍기도 하고 한편으로는 부럽기도 하고…… 초면의 늙은이에게 속내를 솔직하게 털어놓는 것도 쉽지 않을 텐데."

"요사이 젊은 사람들은 다 그래요."

새삼스럽게 주위의 안개 속을 살피던 그녀가 말했다.

"하필이면 화장실 앞에 자리를 잡았네요."

불을 피울 수 있는 용기가 때마침 화장실 앞이란 장소에 놓여 있었다. 어부들은 드럼통 화로를 놓을 수 있는 맞춤한 장소를 물색하다가 때마침 새벽의 거센 북동풍을 막아줄 방파제의 화장실 앞을 찾아냈을 것이다.

"노숙을 하려나보네요. 그렇지요?"

나는 씁쓸한 표정을 지으며 고개만 끄덕였다. 아무래도 이 싱겁고 알맹이 없는 대화가 오래갈 것 같다는 예감이 들었다. 그녀가 다시 물었다.

"저쪽 한길로 나가면 모텔이 두 군데나 있는데, 안개 때문에 발견하지 못했나봐요? 하긴 바다에선 해적보다 더 무서운 게 바다안개래요. 수천만 톤 나가는 어선도 해무에 갇히면 수갑 찬 죄수처럼 꼼짝 못한대요."

"모텔에서 일하는 분이오?"

"저요? 호텔 삐끼 아녜요. 하긴 그 비슷하다는 느낌은 드네요. 아저씬 어디서 오셨어요? 안개 때문에 길을 잘못 들었나봐요?"

"이 포구에 온 지 벌써 보름이 넘었는데 어디서 왔느냐고 물은 사람은 아가씨가 처음이오. 그런데 그건 내가 먼저 묻고 싶은 말이었는데?"

"저요? 보시다시피 떠돌이예요. 공연히 아저씨보고 어디서 왔느냐고 물었네요. 뻔히 알고 있으면서 쓸데없이……"

"할말이 궁했던 게지요."

"정확하게 짚으셨네요."

"어차피 나도 말동무할 상대가 없어 입에서 냄새가 날 정도였소."

그녀가 건성으로 주위를 살피는 시늉만 하고 나서 물었다.

"그런데 여기서 불을 피워도 제지하는 사람이 없나봐요?"

"불꽃이 어판장까지 날아갈 염려는 없으니까 그냥 지켜보고 있겠지요."

잠시 침묵이 흘렀다. 잠꼬대는 아닌 것 같은데, 어판장 근처에서 난데없이 여자의 비명 소리가 들렸다. 그러다가 뚝 끊어지고 더 이상 들려오지 않았다. 그녀가 말했다.

"지독한 안개예요. 이런 안개는 처음이에요."

"그래서 불꽃도 날지 않아요. 눅눅해서……"

"이리 줘보세요."

그렇게 말하면서 그녀는 내 손에 들려 있던 부젓가락을 슬쩍 빼들었다. 그러고는 화로 가녘으로 흩어진 잔불을 끌어모아 수습했다.

"여기 온 지 보름이나 지났다면…… 그동안 내내 노숙으로 지냈겠네요?"

"잘 알아맞혔네요. 그뿐만이 아니라오. 지금껏 내가 살아온 게 부지거처에서 한 치도 어긋나지 않았소. 미끄러져 떨어질까 위태위태한 지붕 위에서도 자본 적이 있고, 털북숭이 짐승과 서로 입을 맞대고 누워 며칠 밤, 굴뚝 곁에서 자보기도 했고, 폐차장에 찾아가 승용차에서 하룻밤, 고속도로 곁에 있는 비닐하우스에서 하룻밤, 농촌 마을 팔각정에서 하룻밤, 일선 부대 참호 속에서도 여러 날 밤, 늪가에서 모기에 뜯기며 하룻밤, 시골역 대합실에서 하룻밤, 아니 거기선 하룻밤 정도가 아니었군. 교도소 감방 똥통 옆에서도 여러 날 밤, 경찰서 구치소에서도 하룻밤, 돌담 아래 민들레꽃 곁에서도 하룻밤, 세상에 널려 있는 여러 곳이 내가 잠잔 곳이라오. 그래서 백 년도 못 채우는 수명에 천 년어치로 시달리며 살아온 셈이오."

그녀가 기다렸다는 듯이 냉큼 되받았다.

"고생 많았겠네요."

"나중엔 그런가보다 했다오. 별로 불편하다는 생각은 안 들었소."

"그러시겠지요. 생각하기에 따라서 노숙도 낭만이지요."

"낭만이라니……?"

"내가 괜한 소릴 했지요? 거짓말이에요."

나는 어린 시절 한때, 거짓말에 명운을 걸다시피 했던 적이 있었다. 거짓말이 아니면 도무지 할말이 없을 정도였다. 그 시절 거짓말보다 나를 매료시키는 것은 없었다. 나만이 지닐 수 있는 최상의 특권처럼, 아무나 함부로 넘볼 수 없는 것이라고 생각했다. 내 거짓말에 무기력하게 놀아나는 아이들의 모습은 내 가슴속 깊은 곳에 고여 있는 고립감을 걷어내고 내가 뒤집어쓰고 있는 허물을 덮어주었다. 그래서 오직 거짓말만이 나를 위로해주고, 거짓말 속에서만 내가 뚜렷하게 존재할 수 있다고 생각했다. 그것은 아마도 여덟 살에서 열한두 살 때였을 것이다. 그 시절 나는 거짓말의 전성시대를 살았다고 할 수 있다. 자나깨나 거짓말을 질질 흘리고 다닌 이유는 간단했다.

***

나는 외로웠고 외톨이였다. 언제나 혼자라는 고립감이 멍울처럼 맺혀 나를 사로잡고 놓아주지 않았다. 윗입술 왼쪽에 검은 점이 얼굴의 주인인 것처럼 커다랗게 자리잡고 있어 점순네라는 별명을 가진 여자의 외아들로, 책만 펴들면 졸음부터 먼저 오는 열등생에 장터거리를 쇠똥처럼 구르며 살아가는 내게 또래의 아이들은 물론이고 어느 누구도 관심을 기울이거나 내 역성을 들려하지 않았다.

나는 구슬치기와 딱지치기의 제왕이었으나 잠자리에 들면 나도 모르게 잠자리가 질펵하도록 오줌을 지리는 야뇨증이 있었다. 그처럼 기이하고 굴욕적인 병증을 지녔던 것은 언제나 지기 펴고 살지 못하고 겁에 질려 있었기 때문이다.

어머니조차 내가 도대체 무슨 생각을 하며 살고 있는지, 어떤 아이들과 어울려서 쏘다니고 있는지, 마을의 어느 곳을 들쑤시고 다니는지, 냇가에 가서 멱을 감는지, 산등성이를 타고 다니는지,

전혀 관심을 두지 않았다. 그래서 나란 인간은 술 취한 건달이 선술집에서 입으로 물어뜯어 땅바닥에 내뱉는 소주병 뚜껑처럼 하찮은 존재에 불과했다.

살아 있을 때 배불뚝이였던 아버지 박무도씨의 직업은 국가가 지정하는 직업군에 들어가지 않는 노름판의 타짜였다. 게다가 키는 작았지만, 정수리로 남의 턱밑을 순식간에 타격해서 넘어뜨리는 일에 단련된 박치기꾼이기도 했다. 가뭄에 콩 나듯 어쩌다 집으로 돌아오면, 아버지는 애꿎은 어머니를 다짜고짜 꿇어앉히고 자신의 손바닥이 얼얼하도록 폭력을 휘둘렀다.

아무런 이유 없이 어머니를 개 패듯 패놓고는 언제나 그랬듯이 초주검이 된 어머니 배 위에 올라탄 채 두 손으로 어머니 목덜미를 비틀어 조르며 실랑이를 벌이곤 하였는데, 그때 아버지는 어머니에게 숨넘어가는 목소리로 말했다. "개처럼 해봐. 개고기 사줄게." 개고기라면 질색하는 어머니는 캑캑거리며 숨을 몰아쉬면서도 아버지의 완력에 저항하지 않았다. 그러나 어머니는 그때마다 용하게 목숨을 부지하고 툭툭 털고 일어나, 두 손으로 어둠 속을 휘저어 밑이 터진 고쟁이를 찾아 입고 걸레를 찾아 하반신만 벌거벗은 아버지에게 던져주곤 하였다. 그리고 그 이튿날 아침에는 멀쩡한 얼굴로 잠자리에서 일어났다.

한바탕 북새통을 치르고 나서 아버지는 지체 없이 곯아떨어지곤 했는데, 그때는 이튿날 잠에서 깨어날 때까지 곁에 있는 사람들이 깊은 잠에 빠져들었다가도 화들짝 놀라 깨어날 정도로 잠꼬대가 심했다. 그 잠꼬대는 언제나 네 글자로 된 똑같은 내용이었다. 그것은 바로 "낙장불입"이었다. 그렇게 소리치며 벌떡 일어나 시뻘건 눈을 치뜨고 곁에서 잠든 어머니의 모가지를 비틀어 잡았다. 그나마 증상이 가벼울 때는 곁에 있는 사람의 귀가 따가울 정도로 아래윗니를 딱 소리 나게 마주치거나, 빈 입을 쩝쩝 다시다 말고 허공을 향해 팔을 휘휘 내저으며, "돈을 걸지 않으면 딸 수도 없어" 하며 잠꼬대를 이어갔다. 아버지는 어머니 말처럼 윈수 그 이상도 이하도 아니었다.

어머니는 아버지의 상습적인 손찌검과 학대를 끝내 감당하기가 어려웠던지, 어떤 때는 아버지가 집에 돌아오는 낌새를 알아차리면, 잽싸게 뒷문으로 나가 축담을 뛰어넘어 자취를 감췄다. 그것을 알아챈 아버지는 그 이후부터 닭장을 노리는 족제비처럼 아예 뒷문 쪽에서 살금살금 집안으로 기어들었다.

세상에 난무하는 어깃장에 구겨질 대로 구겨져 면상조차 비뚤어진 아버지는 어머니를 만나기만 하면 까닭 없는 폭행을 일삼았다. 남들에게는 아무런 명분도 없어 보이는 폭력이었지만 아버지 나름대로는 이유가 있었다. 아버지는 읍내까지 소문이 자자한 노름판의 전설적인 타짜였고, 속임수의 달인이었다. 타짜들 사이에서 흔히 횡행하는 밑장 빼기, 제트기리, 삼단기리 같은 초짜 단계의 속임수 따위는 아버지에겐 먼 옛날 얘기였다. 화투 몫이 아버지의 손에 넘어가면 본래 마흔여덟 장인 화투장이 쉰한 장이 되기도 했고, 마흔다섯 장이 되기도 했다.

한 판에서 삼팔광땡이가 두 번 나타나기도 했고, 한 번도 나타나지 않을 때도 있었다. 노름판에서 끗발의 판가름은 아버지의 조작과 의중에 달려 있었다. 판돈 앞에 있어야 할 화투장이 방문 틈에 끼여 있기도 했고, 천장에 날아가 붙어 있기도 했다. 아버지는 고소공포증이 심해 낮은 천장에 매달린 전구도 갈아 끼우지 못하는 겁쟁이였으나, 화투장은 전구보다 더 높은 곳에 있는 천장에 붙였다 떼기를 자유자재로 했다.

상대방이 어떻게든 신출귀몰한 속임수를 알아차리고 아버지의 소매를 잡아채면, 원인을 제공한 그 화투장은 바로 상대방 타짜의 괴춤에 끼여 있어 마른하늘에 날벼락처럼 재앙을 뒤집어쓰기도 했다. 화투장이 아버지의 등짝에 붙어 있다는 것을 알아차리고 달려들어 윗도리를 벗기면, 화투장은 어느새 윗도리를 벗기려든 상대방의 양말 속에 들어가 있었다.

그런 경우 아버지에게 턱밑을 강타당한 당사자는 피칠갑이 되어 방바닥에 나가떨어지곤 했다. 그러나 그런 폭력을 뻔질나게 구사하진 않았다. 자제력을 발휘했기 때문에 그런 불상사는 일년에 한두 번 일어날까 말까였다. 그래서 사람들은 아버지가 지닌 잠재적인 폭력성에 공포심을 품고 있지 않았다. 오히려 아버지가 그들에게 구타를 당하기 여러 번이었다. 어떤 때는 판돈을 띄우고 죽는 역할을 해달라는 주문을 받기도 했는데, 속임수의 마술에 빠져들면 그 약속을 새까맣게 잊어버렸다. 그땐 등줄기에서 누린내가 나도록 얻어맞았지만, 버릇을 끝내 고치지 못했다.

아버지 박무도씨는 나만큼 심각하게 키가 작지는 않았으나, 나처럼 왼손잡이였다. 왼손을 구사하여 완성한 속임수를 통해 아버지는 마음속에 뿌리박힌 공허를 채울 수 있었고, 살아 있다는 희열을 만끽할 수 있었다. 아버지는 유독성 인간이라는 오해와 비방을 당하지 않기 위해 분발했고, 그로써 노름판의 우상으로 등극한 것이다. 수전증이 오면 모든 게 허사로 돌아갈 것을 두려워해서 담배도 피우지 않았고 술도 마시지 않았다. 담백하고 단아한 인품을 유지하기 위해 노름꾼들이 곧잘 빠져드는 외도에조차 곁눈질도 하지 않았다. 노름판 이외에는 모든 지저분함과 악연으로부터 자신을 지켰다. 그런데도 아버지는 잘난 척하지 않았다. 잘난 척하면 소득은 없고 적만 생길 뿐이라는 것을 알고 있었기 때문이다.

그래서 아버지는 외롭지 않았고, 영혼까지 위로받는 느낌으로 하루하루를 보냈다. 노름판의 질서와 경계 따위는 초월해버리고 아버지만이 연출할 수 있는 황홀한 신기에 몰입하는 바람에 상대방의 손안에 들어 있는 끗발 따위는 안중에도 없었다. 진정한 달인의 경지에 이른 아버지의 끗발을 믿고 있던 곁꾼들이 아버지에게 판돈을 대고 개평과 이문을 노렸다. 그러나 아버지는 속임수에 본격적으로 들어가면, 판돈을 대준 곁꾼들 따위는 까맣게 잊어버렸다.

자신이 만들어내고 있는 환상적인 속임수에 몰입한 나머지, 자신도 깨닫지 못한 사이에 상대방이 쥐고 있는 패 따위는 관심 밖이 되어버렸다. 그래서 아버지는 놀음판에서 완전히 혼자가 되는 고독한 자유를 누렸다. 그것은 시쳇말로 아버지가 만들어낸 신선놀음이었다. 그러나 참담한 현실에선 그것이 치명적인 불찰이 되었다. 기대했던 것과는 달리 판돈이 거덜나게 되면, 끗발을 믿었던 곁꾼들이 벌떼같이 달려들어 아버지를 순식간에 묵사발로 만들었다. 흥분한 가해자들은 과거에 챙겼던 이득 따위는 아랑곳하지 않고 길길이 날뛰며 뒤죽박죽 현란한 폭력을 행사했다.

그러나 아버지는 그처럼 무자비한 폭력에도 이빨을 드러내고 악담을 퍼붓거나 비명을 지르지 않았을 뿐만 아니라, 용서를 빌지도 않았다. 팔다리를 작신 분질러놓겠다고 벼르며 덤비는 참혹한 무릿매를 고스란히 감내하며 한 발짝도 비켜나지 않고 그 자리를 지켰다. 용서를 빈다면 자신이 연출한 속임수의 삼매경에 빠졌다는 걸 인정하는 꼴이 될 것이고, 비명을 지르는 건 자존심이 허락하지 않았기 때문이다.

그러나 너덜너덜해진 자존심을 가까스로 주워모아 집으로 돌아온 아버지가 노름판에서 자신이 당했던 것처럼 어머니를 묵사발로 만들 때, 아버지는 입술이 찢어지고 눈두덩이는 팥죽 바가지처럼 퍼렇게 멍들어 있었다. 그때의 아버지는 거칠고 강했으며, 폭력으로 손상된 자존심을 회복하려는 것 같았다. 그것이 어머니가 존재해야 할 명분이 되었고, 아버지의 줏대를 지탱해주는 잣대가 되는 듯했다.

그러나 아버지의 승부욕은 노름판에서 끝나지 않았다. 승부를 가려야 하는 자리라면 아버지는 때와 장소를 막론하고 반드시 모습을 드러냈다. 아버지는 그처럼 승부욕 하나로 똘똘 뭉친 사내였다. 그런데 아버지가 저지른 치명적인 실수는 그의 삶의 터전이었고, 명운을 걸었던 노름판이 아니었다. 그것은 아버지의 전공이 아닌, 먹는 일이었다.

아버지는 노름꾼들과 어울리던 동네 구멍가게에서 어쭙잖게도 물 안 마시고 고구마 많이 먹기 시합을 벌이다가 전설적인 생애를 마감하고 말았다. 그때, 사태가 심상찮은 것을 알아차린 구경꾼들이 와락 달려들어 안색이 시커멓게 식어버린 아버지의 입을 벌리고 젓가락을 집어넣어 식도를 가득 채운 고구마 찌꺼기를 후벼낸다 물을 먹인다 하며 야단법석을 떨었으나 눈자위를 허옇게 치뜬 아버지 박무도씨의 숨소리는 두 번 다시 들을 수 없었다.

병을 얻거나 노름판의 폭력에 치명상을 입고 죽었어야 할 사람이 고구마를 먹다가 숨을 거둔 것이다. 숨이 꺼이꺼이 넘어가는데도 일단 목구멍 속으로 삼킨 고구마는 시합에서 이기겠다는 일념 하나로 손톱만큼도 게워내지 않으려고 안간힘을 쓰더라는 말은 지금까지 동네 사람들 사이에서 회자되고 있다. 속임수에 몰입해서 황홀경을 맛보았던 것은 좋았으나 자신이 만든 승부의 덫에 걸렸다는 것을 깨닫지 못했던 게 치명적인 불찰이었다. 아버지는 저승으로 떠났으나 그날 죽음의 현장에 있었던 사람들 중에 간담을 서늘하게 하는 후일담은 남았다.

어떤 사람이 아버지의 입에 젓가락을 집어넣어 후벼파던 사람을 삿대질하며 헐뜯기 시작했다.

"자네 말이야, 돌이킬 수 없는 실수를 저질렀어."

"내가?"

"자네 아니면 누구겠어."

구경꾼들의 가파른 시선이 순식간에 아버지 목구멍에 젓가락을 집어넣고 휘두른 사람에게 꽂혔다.

"내가 무슨 실수를 저질렀는데?"

"하필이면 왜 젓가락을 쑤셔넣었어?"

"젓가락이 어때서?"

"숟가락으로 후벼냈다면 진작 숨통이 트였을 것 아닌가?"

"경황중에 젓가락이나 숟가락이나 그게 대순가? 나는 단심이네가 갖다주는 대로 얼른 건네받아서 정신없이 입 벌리고 목구멍 파낸 죄밖에 없어. 자네 나한테 무슨 억하심정이라도 있는가?"

"급할 때일수록 돌아가란 말이 있어. 젓가락을 집어왔더라도 정신 똑바로 가진 사람이었다면 숟가락을 가져오라고 했을 거 아닌가."

"그래? 그때 자넨 뭘 했는가? 자네나 나나 똑같은 구경꾼 아니었나? 자네가 한 일은 팔짱 끼고 구경한 것밖에 없지 않나. 자네가 달려가서 숟가락 집어와 처치했더라면, 자네 말대로 박무도 목숨 구했을 거 아닌가."

"이제 와서 나한테 불찰을 떠넘기려는 수작인가?"

"그래 이놈아, 개돼지보다 못한 놈아. 너 죽고 나 죽자."

젓가락 하나로 아버지 목숨을 구하려 했던 사람이 입술 밖으로 흘러나오는 거품을 질근질근 씹으며 숟가락 쓰기를 주장한 사람에게 와락 달려들어 멱살을 뒤틀어잡고 아버지가 그랬던 것처럼 박치기로 승부를 가리겠다고 정수리로 턱밑을 가격했다. 그러나 가격하려는 당사자가 키가 컸기 때문에 상대방의 어깨 너머로 상반신이 그대로 넘어가 허공에 머리를 들이밀고 맨바닥으로 나가떨어져 뒹굴었다. 숟가락 쓰기를 주장했던 사람이 어이가 없었던지, 자기에겐 눈곱만치도 피해를 주지 못하고 허공을 짚고 등뒤로 나가떨어져 머쓱해진 사람에게 퉤 하고 가래침을 뱉으면서 뇌까렸다.

"꼴좋다, 이놈아. 지나가던 소가 웃겠다. 어디 힘자랑 한번 해봐."

"좋다, 이놈아. 누가 죽나 한번 붙어보자."

두 사람이 다시 엉겨붙어 뒤죽박죽 다투는데 젓가락을 찾아 디민 단심이네가 악 소리를 지르며 구르듯 두 사람 사이로 달려들어 고함을 질렀다.

"이게 무슨 꼴입니까. 젓가락 갖다준 건 나요, 이 양반들아. 숨통 끊어진 사람 옆에 두고 이게 무슨 난리입니까. 하늘이 무섭지 않습니까."

아버지는 자신을 애써 구명하려 했던 사람의 어설픈 응급처치에 대해 한마디도 탓하지 못하고 속절없이 이승을 하직하고 말았다. 아버지는 달인의 경지에 심취한 나머지 다른 사람들이 모두 겪는 고통과 비운에는 익숙하지 못했던 것 같다. 아프리카의 야생처럼 혼자만의 고집으로는 목숨 부지하기가 힘들다는 것을 아버지는 미처 깨닫지 못했는지도 몰랐다.

숨을 거둔 이후, 두 달 동안이나 대형 병원 시신 안치소에 시신이 차입당해 있다가 가까스로 치른 아버지의 초라한 장례식 때, 정작 어머니의 태도는 누가 보아도 눈을 의심할 만치 무덤덤했다. 마지못해 두 번쯤 울먹거리다가 말았다. 그러나 단심이네는 어머니를 비롯해서 주위가 민망할 정도로 대성통곡을 쏟아냈다.

마을 사람들은 단심이네의 그런 태도가 어머니에 대한 남다른 정리 때문이거나, 황망중에 숟가락이 아닌 젓가락을 집어 대령한 것에 대한 후회 때문이라고 생각했다. 그러나 가지 않아도 될 장지까지 따라가서 곡지통을 내쏟는 광경을 보고서는 뭔가 수상하다고 숙덕거리기 시작했다. 그러나 단심이네는 상관하지 않고 시종일관 대성통곡을 이어갔다.

그런 아버지도 살아 있을 때, 당신의 당당한 피붙이인 나를 알뜰하게 거두기는커녕 방치하는 일에 어머니와 똑같이 가담했다. 아마도 자기 한몸도 올곧게 가누지 못하는 처지에 나까지 돌볼 시간이 없었을 것이다. 문밖 멀리에서 아버지의 기척이 나면 어머니는 안색이 파랗게 질려 말했다.

"호구야, 문밖에 악귀가 나타났다. 얼른 나가봐라."

나는 그 순간 발딱 일어나 툇마루로 나서며 불안한 얼굴로 아버지께 꾸벅 인사를 올렸다. 며칠 동안 날밤 새우기를 거듭해서 행색이 추레해진 아버지가 마당 한가운데 썩은 나무둥치처럼 가까스로 몸뚱이를 지탱하며 넘어질 듯 서 있곤 했다. 그러나 아버지는 살갑게 인사를 건네는 나는 거들떠보지도 않고, 뚜벅뚜벅 걸어와 방문이 부서져라 거칠게 열었다. 그러고 나서 곧장 뒷문으로 도망가려는 어머니의 머리채를 낚아채서 다짜고짜 두들겨 패기 시작했다. 나는 방으로 돌아가지 않았다.

동네의 골목길을 몇 바퀴인지도 모르게 달렸다. 어머니의 비명소리가 귀에서 사라지고 귓속이 먹먹해질 때까지 달리고 또 달렸다. 그런 때는 아무리 많이 달려도 숨이 가쁘지 않았다. 나에 대한 부모들의 괄시는 거의 일상적이었기 때문에 다리도 아프지 않았다. 괄시받은 이유가 뚜렷하다면 가슴이 아프겠지만, 이유가 없었기 때문에 몸뚱이가 피곤했다면 몰라도 가슴 아플 까닭은 없었다.

그 시절 나는 난생처음으로 아버지를 따라 먼 읍내로 외출을 나갔다. 아버지 박무도씨가 내 손을 잡고 읍내까지 데리고 간 건 아마도 그때가 처음인 것 같다. 그뿐만 아니라, 읍내에 있던 중국집에서 아버지가 사준 만두도 생애 처음으로 받은 아버지로부터의 배려였다. 그때 겪은 아버지의 온정과 배려가 너무나 의외였으므로 만두를 입안 가득 넣고 씹으면서도 마음속은 불안했다. 그 대접이 내겐 무척이나 뜬금없고 두서없고 갈피를 잡을 수 없었기 때문이다.

읍내까지 가는 길에는 홍수로 섶다리가 하류까지 떠내려가버린 냇물이 있었다. 그 냇가에 이르자 아버지는 주저 없이 내게 등을 돌리고 앉았다. "업혀." 나는 가슴이 뛰었다. 아들을 등에 업고 길을 가는 다른 아버지들은 많이 보았으나 내가 아버지 등에 업혀본 경험은 없었기 때문이다. 땀에 절어 있었으나 널찍한 아버지의 등을 나는 두려움 가득한 시선으로 바라보고만 있었다. 아버지도 내가 주저하고 있다는 것을 눈치챈 듯했다.

이번에는 웃는 얼굴을 등뒤로 돌리며 말했다. "이 녀석 겁내지 말고 냉큼 업혀. 물속에 내동댕이치지 않을 테니까." 나는 주춤주춤 아버지 등뒤에 붙었고, 쉰내가 확 끼얹히는 뒷덜미에 코를 묻었다. 아버지는 새털처럼 가벼운 나를 업고 첨벙첨벙 개울을 건너며 느닷없이 물었다.

"호구야, 아부지 이름이 뭐지?"

"박무도요."

"그 녀석 똑똑하다. 누가 가르쳐줬냐?"

"동네 사람들이요."

"엄마가 아니고?"

"엄마가 안 가르쳐줬어요."

"아부지 이름이 박무도라는 걸 잊어버리면 안 된다. 알았냐?"

"안 잊어버려요. 잊어버리면 내 손에 장을 지지세요."

"녀석, 장까지 지질 건 없고. 너 그런 말 어디서 배웠냐?"

"옆집 단심이네한테요."

"엄마한테서 배운 게 아니고?"

"예."

"학교에서 배운 게 많냐, 동네 사람들한테서 배운 게 많냐?"

"학교에선 내가 노름꾼 자식이라고 벌만 줘요."

"하긴, 촌구석에 처박힌 선생이란 작자들이 뭘 알겠냐. 흑싸리 쭉정이 같은 것들이 아는 게 없으니까 애꿎은 너한테 벌만 주는 거야. 그런 얼간이들보다는 니가 더 똑똑해. 이 세상에서는 자기가 제일 똑똑하다고 생각하는 사람이 실수하면, 그다음 똑똑한 사람이 그 자리를 꿰찰 수 있어. 너는 바로 그다음 똑똑한 사람이야."

"뻥치지 마세요."

"너 그런 말 어디서 배웠냐?"

"사람들이 그러데요."

"앞으로는 뺑치는 놈들하고 놀지 마."

"아부지도 뺑치지 마세요."

"니 에미란 여편네는 무당년에게 홀딱 빠져서 눈에 뵈는 게 없는가보다. 자식새끼 교육을 올곧게 거두지 못한다면, 끼니라도 제대로 먹여야 할 것 아닌가."

"아부지, 나 배고파요."

"집에 가면 이 쌔빠질 년을 가만두나봐라. 앞으로 그 무당년 집 구석에는 얼씬도 못하도록 두 다리를 팍 분질러서 아주 앉은뱅이를 만들어놓을 거다…… 넌 배가 고프더라도, 아부지 이름이 박무도라는 걸 잊어버리면 안 된다. 알았지?"

그때 아버지의 등에서 전달되는 뜨거운 행복감이 오랫동안 뇌리에서 사라지지 않았다. 개울 건너편 자갈길에 나를 내려놓은 아버지는 고무신을 벗어 신발 속의 물기를 툭툭 털고 있다가 나를 힐끗 돌아보았다. 나는 왜인지 모르지만 울고 있었다. 아버지가 웃으면서 핀잔하듯 말했다.

"이런 녀석을 보았나. 하늘에서 삼팔광땡이가 떨어졌나? 울긴 왜 울어."

읍내에 당도해서 아버지가 나를 데리고 간 곳은 동서남북이 뺑 뚫린 개활지에 자리잡은 곡마단 천막이었다. 못다 먹은 만두 봉지를 안고 있는 나를 밖에 세워두고 아버지는 천막 속으로 들어갔다. 지루하다 싶을 정도로 오랜 시간이 흘렀다. 기다리기 지루한 시간도 낯설었고, 잡초들이 무성한 곡마단 천막 주위의 스산한 풍경과 천막 옆에 서 있는 키 큰 미루나무도 낯설었고, 어린 나이에 작은 입술을 새빨간 립스틱으로 분장하고 색동저고리를 입은 내 또래의 계집아이가 천막 사이 빈틈으로 얼굴을 쏙 내밀고 내게 혀를 날름 하는 것도 낯설었다. 처음 보는 곡마단 천막도 그렇거니와 내막을 알 수 없는 오랜 시간이 흘러가는 것도 내게는 낯설었다.

그야말로 오랜 시간이 흘러간 뒤, 아버지는 키가 훌쩍 크고(내가 만나는 모든 사람들은 언제나 키가 장승처럼 훌쩍 컸다) 관자놀이에 수술로 꿰맨 자국이 선명하게 남아 있는 오십대 사내와 함께 천막 밖으로 모습을 드러냈다.

담배를 입에 문 사내가 무표정한 얼굴로 내게 다가왔다. 그러고는 마른버짐투성이인 내 머리통을 이리저리 돌려가며 뭔가를 찾아내려 했다. 아마도 자기처럼 골통 어디쯤에 꿰맨 자국이 있는가 하고 살펴보는지도 몰랐다. 두어 발짝 물러서서 내 키를 가늠해보는가 하면, 발바닥을 들여다보기도 하고, 손바닥을 펴보기도 했다. 나는 무척이나 긴장했다. 이 사람이 나를 잡아먹으려고 허술한 곳을 찾아내려 하고 있는지도 모른다는 생각 때문이었다.

그 시기 마을에는 낯선 사람들이 몰래 집에 침입해 아이들을 잡아가 간이나 쓸개를 빼먹는다는 무시무시한 소문이 떠돌았다. 그러나 아버지가 곁에서 지켜보고 있었으므로 비교적 침착하게 사내가 하는 대로 내버려둘 수 있었다. 아버지가 빤히 바라보고 있는데 나를 잡아먹지는 못할 것이었기 때문이다.

사내는 사뭇 의구심이 가득한 눈으로 나를 관찰하였으나 처음부터 그랬던 것처럼 시큰둥한 표정은 변하지 않았다. 뭔지는 모르겠지만, 아마도 그는 내게서 찾아내려 한 것을 찾아내지 못한 것 같았다.

그는 뭔가를 찾아내지 못한 사람들이 속내를 감추며 상투적으로 보여주는 무덤덤한 표정으로 아버지는 거들떠보지도 않고 천막 속으로 들어가 두 번 다시 밖으로 모습을 드러내지 않았다. 머쓱해진 아버지가 그를 뒤따라 허둥지둥 천막 속으로 들어갔다. 천막 속에서 무슨 꿍꿍이속을 벌이고 있는지 어린 나로선 알 턱이 없었다. 그런데도 이상하게 내 마음은 여전히 불안했다.

내 인생에서 그 순간처럼 아버지가 다시 천막 밖으로 모습을 드러내주기를 간절히 바랐던 적은 없었다. 난생처음 나는 하나밖에 없는 아버지가 얼마나 소중한 존재인가를 깨달았다. 그 순간처럼 바로 코앞에 있는 천막 속으로 모습을 감춘 아버지가 그리웠던 적은 없었다.

만에 하나 아버지가 나 대신 그 사내에게 잡아먹히는 불상사가 벌어진다면 나는 기꺼이 아버지를 구출하기 위해 천막 속으로 뛰어들 용의가 있었다. 어쩌면 그런 불상사가 벌어지기를 속으로 은근히 기다리기도 했는지 모른다. 처음으로 아버지를 위해 나를 통째로 내던질 수 있는 기회가 될 수 있다는 생각 때문이었다. 어머니는 걸핏하면 구역질나는 놈, 아무짝에도 쓸모없는 놈, 추하고 멍청한 놈 하며 나를 헐뜯었지만 이 순간 하나밖에 없는 아버지를 위험에서 구출할 수 있다는 자신감은 있었다.

어린 시절엔 뭐가 뭔지 모르게 저지르는 일이 많지만, 그 시절에 저지르는 실수는 무언가를 가르쳐준다는 것을 어머니는 몰라도 아버지는 알고 있을 것 같았다. 왜냐하면 아버지는 마을 사람들이 이구동성으로 손가락질하는 협잡꾼이었지만 나는 한 번도 아버지를 얼간이로 생각한 적은 없었기 때문이다. 그런 내 속내를 말하지 않아도 아버지는 충분히 꿰뚫어보고 있었을 것이다.

왼손잡이라도 좋았다. 이 세상 어디를 뒤져도 아버지는 하나밖에 없었다. 그런 아버지가 한참 뒤 상기된 얼굴로 천막 밖으로 모습을 드러냈다. 아버지가 뚜벅뚜벅 내게로 걸어왔다.

그 순간 나는 가슴이 뛰었다. 천막 속에서 그토록 오랜 시간을 보낸 아버지가 멀쩡한 모습으로 나타났다는 사실이 믿지 못할 정도로 반갑고 신기했기 때문이다. 그래서 나도 모르게 읍내로 올 때처럼 달려가서 아버지의 손을 덥석 잡았다. 그 순간이었다. 아버지가 내 손을 매몰차게 뿌리쳤다. 그리고 괴물같이 험상궂은 얼굴로 나를 밀쳐 땅바닥에 쓰러뜨리면서 뇌까렸다.

“반푼어치도 안 되는 놈…… 아무 짝에도 쓸모없는 놈, 꼴도 보기 싫다. 썩 비켜.”

“아부지, 잘못했어요.”

나는 그 미숙한 한마디가 아버지의 찌부러진 가슴을 가라앉힐 수 있기를 바라고 있었다. 그러나 아니었다.

“질질 짜지 마라, 이놈아. 내가 널 어떻게 키워왔는지 알기나 하냐. 이 배은망덕한 놈.”

“아부지, 정말 잘못했어요.”

“이놈아, 넌 배신자야. 노름판에서 속임수까지 써가며 너를 먹여살렸다. 그랬다면 고마운 줄 알아야지. 내가 무너지면 너도 무너진다는 심정으로 노심초사했다, 이놈아. 넌 내 아들도 아닌 가짜야. 그거 알고 있어? 가짜가 뭔지 알고 있어?”

“아부지, 알고 있어요.”

“알고 있다는 놈이 그깟 꼴같잖은 면접을 망쳐놓냐? 구정물에 떠다니는 번데기값도 안 되는 놈을 이때까지 자식새끼라고 끌어안고 살아온 내가 몹쓸 놈이지 누굴 원망하겠나.”

“미안해요, 아부지.”

“미안해? 미안이 저만치서 웃고 있다, 이놈아. 차라리 나가서 콱 뒈져라, 이놈.”

“아부지, 안 죽고 싶어요.”

“야, 이놈아, 콱 뒈지라 했지 죽으라고 했냐.”

넘어져서 엉덩이가 아팠던 것은 순간적이었을 뿐, 나는 어안이 벙벙해서 얼이 빠진 상태였다. 아버지는 만두 봉지를 안고 쓰러진 나를 일으켜세우기는커녕, 뒤도 돌아보지 않고 휘적휘적 걸음을 옮겨놓았다. 내가 무엇을 잘못했을까. 내가 아버지를 배신했나. 얼굴에 꿰맨 자국이 선명했던 그 천막 안의 사내에게 아버지가 이름난 노름꾼이라고 고자질을 했나. 걸핏하면 어머니를 개패듯 패는 섬뜩한 패악꾼이라고 했나. 아니면 노름판 속임수로 평범한 사람들의 주머니를 터는 데서 우월감을 느끼는 거짓말쟁이라고 했나. 오만 가지 상념이 머리를 스쳐갔으나 그 그물망에 걸려드는 진상은 없었다.

그때 내가 할 수 있는 건 오직 서럽게 우는 것밖에 없었다. 그래서 나는 읍내 길 이십 킬로미터를 아버지를 놓치지 않으려고 발버둥치듯 뒤따라 울면서 집으로 돌아왔다. 내게 있어 그날 아버지와 함께했던 기억은 그처럼 참담했다.

그때 감당해야 했던 이십 킬로미터는 어린 내겐 문자 그대로 고난의 길이었다. 그러나 돌부리에 채여 피를 흘리는 고난에서 어렴풋하게나마 가슴 한구석에 뿌리내리는 것이 있었다. 그것은 바로 인내심이었고, 세상은 내가 생각하는 대로 흘러가지 않는다는 자각 같은 것이었다.

어쩌면 아버지와 함께한 멀고멀었던 이십 킬로미터의 서러운 노정은 아버지가 내게 무언가를 가르치려고 마련한 일인지도 몰랐다. 그러나 그날에는 구멍 뚫린 신발 사이로 흘러나가는 고통과 고난이 눈에 선하게 보였고 오직 서러웠을 뿐이었다. 그날만은 내 신발이 구멍을 가장한 신발인지 신발을 가장한 구멍인지 도무지 혼란스러워 종잡을 수 없었다. 그러나 아버지가 내게 남긴 유언을 나는 오랫동안 가슴속에 간직하고 살았다. 아버지가 평소에 남긴 가장 유용한 유언은 "간지러우면 긁고 아프면 동여매"라는 것이었는데, 나는 그 유언을 비교적 잘 지켜왔다.

나를 괄시하는 것은 사람들뿐만이 아니었다. 이웃집에 살고 있는 똥개 칠칠이조차 처음에는 꼬리를 치며 비틀비틀 다가와 내 바짓가랑이 끝을 물어 당기며 냄새를 맡는가 하다가 어느 순간 뜨거운 물에 덴 듯이 화들짝 놀라 휑하니 달아나곤 하였다.

마을의 무당이 지어주었다는 박호구란 이름이 어엿한데도 어른들은 나를 똥통으로 불렀고 또래의 아이들은 땅강아지라고 불렀으며, 나는 그런 놀림을 받으며 철저하게 따돌림을 당했다.

까닭 없이 샘이 많고 약고 꾀바른 아이들은 그나마 내게 호감을 갖고 있는 몇몇 친구들을 빠짐없이 불러모으고 나하고는 어울리지 말라고 삼엄한 얼굴로 경고를 주었다. 어른들도 내가 가진 가난을 페스트를 퍼뜨리는 들쥐처럼 생각해서 같이 놀지 못하도록 아이들을 닦달했다.

그때부터 나는 어두컴컴한 창고나 화장실 근처에서 서성거리는 내 모습을 발견하곤 했다. 아이들은 나에 대한 나쁜 소문 퍼뜨리기, 근거 없는 흉보기, 욕하기를 통해 나를 철저하게 따돌렸다. 나는 나 자신도 모르는 사이에 투명인간 취급을 당했다. 아이들의 그런 냉소적 대우를 참아내는 일은 어린 나이에도 불구하고 스스로 과거의 고통과 씨름하지 말라는 교훈을 터득하게 만들었다.

아이들은 학교에서 집으로 돌아가면, 밭두렁에 놓아둔 염소를 찾아 매거나, 논에서 새떼를 쫓거나, 놓아먹이는 닭을 불러모으거나, 어른들을 따라 파종이나 추수를 거들거나 해서 나처럼 툇마루에 넋을 빼고 앉아 먼산바라기 하고 앉아 게으름 피우고 있을 겨를이 없었다. 나 역시 그런 집의 아이였다면 그처럼 사소한 노동을 통해 따돌림에 대한 소외감이나 상실감을 극복하는 데 도움을 받았을 것이다. 그러나 농사를 짓거나 닭을 치거나 염소도 기르지 않는 우리집에서 그런 일 따위는 일어나지 않았다.

그로써 나는 밖에 있으나 집에 있으나 처연한 모습으로 콧구멍을 후비거나 인중으로 흘러내리는 콧물을 혀끝으로 핥으며 지루한 시간을 죽이는 수밖에 없었다. 철부지였지만 하는 일마다 실패를 거듭하고, 걸핏하면 어긋나고, 뭔가 일이 잘 풀리지 않는 그런 아이가 나였다. 나를 끈질기게 따라다니는 것은 언제나 가시지 않는 시큼한 똥냄새뿐이었다.

여름날이면 봇도랑으로 나가 맨손으로 쉬리를 잡아 보이며 뽐내거나, 밤이면 반딧불이를 잡아 아이들에게 건네주는 것으로 환심을 사려고 애써보았으나 그 또한 누구의 시선도 끌지 못했다.

쉬리는 나보다 그들이 더 잘 잡았기 때문이다. 내가 거짓말을 시작하고 거기에 온 열정을 동원해 몰두한 유일한 이유는 거짓말을 구사하고부터 시큰둥했던 아이들이 조금씩 내게 관심을 보이기 시작했기 때문이었다.

때로는 나 같은 얼간이가 쏟아내는 거짓말을 한마디도 놓치지 않겠다는 듯 귀를 모으기도 했다. 그 순간만큼은 나를 흥분시켰고, 스스로가 존재하고 있다는 기분을 만끽할 수 있었다. 그래서 나는 연달아 턱을 쳐들고 하늘을 향해 거짓말을 쏟아내며 거들먹거렸다. 나는 내일 쏟아놓을 거짓말을 지어내기 위해서 온갖 시행착오를 거듭해나갔다. 심지어 잠조차 설치며 내일을 위한 거짓말을 창작하는 데 몰두했다.

눈먼 멧돼지도 도토리는 찾아낼 수 있다고 했듯이 나 같은 얼간이도 쥐어짜면 얻어낼 소득이 있다는 것을 깨닫는 순간들이었다. 아이들은 나를 얼간이 취급했기 때문에 내가 거짓말을 해도 전혀 의심을 두지 않았다. 얼간이가 거짓말까지 지어낼 수 없다는 선입감 때문이었다. 그것이 멧돼지와 눈을 맞출 수 있을 정도로 키가 작은 나의 유일한 장점이었다.

그러나 하루이틀도 아닌 오랜 기간 동안 아이들의 관심을 받을 만한 거짓말을 만들어내기란 쉬운 일이 아니었다. 그뿐만 아니라 내용이 황당하다든지, 전개가 천편일률적이라든지, 너도 알고 나도 알고 있는 내용이라면 시큰둥하기는커녕 아예 귀담아들으려고도 하지 않았다. 그처럼 예측하기 쉬운 내용의 거짓말로 아이들의 관심을 지속적으로 붙들고 있기란 실로 어려운 일이었다.

그들이 약고 꾀바르고 매몰차기까지 하다는 현실이 나를 곤혹스럽게 만들었다. 아침에 잠에서 깨어나 저녁에 다시 잠들 때까지 보고 듣고 경험하는 게 천편일률적인 산골 아이가 지어내는 거짓말이란, 사실 한계가 빤히 보이는 법이다. 갈 데까지 간다 해도 분명 머지않아 눈앞을 탁 가로막는 벽을 만나게 될 것이 분명했다. 게다가 외형적으로도 내게는 약점이 있었다. 아이들은 하루가 다르게 키가 쑥쑥 자라나는데 나는 그들처럼 자라지 않아 그 또한 나를 곤혹스럽게 만들었다.

사실은 다른 아이들과 비교해서 성장이 다소 더디게 진행되고 있을 뿐인데, 나는 키가 점점 작아지고 있다는 공포감에 시달렸다. 나보다 웃자라난 아이들을 어떻게 대해야 할지 종잡을 수 없어 나는 한마디로 골치가 아팠다. 가마우지처럼 모가지를 하늘로 쳐들고 걸었으나 또래들의 키를 따라잡을 수 없는 것도 골치 아픈 일이었다.

그 시절, 어른들이 오랜만에 만나는 친척 아이들이나 이웃한 아이들에게 상투적으로 한다는 인사말이 "그 녀석, 그사이에 많이도 컸구나"였다. 그러나 나는 농담으로라도 그런 칭찬 따위는 들어본 적이 없다. 그러나 내게는 다른 사람들은 알아채지 못할 비밀이 있었다.

그 비밀은 어찌된 까닭인지 또래 아이들 사이에 전광석화같이 전파되었다. 나는 키가 더디게 자라는 소인증인 대신 사타구니에 달린 거시기가 비대칭적으로 컸다. 내가 가진 신체구조에서 남들이 감탄사를 자아내며 벌린 입을 다물 수 없을 만큼 장대한 것은 그것뿐이었다. 나는 키는 자라지 않고 거시기만 크게 자란 이유가 무엇인지 몰랐다. 그 놀라운 비밀을 누구도 내게 귀띔해주지 않았기 때문이다.

나는 그로써 아이들 사이에서 괴물로 통했고, 아이들은 바지 속에 숨어 있는 그 괴물을 보기 위해 내 주위를 맴돌았다. 어쩌면 아이들은 나를 조롱거리로 삼았고, 얼간이 취급을 하고 있었을지 모르나 나는 그것을 알아채지 못했다. 나중에는 아이들이 우리집으로 찾아오기까지 했지만, 나는 거시기를 아이들 앞에 무턱대고 노출할 용기가 없었다.

아버지가 알면 끝장이라는 생각 때문이었다. 내가 거시기를 내놓고 자랑삼을 경우, 아버지는 당신과 승부를 겨루자는 의도로 받아들일 수 있었다. 그런 아버지의 승부욕을 자극하고 싶지는 않았다. 어떤 소동이 벌어질지 알 수 없는 일이었다.

***

자정을 지난 밤이 새벽을 향해 달려갈 때까지 안개는 여전히 시야를 가리고 있었고, 자리를 떠나지 않고 있던 그녀의 목소리가 들려왔다.

"아저씬 비밀이 무척이나 많은가봐요?"

"왜?"

"한 시간 넘게 아무 말 없이 화롯불만 바라보며 앉아 있었던 거 모르세요?"

"비밀이 많다고 꼭 말이 없는가."

"아저씨, 저쪽 어판장에 궤짝들이 쌓여 있던데, 몇 개 뜯어서 오시죠."

"날 심부름 시키려는 거요?"

"심부름이면 어때요. 나는 연약한 여자고 아저씬 대장부잖아요."

"거짓말이라도 고맙군."

"대장부 맞잖아요."

타닥타닥 불땀 좋게 타고 있던 화롯불이 어느덧 사그라져가고 있었다. 낚시용 간이의자에 등을 활처럼 구부리고 앉았던 나는 명령조인 그녀의 말이 땅에 떨어지는 순간 몸을 벌떡 일으켰다. 눈앞이 어찔했다. 빈혈 때문인지 불안장애 때문인지 알 수 없었다. 내게는 가벼운 공황장애가 있었다. 하기 싫은 일을 하면 구역질이 나거나 숨쉬기가 어려웠다. 그러나 순간적으로 비틀거렸을 뿐 증세가 심각한 정도는 아니었다.

오후 네시쯤 배낭에 넣어두었던 컵라면 한 개를 끓여먹은 게 저녁 끼니의 전부였기 때문에 밤이 깊어지니 움직이려면 허리까지 휘청거렸다. 너무 피곤해서 머리가 어깨 위로 떨어질 것 같았으나, 그녀의 채근을 거역할 수 없었다. 나는 어판장 쪽으로 걸어갔다. 가다 말고 문득 뒤를 돌아보았다. 배낭을 그냥 두고 왔다는 생각 때문이었다. 그 속에는 노숙자의 소지품들과 함께, 하찮은 액수의 현금이 들어 있기도 했다. 그녀는 내가 앉았던 간이의자에 올라앉아 꺼져가는 화롯불을 집게로 뒤적거리다 말고 소리쳤다.

"걱정 마세요. 배낭 뒤지지 않을 테니깐."

나는 생선 썩은 냄새를 풍기는 어물 궤짝들을 해체하기 시작했다. 동이 틀 때까지 태워도 넉넉할 만큼의 땔감이 확보되었을 때 화장실 쪽으로 되돌아갔다. 그러나 이젠 불씨만 남은 화덕에 도착했을 때, 그녀가 앉았던 자리는 비어 있었다. 다시 불땀을 살려내면서 기다렸으나 그녀는 나타나지 않았다. 안개 때문에 어판장 가녘 길턱에 걸려 익사하지는 않았나 싶을 정도였다. 그녀의 정체에 대한 궁금증이 다시 일어나기 시작했다.

그녀는 도대체 누구일까. 도무지 종잡을 수가 없었다. 흠잡을 데 없이 반듯한 몸매와 차분하게 가라앉은 목소리, 목소리에 배어 있는 명령조의 어투. 그런 어투임에도 상대가 감히 반감을 가질 수 없을 정도로 정제되어 있다는 것이 나를 불안하게 만들었다. 그런 자산을 지닌 여자라면 자정이 가까운 시각에 편안한 잠자리에 들지 않고 황량하고 비린내 나는 포구 근처를 배회할 까닭이 없을 것이다. 잠이 오지 않는 경우라면, 잠자리에 앉아 텔레비전을 시청하든지 읽을거리를 찾아낼 수도 있었을 것이다. 산책을 나왔다면 이 추위에 숙소로 돌아갈 시각을 너무나 많이 넘기고 있었다.

이 밤중에 그녀가 저지를 수 있는 몇 가지 가능한 모습을 떠올려보았으나 내 상상력의 퍼즐은 얼마 못 가 한계에 부딪쳐 어긋나기만 했다. 도무지 정체를 알아낼 재간이 없었다.

시쳇말로 통박을 가늠할 수 없는 여자였다. 그때 내 등뒤로 그녀의 발소리가 들려왔다. 문득 등골이 오싹하는 한기를 느꼈다. 나는 뒤돌아보지 않았다. 그녀는 내 맞은편에 서서 천신만고 끝에 되살려낸 화롯불 위로 두 손을 내밀었다. 그러고는 잠시 자취를 감추었던 일에 대해선 남의 일이었던 것처럼 딴청을 피웠다.

"꽤 추워요, 아저씨."

"바닷가 아니겠소. 게다가 안개도 축축하고……"

"궤짝 서너 개는 뜯어냈나보군요."

"밤을 새워야 하니까."

"그러네. 그 의자는 항상 가지고 다니세요?"

"접으면 배낭에 쏙 들어가요."

"하긴……"

"그런데 화장실 다녀온 게 아닌가봐?"

"주변을 잠깐 둘러보고 왔습니다."

"낮에 할 일을 한밤중에 하는군……"

"한밤중에도 할 일이 많은 세상이 되었지 않습니까. 지금은 낮에 할 일, 밤에 할 일이 따로 있는 세상이 아니잖아요. 대낮에는 부엉이처럼 눈만 멀뚱멀뚱 뜨고 하릴없이 빈둥거리다가 어둠이 깃들면 야근을 밥먹듯 하는 사람들도 꽤 많아요."

"젊었던 한때 밤을 하얗게 새운 적도 많았소."

"그런데…… 코밑에 입술이 있는 것처럼 노숙자 곁에는 반드시 있어야 할 게 있는데 아저씨 곁에는 그게 없네요."

"소주병? 배낭 안에 있지만 자주 꺼내진 않소."

"왜, 끊으셨어요?"

"흥미를 잃어버렸어. 혼자서 술 마신다는 게, 생각나는 사람 없으면 어렵잖소."

"난 안 그런데……"

"아가씨는 젊잖아. 생각도 많을 테고 생각나는 사람도 많을 테고. 그러면 혼자서도 술 마실 명분이 생기지 않겠소."

"그렇지 않아 보이는데…… 성깔이 깐깐한 아저씨인가봐요."

"그렇게 보이나?"

"대충 그렇게 보입니다."

"남의 속내를 꿰뚫어보는 안목이 있나보군. 그런데 남장을 하고 있어 안개 속에서는 여잔지 남잔지 알아보기 어려웠어."

"떠돌이 생활에선 남장하고 다니는 게 편해서요. 그래도 십중팔구는 여자라는 걸 알아채죠."

"얼마나 됐소?"

"집 떠난 지 얼마 안 됐어요."

"왜?"

"그냥 어쩌다보니 이렇게 됐어요. 아저씬 집 떠난 지 얼마나 됐어요?"

"난 원래부터 집이란 물건이 있지도 않았소. 가슴속에 숨겨둔 야망이란 것도 없으니까 집 같은 것 없어도 큰 불편을 겪지 않았지. 젊었을 때는 소도시를 떠돌면서 얼음과자를 팔거나, 구두를 닦거나, 암표 장사 같은 걸로 연명하기도 했는데, 그것도 할 만했어. 내가 제대로 된 직업을 가진 것은 교도소에서 출소한 후였소. 남들은 출소하고 나서 직업을 구하려면 전과자라는 딱지가 붙어서 번번이 퇴짜 맞기 일쑤였는데, 나도 처음에는 전과자이기는 마찬가지여서 일정한 직업 없이 여기저기 기웃거리며 겨우 입에 풀칠이나 했지만, 나중에는 날 서로 데려가려고 몸싸움을 벌일 정도였어."

"정말? 아저씨 몸에 딱 맞은 안정적인 직업이 있었단 말예요?"

"치매 걸린 환자를 돌보는 간병인은 위에서 아래로 내려다보지 마라, 환자를 자리에서 일으킬 때도 위쪽에서 잡아끌지 말라는 것이 철칙이오. 걸을 때도 환자보다 앞장서지 마라, 그렇게 되면 환자의 병이 급속도로 악화된다. 난 다리가 짧으니까 전자총을 맞아도 쉽게 넘어지지는 않지만 부지런히 걸어도 환자보다 앞서서 걷지는 못해요. 그런데 요사이 사람들은 성한 사람이든 병자든 하나같이 키도 크고 다리도 길지 않소. 그래서 나이든 사람들 중에서 나처럼 환자보다 키가 작은 간병인을 찾아내기가 여간 어려운 게 아니오. 그래서 나는 힘들이지 않고 부잣집에 입주해 간병해주고 월급까지 고박꼬박 챙기며 살았소. 치매 환자는 어렸을 시절의 경험만 기억해서 나하고는 얘기하기가 편했지. 유치한 얘기들뿐이어서 나하고는 거침없이 잘 통했지. 결국은 그만두게 되었지만…… 치매 환자들이 제일 자주 하는 말이 뭔지 알아요? 하루종일 아무 말 없이 가만히 앉아 있다가 느닷없이 집에 가자는 거요. 집에 앉아 있으면서 집에 가자는 말은 엉뚱하잖아? 기가 찰 일이지. 그런데 그걸 지금 살고 있는 집으로 알았다간 큰코다쳐요. 옛날 어린 시절 살던 고향집을 가리키는 거야. 한번은 환자가 몰래 가출을 해버려서 집안이 발칵 뒤집혔지. 가출 신고를 하고 가족들이 흩어져서 열흘이 넘도록 갈 만한 곳을 여기저기 수색했으나 행방은 오리무중이었소. 모두들 어디 가서 숨을 거두었다고 포기한 상태였지. 그런데 열흘도 훨씬 지난 뒤에 환자의 고향 친척집에서 연락이 온 거야. 거기 있다는 거요. 허겁지겁 달려가보니 친척집에서 보호하고 있더구만. 희한한 세상이야. 정신 멀쩡한 사람들은 고향 따위 잃어버리고 살아가는데, 정신 줄 놓았다는 치매 환자는 자기 고향을 정확하게 기억하고 있다니 희한한 세상 아니겠소. 어린 시절에 두꺼운 양말을 신고 발을 따뜻하게 간수하고 잠들면 키가 자란다는 얘기를 들었소. 그러나 나는 그 시절부터 상당한 기간 동안 양말 신고 지낼 형편이 못 되었소. 한데 그것이 치매 노인을 간병할 수 있는 행운을 가져다주었으니, 그것 또한 희한한 일 아니겠소. 승냥이들 무리에선 우두머리만 다리를 쳐들고 오줌을 눌 수 있다잖아요. 그러나 사람은 누구나 다리 들고 오줌을 눌 수 있다오."

"그러게요. 듣고 보니 이상한 세상 맞네요."

"가당치도 않은 야망만 가지지 않으면 나 같은 멍청이도 살아나갈 구멍은 얼마든지 있는 세상이오. 개구리는 다리에 굳이 스프링을 달아주지 않아도 잘도 뛰잖소. 뭔가를 너무 많이 알고 있으면 턱없는 야망이 생기고, 그 야망이 사람을 그르칠 수도 있다잖아요. 태풍이 불어도 잡초는 뿌리가 뽑히지 않아요. 바퀴벌레는 머리가 잘려나가도 보름이 넘게 살아 있다 하지 않소. 역경이라고 해서 다 나쁜 건 아니오. 좋은 것도 나쁜 것도 살아보면 내 몸에서 쉽게 사라지지 않습디다. 그것은 친구요. 친구로 생각하면 좋은 것이든 나쁜 것이든 끌어안고 있어도 두렵지가 않아요."

"그렇게 살아야 한다는 것은 어디서 얻은 교훈이에요?"

"거짓말 같겠지만, 감옥에서 배웠소. 감옥에도 좋은 사람이 많고 잡지도 많아. 그런데 더 많은 중요한 것들은 칠칠이란 개한테서 배웠소. 칠칠이와 같이 어울려 살면서 배운 건 언제부턴가 눈에 보이지 않아도 어떤 부류의 사람이 가까이 다가오고 있는지 냄새로 구분하는 거요. 개는 세상을 냄새로 이해해요. 냄새를 통해 자기 주위를 정확하게 점검할 수 있어요. 칠칠이가 가진 그런 신비한 능력이 내게 전이가 된 거요. 어떤 때는 나도 칠칠이처럼 꼬리가 있다는 착각에 빠졌다오."

"에이, 설마요."

"거짓말이 아니오. 심장도 얼어붙을 것 같은 강추위 속에서도 칠칠이 털 사이에 코를 파묻고 따뜻한 앞발을 쥐고 잠들면, 가슴 속에 쌓여 있던 울적함도 금세 사라지고 언제인지도 모르게 깊은 잠에 빠져들곤 했지. 하찮게 볼 수 있는 똥개가 내가 겪는 아픔이나 공허함이 뭔지 알고 있다는 생각까지 했다오. 감옥에 갇혀 있는 사람들도 마찬가지요. 마음만 다잡아먹으면 좋은 사람들도 많이 만날 수 있어요."

"그래서 집도 없이 오랜 세월 떠돌면서 무사히 견디셨군요. 그러고 보면 아저씨나 저나 이 시대의 난민이라 할 수 있겠네요…… 아저씨 만난 김에 뒤따라다닐까봐요. 저 역시 잠자리 때문에 지쳤어요. 낡은 선풍기가 마지못해 돌아가는 좁은 모텔 방에서 뒹굴다가 편의점을 뒤져 삼각김밥으로 죽지 않을 만큼 배를 채우고, 옆방에 투숙한 남녀들이 북북 토해내는 민망한 소리를 듣다못해 모텔을 나와버리는 짓을 반복하다가 이젠 아예 노숙하며 지내고 있네요. 그런데 이젠 노숙도 지쳐 아저씨 따라 유랑생활 할까봐요."

"이렇게 안개가 짙은데 어딜 간다고 그러시오. 유랑생활에 지치면 그땐 또 어디로 가려고. 이 안개는 금방 걷히지도 않을 것 같은데……"

"바다 안개는 원래 육지에서 생기는 것보다 진하고 쉽게 소멸되지도 않는대요. 그러니까 신경쓸 거 없지요."

"축축해서 몸도 무거워졌고 움직이기도 싫어. 그러니까 그런 농담 하지 말아요."

"안개 때문이 아니고, 나이들어서 움직이기 싫은 거예요."

"아가씨 얘기를 듣고 있으니깐, 내 버릇없던 어린 시절이 떠오르는군. 그땐 나도 어른들 말에 막무가내로 뛰어들어 부아를 돋우곤 했지. 얼마나 버릇없이 굴었으면 동네 어른들이 날 피해 달아나곤 했겠어."

"거짓말."

"아냐, 정말 그랬소."

"내가 버릇없이 굴었나봐요. 그랬다면 죄송해요."

"사과할 필요 없소. 그렇게 되면 서로 어색해지니까. 내가 터득한 것은 거짓말도 오래하면 진짜처럼 할 수 있다는 것이고, 어떻게 살든 사람은 변하지 않고 나이만 들어갈 뿐이란 것이오."

"마음이 너그러운 아저씨네요. 매력도 있으시고……"

***

이런저런 일로 끊임없이 일탈을 저지르는 나를 참고 볼 수만 없었던 선생님은 화장실 청소와 더불어 방과후에 나 혼자 남겨 유리창 닦게 하는 벌을 주는 것도 서슴지 않았다. 화장실 청소는 내게 수치심을 안기려는 의도에서 시작된 명예형名譽刑이었지만 나는 그 형벌을 군소리없이 받아들였다. 구시렁거렸다간 혹독한 체벌이 쏟아지기 때문이었다.

눈 오는 날 성에가 뿌옇게 끼어 암울하기만 하던 유리창을 걸레로 닦아내면 전혀 예상하지 못한 새로운 세계가 유리창 한 장 한 장마다 신비롭게 나타났다. 어떤 창에서는 익숙한 바깥세상이 곧이곧대로 재현되기도 하였으나 어떤 창에서는 세상이 울퉁불퉁하게 왜곡되어 나타나기도 하였고, 내 얼굴이 기괴한 모습으로 변형되어 비춰지기도 했기에 나는 아이들에게 귀신 이야기를 해줄 수도 있었다.

그것이 마감 기술이 서툴러 유리의 평면 유지가 고르지 못했기 때문에 나타나는 이상 현상이라는 것을 몰랐던 나는 내가 만들어낸 마술로 생각했다. 그러나 유리창에 왜곡되어 나타나는 이상 현상들은 내게 많은 이야기를 만들어낼 수 있는 토대를 만들어주었다. 그리고 아이들은 그 왜곡된 이야기를 열심히 들어주었다.

나는 그런 마술이 내가 아버지 박무도씨의 아들이란 것을 증명해주는 것이라고 생각했다. 깨끗하게 닦인 유리창이란 렌즈를 통해 바라보는 세상은 경이로웠고 내 상상력을 자극했다.

작은 유리창 밖으로는 상상조차 할 수 없었던 넓고 깊은 세상이 끝 간 데 없이 펼쳐졌다. 그 눈의 바다에는 눈사람 같은 백곰이 얼음 구멍에 주둥이를 박고 물구나무서기로 물범을 사냥하고 있는가 하면, 툰드라 지방에서 에스키모와 함께 살고 있다는 순록떼가 눈밭을 박차고 지축을 뒤흔들며 내닫는 소리가 들려왔다. 그래서 선생님이 내린 벌은 그 작은 동네에서 상투적으로 벌어지고 있는 지루하고 평년석인 일상에서 벗어나 내가 미처 접속할 수 없었던 광활하고 입체적인 세상으로 데려다주었다. 더 넓은 세상이 존재하고 있다는 사실을 나는 체벌에서 비롯된 유리창 닦기를 하며 배우기 시작했다.

눈발로 더러워진 유리창은 자연이나 과학의 법칙으로는 설명할 수 없는 기적을 제공해주었다. 그러나 수업중에 혼자 체벌을 받고 있는 꼴을 킥킥거리며 곁눈질하는 아이들은 백곰이나 순록떼의 모습을 볼 수 없었다.

그들에겐 오직 콧물을 훌쩍거려가며 걸레질을 하고 있는 내 구질구질한 모습만 보일 뿐이었다. 나는 아이들 앞에서 백곰의 사냥법과 순록떼의 질주를 이야기했다. 영리하고 똑똑해서 우등생 반열에 든 아이들은 교과서에도 없는 이야기를 만들어내 지절거린다고 나를 거짓말쟁이로 매도하였으나, 열등생으로 지목받고 있는 얼간이들은 내 이야기를 신기한 듯 들어주기도 했다. 그래서 나는 겨울이 다가오면 눈이 내리기를 학수고대했다. 그러나 기대와는 달리 언제부턴가 눈은 찔끔 내리다 만 경우가 많았기 때문에 내가 백곰으로 변신할 수 있는 기회를 주지 않았다.

아니나 다를까 나를 좇는 아이들의 수가 야금야금 줄어들고 있다는 것을 깨달았다. 아이들의 무시는 내게 정신적 외상을 입히기에 충분했다.

그것은 내게 공포였다. 다시 아이들에게 밉상으로 찍혀 그들이 나를 향해 악담을 쏟아놓을까봐 전전긍긍했다. 내 인생이 그로 말미암아 엉킨 실타래처럼 꼬일 듯한 예감이 들었다. 무슨 수단을 강구하든 아이들의 호기심을 자극할 만한, 그리고 저들은 따라 하기 쉽지 않은 다른 속임수를 개발해야 할 절박한 시점에 당도했다는 것을 깨달았다.

내가 그토록 심혈을 기울여 만들어낸 관심 끌기의 노력이 결과적으로는 아이들에게 부정적 영향을 끼치고 있다는 사실을 나는 깨닫지 못했다. 진실이란 불면증과 불쾌감만 준다는 말이 있듯이, 그들에게 혼란을 일으켰다. 어쩌면 나는 그들 사이에 불필요한 갈등을 조장한 것에 만족감을 느낀 괴물에 불과한 것인지도 몰랐다.

그럼에도 불구하고 나는 그것을 깨닫지 못했으므로 관심 끌기를 멈출 수도 없었다. 아이들로부터 우월감을 느끼는 유일한 길은 내가 만들어낸 속임수나 거짓말뿐이라는 생각에 흔들림이 없었기 때문이다.

때마침 운수 좋게도 칠칠이란 이름의 똥개와 더불어 하루 일과를 집을 지키는 일에 몰두하는 이웃집 노인네를 발견했다. 나이 들면서 앓아온 우환이 뼛속까지 스며들어 몸을 자유롭게 움직이기 거북해하는 노인네였다.

봄이면 거의 하루종일 툇마루에 소슬하게 나와 앉아 낡은 부채로 이마에 쏟아지는 햇살을 가리며 해바라기로 시간을 죽이면서 긴긴이 마른 손가락을 들어 눈가에 번진 진물을 훔치는 것이 고작이었다. 그런 노인네의 외양에서 나이가 듦으로써 저절로 갖추어지는 고결함이란 눈곱만치도 찾아볼 수 없었다.

그 노인네는 오래전부터 내 이웃에 존재하고 있었기 때문에 새로운 발견이라고 할 수는 없었다. 때마침 노인네의 존재가 생각났을 뿐이다. 내가 발견한 건 휘어진 허리에 세월의 단물이 퍼렇게 고여 있는 노인네의 잔망스러운 허우대가 아니었다.

노인네는 사지가 쪼그라든 왜소한 허우대로서는 상상하기 힘들 정도로 가래침을 멀리 내뱉는 탁월한 기량을 보유하고 있었다. 일자로 지은 가옥의 맨 오른쪽 끝 방을 혼자 차지하고 살아가는 그 팔십 노인네는 이 마을에 사는 어느 누구보다 아침 일찍 잠에서 깨어났다.

잠자리에서 일어난 노인네가 맨 처음 치르는 일은 방문을 열고, 네발로 움직이는 나무늘보처럼 아주 오랜 시간 공을 들여 엉금엉금 기어나와 툇마루가 끝나는 곳에 놓인 깨진 오지항아리에 대고 오줌을 싸는 일이었다. 밤새도록 배설을 참아 아랫배가 부풀 대로 부풀어 있었음에도 불구하고, 오줌 줄기는 질금질금 힘없이 서너 번 시늉만으로 지리다 말았다.

수전증까지 있었기 때문에 손으로 거시기를 잡아준다 해도 오줌 줄기가 오지항아리 한가운데를 정조준하는 데에는 실패를 거듭했다. 언제나 소금버캐가 누렇게 묻어 있는 항아리 바깥이나 툇마루 가녘에다 줄줄 흘리고 말았다. 그래서 오줌을 흘릴 때마다 젖은 오지랖을 그대로 수습하곤 했다. 그러나 노인네의 진면목을 보여줄 차례는 배설을 마친 뒤, 괴춤을 추슬러 바짓가랑이를 수습한 다음이었다.

오지항아리에서 비켜나 자세를 비틀어 앞산 마루가 바라보이는 허공으로 시선을 박은 노인네는 처음으로 툇마루 끝에 궁둥이 닿을 정도로 휜 허리를 구부리며 밤새 참았던 해소 기침을 토해내기 시작했다.

어느새 상반신을 등 뒤쪽으로 기울였다가 다시 앞쪽으로 가슴을 내미는 순간을 같이해 발뒤축을 툇마루 가장자리에 대고 쾅 구르면서 창자 깊숙한 곳에서부터 혓바닥 끝까지 끌어올린 가래침을 허공을 향해 퉤퉤 하고 소리치며 내뱉는 것이다.

노인네의 입을 떠난 탁구공 크기의 가래침 덩어리는 마당 한가운데를 가로지른 빨랫줄 위로 긴 포물선을 그으며 칠팔여 미터를 일같잖게 비행한 뒤 맞은편 축담 아래에 있는 두엄 더미 언저리까지 날아가서 걸판지게 착륙했다.

그뿐만 아니었다. 땅에 떨어지기 직전까지 가래침은 처음 입에서 출발할 때의 형태를 조금도 손상됨 없이 그대로 유지했다. 현실적으로 유에프오 같은 비행물체를 연상하기에도 충분했다. 노인네의 격렬한 침 뱉기는 꺼져가는 생명줄에 가까스로 매달려 있는 자신의 처지에 대한 담대한 도전처럼 보이기도 했다.

그 가래침이 갖고 있는 놀라운 팽창력과 속도감은 노인네가 가진 삶의 의지 같은 것이 역력하게 드러나는 것이었다. 더욱 가관인 것은 노인네보다 먼저 깨어나 툇마루 아래서 주둥이를 깐 채 웅크리고 있던 칠칠이란 똥개의 행동이었다.

그 개는 기다렸다는 듯이 한 번 컹 하고 짖은 다음 막 허공으로 날아가고 있는 가래침의 궤적을 따라 두엄 더미께로 쏜살같이 내달았다. 그러고는 가래침이 땅에 안착하기 직전 냉큼 받아 순식간에 핥아먹어버렸다. 칠칠이가 혓바닥으로 주둥이 주변을 핥으며 다시 툇마루 아래로 기어드는 것과 노인네가 다시 방으로 들어가는 시각은 짝을 맞춘 듯 거의 일치했다.

마을에 살고 있는 굶주린 개들은 상습적으로 쓰레기 더미나 수채를 뒤져 허기를 채웠다. 그뿐만 아니라, 아이들이 마당가에 싸놓은 배설물까지 주저 없이 핥아먹었다. 따라서 칠칠이가 노인네가 뱉어낸 짭짤한 가래침을 땅에 닿기 전 단 한 번의 실수도 없이 가로채는 탁월한 민첩성은 칭찬받아 마땅한 재능이었다.

노인네의 가래침이 그려내는 포물선의 길이와 팽창력은 외아들이 집을 버리고 나간 이후, 노인의 가슴속에 멍울진 가슴앓이와 분노의 깊이와 거의 일치하는 듯했다.

나는 어느 날 우연히 노인네의 가래침 뱉기 성과에 매료되어 미동도 않고 그 놀라운 궤적을 지켜본 적이 있었다. 모르긴 해도 이 마을을 통째로 들어 까뒤집어도 노인네처럼 가래침을 멀리 내뱉는 기량을 보유한 사람은 찾아낼 수 없을 것이다. 목구멍 속을 샅샅이 뒤져보아도 몇 개 남지 않은 누런 이 사이로 내뱉는 가래침이 폭발적인 팽창력을 지녔다는 것은 그때마다 놀랍고 경이로웠다.

아이들이 내게 진력이 났을 무렵 나는 마침 그 노인네의 가래침 뱉기의 놀라운 성과를 기억해냈다. 나 역시 그처럼 가래침을 멀리 내뱉을 수 있다면 투명인간 취급에서 벗어나 다시 한번 아이들의 열광적인 호기심을 자극할 수 있을 것 같았다. 그러나 몇 번인가 노인네의 자세를 그대로 흉내내 가래침 내뱉기를 시도해 보았으나 어림없는 수작이었다.

용기를 내 평소에는 서로 소 닭 보듯이 거들떠보지도 않았던 노인네를 찾아갔다. 노인네는 바로 이웃한 점순네 외아들이 불쑥 찾아온 것에 대해 별반 놀라는 기색은 아니었다. 오히려 은근히 반기는 눈치였다. 서로 살갑게 인사를 나누는 처지는 아니었으나 노인네는 어떤 거래로 말미암아 내 존재를 익히 알고 있었다. 그것이 아니더라도 병골인 노인네 역시 찾아주는 사람 없는 외톨이로 소외된 채 하염없이 하루하루를 보내는 처지이기도 했다.

주름살투성이인 얼굴에 거뭇거뭇한 저승꽃이 핀 노인네는 툇마루 끝에 엉덩이를 걸치고 모잽이로 뒤틀고 앉은 나를 돋보기 너머 도끼눈으로 쏘아보다가 말했다.

"너 누구냐?"

내가 누구인지 거울 속 들여다보듯 빤히 꿰고 있으면서도 무슨 대답이 나오나 하고 농담 삼아 묻는 대다수 어른들의 말버릇을 알고 있었기 때문에 내 대답 역시 고분고분할 수 없었다.

"글쎄요, 누굴까요. 알아맞혀보실래요?"

진물에 젖은 노인네의 두 눈이 크게 뜨였다.

"이 버르장머리 없는 놈을 봐라. 시방 나하고 농담 나누자는 것이냐?"

"난 키가 작아서 농구 할 줄 몰라요."

"농구가 뉘 집 자식이냐?"

"몰라도 돼요."

"가만 보니…… 너 아랫집 점순이네 소생 아니냐?"

"점순이가 누군데요?"

"고얀 놈, 니 에미 택호도 모를까봐 되묻느냐?"

“우리 엄마 이름은 잘도 알아맞히네요.”

“헛, 그놈하구선. 내가 장님이 아닌 다음에야 네놈의 정체를 못 알아맞힐까. 점순이네 소생 맞지?”

“글쎄 점순이가 누군데요?”

“바로 니 에미 아니냐? 내 말이 맞지?”

물론 나는 그렇다고 고개만 끄덕였다. 네, 하고 대답하지 않고 고개만 끄덕이는 불손함을 바라보는 노인네의 시선이 곱지 않았다. 그러거나 말거나 나는 내심 노인네를 은근히 깔보고 있었다. 노인네의 어린 며느리를 어머니는 단심이란 택호로 불렀는데, 그녀는 이틀에 한 번꼴로 빈 도시락을 들고 우리집을 찾아왔다.

부엌에 있던 어머니는 단심이와 숙덕숙덕 몇 마디 나눈 뒤에 나를 불러 다짜고짜 바지를 벗겼고, 그녀는 들고 온 양은도시락을 꺼내 내 사타구니 안으로 쑥 디밀었다. 언제나 그랬듯이 나는 도시락에다 오줌을 갈겼다.

나중에야 알아낸 일이지만, 어린아이가 아침에 일어나서 처음으로 눈 오줌을 노인네가 받아 마시면, 눈이 밝아지고, 시들고 쪼그라든 피부가 피둥피둥해지고, 혈압이 내려가는 효험을 본다고 했다.

단심이네는 내가 도시락을 오줌으로 채울 동안 내 사타구니에서 줄곧 시선을 떼지 않았다. 그뿐만 아니라, 오줌 줄기가 도시락 가녘으로 흐르지 않고 가운데로 정조준되도록 시종 내 거시기를 한 손으로 잡고 있다가 한 방울의 오줌도 아쉬운 듯 마지막엔 탈탈 털기까지 했다. 언제 보아도 얼굴에 수심이 가득하고 우울해 보이는 그녀도 내게서 오줌을 받아가는 순간만은 아침햇살을 받은 나팔꽃처럼 상큼하게 빛나곤 했다.

내 사타구니 안으로 디민 도시락을 꺼낼 때까지 단심이네는 귓밥이 발갛게 상기되어 있었고, 내 사타구니에서 한순간도 시선을 떼지 않았다. 반듯한 도시락 하나도 갖추지 못했던 우리집에서는 내가 소풍을 갈 때 어머니가 그 도시락을 빌려와 감자를 삶아 넣은 뒤 건네주곤 했다.

그녀가 받아간 오줌을 노인네가 마신다는 걸 알려준 사람은 어머니였다. 노인네는 수전증까지 있어 가만히 앉아 있을 때도 몸을 올곧게 가눌 수 있는 처지가 아니었다. 가만히 둬도 쉴새없이 머리를 좌우로 내저었기 때문에 도시락에 받아 온 오줌을 제출물로 마시지 못했다.

그래서 언제나 그 어린 며느리가 젖먹이에게 하듯 턱을 받쳐들고 먹여줘야 했다. 노인네는 단심이네의 추임새에 따라 누런 이를 도시락 가운데에 작살처럼 꽂고 게걸스럽게 오줌을 빨아들였다. 단심이네는 노인네가 마시다 남긴 오줌으로 세수도 하고 손을 씻기도 한다는 얘기도 들었다.

어머니도 그렇게 생각했지만, 나 역시 오줌 먹이기가 항간에 떠도는 소문처럼 노인네의 병세를 호전시킬 수 있을 것 같지 않았다. 그런데도 단심이네는 그 일을 끈질기게 반복했다. 노인네도 진력이 났는지 어떤 때는 얼굴을 찡그리고 손사래를 치곤 하였으나, 그녀는 그때마다 삼엄한 얼굴로 노인네를 설득해서 기어코 오줌을 마시도록 했다. 그럴 때 단심이네는 언제나 살벌한 말로 노인네를 협박했다.

"아버님, 애새끼들처럼 왜 앙탈을 부리세요? 이거 안 마시면 죽습니다. 아시겠어요?"

나 역시 병증에 대한 내 오줌의 효험이 궁금했다. 그래서 아무도 몰래 종지에 오줌을 받아 손끝으로 찍어먹어보았다. 몇 번인가 반복해서 맛을 보았으나 따뜻하다는 것을 제외한다면, 비린내는 나지 않았으나 찝찝하고 축축하고 담백한 느낌 외에는 이렇다 할 맛을 느낄 수 없었다.

그녀는 오줌이 지니고 있는 효험보다 내게서 오줌을 받아내 노인네에게 먹이는 과정 자체를 즐기고 있는 것인지도 몰랐다. 마을 아낙네들은 그런 단심이네에게 효부상을 줘야 한다고 떠들곤 했다. 그렇게 성심성의를 다하여 시아버지를 공양하는데도 노인네의 반응은 언제나 시큰둥했다. 밥상을 차려 갖다바치면서 단심이네가 "아침 드시기 전에 손부터 씻어야지요" 하면 노인네는 며느리를 거들떠보지도 않고 퉁명스럽게 되받아쳤다.

"손을 먹을 것도 아닌데 왜 씻어."

"아버님 그거 아세요? 원숭이 새끼도 흙 묻은 고구마는 씻어

먹어요."

노인네는 버럭 핏대를 세우고 며느리를 노려보며 말했다.

"고얀 것, 내가 원숭이 새끼라는 말이냐?"

"제가 언제 아버님께 원숭이라 했어요?"

"니가 시방 날 보고 원숭이 새끼라 했지 않았냐."

그런데 나는 단심이네가 어떤 속내를 가지고 있는지 실상을 짐작할 수 있는 말을 우연히 엿들은 적이 있다. 장맛비가 겁나게 쏟아지던 어느 여름날, 그녀는 언제나 그랬던 것처럼 도시락에 오줌을 받아 집으로 종종걸음 치면서 혼잣소리로 고시랑거렸다.

"도대체 귀신들은 뭘 처먹고 살길래 진작 저 송장을 안 잡아가나. 잡아가야 양단간에 끝장을 보지. 아이고, 내 팔자야."

분수에 넘칠 만큼 시아버지를 섬기는 데 지극정성이던 그녀의 입에서 효심을 치명적으로 의심받을 만한 저주와 경멸이 흘러나오리라고는 상상조차 못한 일이었다. 나는 한동안 혼란스러워 갈피를 잡을 수가 없었다. 그 이후로 나는 노인에게 연민 같은 걸 느꼈다. 그런 연민으로 말미암아 나는 내심 오줌 마시는 사람인 노인네에게 접근하는 데 이렇다 할 두려움을 느끼지 않았다.

"그런데 무슨 일로 날 찾아왔냐?"

"놀러요."

"놀러왔다고? 고놈 맹랑한 놈일세. 네놈 같은 철부지가 팔순 늙은이를 상대로 농을 하겠다고? 그래, 놀러왔으면 방안으로 냉큼 들어와서 인사 여쭈어야지 본데없는 상놈처럼 툇마루 끝에 엉덩이를 뒤틀고 앉아 어른을 빤히 쳐다보고 있느냐?"

"인사는 왜 해야 돼요?"

"이웃에 살고 있는 어른이니까 마땅히 인사 여쭈어야지."

"언제부터 이웃에 살았어요?"

"이 녀석아, 니가 태어나기 전부터 너희 집 코밑에서 살았다."

"누구하고 살았는데요?"

"이 녀석아, 어른을 빤히 쳐다보면서 엉뚱한 말 묻는 거 아니다."

"금방 갈 거예요."

"금방 갈 걸 왜 찾아왔냐?"

"금방 갈 거니까 마루끝에 앉았지요."

"어른을 뵈러 왔으면 냉큼 방안으로 들어와서 처음은 이렇고 나중은 이렇고 자초지종을 얘기해야 할 것 아니냐, 이놈아."

"나보고 욕은 왜 자꾸 하세요?"

내가 막보기로 대들자, 노인네는 적이 놀란 눈치였다.

"보자 보자 하니까, 고놈 참 맹랑한 놈일세. 내가 언제 네놈보고 욕을 했다는 거냐?"

"기가 차네, 기가 차. 지금도 욕했잖아요."

"이놈 봐라. 내가 언제 욕을 했다는 거냐?"

"날마다 욕을 입에 달고 사니까 욕을 하는 줄도 모르잖아요."

"헛, 고놈 참……"

"단심이네도 할배보고 욕하데요."

"누굴 욕해?"

"몰라도 돼요."

"방으로 들어와서 얘길 해야 내가 알아듣지, 이 생쥐 같은 놈아."

나를 방안으로 끌어들이려는 노인네의 속내를 나는 꿰뚫고 있었다. 오래전 나는 멋모르고 그 방에 들어간 적이 있었다. 오래된 산상 냄새와 흡사한 쉰내 같은 것이 내 얼굴을 덮쳤다. 바로 그때였다. 어둑어둑한 방구석에 우두커니 앉아 있던 노인네가 유령처럼 기어와 다짜고짜 나를 끌어당겼다. 그리고 내 목덜미에다 자신의 주름투성이로 찌그러진 볼을 갖다대고 비비는가 하면 내 사타구니에다 손을 집어넣어 내 거시기를 잡아당기기도 했다. 어마지두 놀란 나는 잽싸게 바람벽으로 물러앉았다.

그 이후로는 노인네의 방으로 들어가는 것이 전혀 내키지 않았다. 노인네가 곶감 같은 주전부리를 내밀고 나를 유인하려들어도 나는 기필코 방안으로는 고개 디밀기를 삼갈 것이었다.

오줌은 금방 집에서 누고 왔기 때문에 노인네가 내 사타구니에 압착기를 집어넣어 쥐어짠다 해도 나올 오줌은 없었다. 그뿐만 아니라, 노인네의 거처에서 물씬 풍기는 역한 쉰내는 노인네보다 더 싫었다.

"딱 한 가지만 물어볼 게 있어서요."

노인네가 나를 방안으로 끌어들일 당초의 욕심을 단념했다는 것을 눈치챈 내가 말했다.

"나한테 물어볼 게 있다고?"

"예."

"정 그렇다면 염장만 지르지 말고 어디 물어봐라."

"할아버지…… 가래침을 멀리 뱉으려면 어떻게 해야 돼요?"

귀가 어둡기도 하겠지만, 느닷없이 들이대는 내 말이 무슨 흰소린가 해서 노인네는 말귀를 대뜸 알아채지 못했다. 노인네의 표정이 갈피를 못 잡고 뒤숭숭했다.

"가-래-침-을 할-아-버-지-처-럼 뱉-으-려-면 어-떻-게 해-야 돼-요?"

귀를 모아 내 말을 듣던 노인네의 입에서 비우호적인 한마디가 흘러나왔다.

"고얀 놈, 내가 가래침을 왜 뱉느냐고? 고놈 오줌 인편에 내질린 반편이군그랴. 생뚱맞은 소리 집어치우고 저리 썩 비켜라, 이 놈."

"왜 그러세요?"

나는 여차하면 줄행랑을 놓을 작정으로 엉덩이를 툇마루 끝까지 밀어냈다.

"왜 그러느냐니? 몰라서 묻느냐?"

"모르겠는데요."

"이 고얀 놈이 팔십 먹은 늙은이를 데리고 희롱할 작정인가."

노인네를 설득하려면 상당한 노력과 인내심이 필요할 것 같았다. 그러나 나는 단념하지 않았다. 노인네가 보여준 가래침 뱉는 자세를 머릿속에 그리며 기회가 있을 때마다 연습에 연습을 거듭했다. 몇 개월간 연습을 거듭한 끝에 노인네에게까지는 미치지 못했으나 또래의 아이들은 흉내내기 어려울 정도의 긴 궤적을 그릴 수 있는 기량을 보유하기에 이르렀고, 그것으로 나는 흩어지는 몇몇 아이들을 다시 내 주변으로 규합하는 데 어느 정도의 성공은 거둔 셈이었다.

학교가 제공하는 교육적 소재 따위를 가지고 아이들을 제압한다는 것은 불가능한 일이었다. 산골 아이들이라고는 하지만 도회 아이들 못지않게 눈발도 날카로운데다 총기 있고 영악했다. 나를 따돌리기 위해서는 무슨 일이든 저지를 용기와 능력을 갖추고 있는 끔찍한 인간인 아이들과 실력으로 겨뤄 휘하에 거느린다는 건 삼각형 물체를 굴렁쇠처럼 굴리는 것보다 더 어려운 일이라는 사실을 나는 일찍부터 알아챘다.

상식적인 것, 예상 가능한 소재를 가지고 그들의 관심을 이끌어낸다는 건 불가능한 일이었다. 엉뚱한 것, 어쩌면 그들이 평소에 혐오하고 있는 것, 혹은 부도덕한 것, 몇십 년 후에나 그들의 전유물이 될 만한 것들, 어른들 사이에서나 교환되는 수준 높은 농담 같은 것들만이 그들의 관심을 이끌어낼 수 있었다.

서울 같은 대도시에서 유학중인 교장 선생님의 첫째 딸이 사팔뜨기라거나, 부임한 지 육 개월도 안 된 스물두 살짜리 여선생이 홀아비 신세인 교감 선생의 하숙방에 몰래 드나든다거나, 마을에 하나뿐인 정미소 주인이 외팔이라거나, 단심이네가 내 거시기를 가지고 희롱한다거나 하는 따위의 가당찮은 말을 지어냈다간 볼멘소리로 쏘아붙임을 당하거나 가차없는 멸시를 받기 일쑤였다.

"박호구, 너 그거 정말이야?"

"응, 정말이야."

"네 눈으로 직접 봤어?"

사람의 기를 꺾는 가장 치명적인 말은 무심코 내뱉은 한마디에 눈발을 날카롭게 치뜨며 '네 눈으로 직접 봤어?' 하고 들이대는 질문이었다. 책임질 수 있느냐고 윽박지를 때는 나 같은 얼간이는 말문이 막힐 수밖에 없었다.

"너 백곰이 얼음 구멍 뚫고 사자 공격하는 거 직접 봤어?"

"내가 언제 백곰이 사자를 공격한다구 했어?"

"니가 그랬잖아."

"백곰이 바다사자 사냥한다고 했지, 그냥 사자 공격한다고 한 적 없어."

"바다사자나 그냥 사자나 사자인 건 마찬가지 아냐. 너 그거 봤어?"

"봤어."

"거짓말하지 마. 자꾸 거짓말하면 너 똥구멍에 털 난다. 그거 알아?"

"난 몰라."

"거짓말은 하는 게 아냐. 그럼 호랑이가 업어간다."

"……"

"니가 지금 한 말 참말 아니면 교감 선생님한테 좆나게 얻어터질 거야."

대중없이 비위를 건드렸다가는 눈물이 찔끔 나도록 역공만 당할 뿐이었다. 황당한 이야기가 아니면서 그들을 화들짝 놀라게 할 수 있는 소재를 찾아내야 했다.

어느 날 새벽이었다. 턱밑에서 느닷없이 창자가 끊어질 듯한 통곡 소리가 들렸다. 옆집 단심이네였다. 그녀는 남편이 객지로 나가 소식이 두절되고 사 년 동안 줄곧 공방살이를 하면서 저승길에 턱을 걸고 있는 시아버지와 속절없는 세월을 죽이고 있었다. 그랬으니 가슴속에 쌓인 포원인들 오죽했을까. 각다분한 살림에 그녀의 통곡 소리만 요란했을 뿐 장례를 위한 어떤 조치도 발견할 수 없었다. 어머니가 화들짝 놀라 옆집으로 달려갔다. 그러나 똥개 칠칠이는 마루 밑에 웅크리고 엎드려 석고로 빚은 것처럼 미동도 하지 않았다.

이른 아침에 한 번씩 간식을 제공해주었던 노인네가 열명길로 들었다는 것을 똥개인들 모를 리 없었을 텐데. 얼이 빠진 걸까. 똥개는 노인네의 죽음을 남의 일처럼 무덤덤하게 바라보았다. 컹 하고 한두 번 짖을 법도 한데 그런 반응조차 없었다.

칠칠이는 이상한 개였다. 저들의 존재 이유인 짖는 일에 너무나 인색한 개였다. 그래서 나는 칠칠이도(어떤 사람들은 칠칠이를 사십구로 부르기도 했다. 야, 사십구, 이리 와봐. 하지만 칠칠이는 가지 않았다. 그 사람이 다시 야, 똥개, 이리 와봐, 하고 목 터지게 소리질러도 칠칠이는 못 들은 척했다) 저희들 세상에서 나처럼 얼간이로 대접받는 개라고 생각한 적이 있었다.

개들은 시도 때도 없이 짖기 마련이었다. 트럭이 먼지를 일으키며 마을길을 질주하면 격렬하게 짖을 뿐만 아니라, 한동안 트럭의 꽁무니를 따라 거품을 물고 질주할 때도 있다. 부엌에서 물을 끓일 때, 주전자나 냄비의 뚜껑이 부글부글 김을 내뿜으며 덜그럭거릴 때도 짖는다. 자기하고는 아무런 상관이 없는데도. 가만 엎드려 있다가도 사람들이 빨리 걸어가면 더욱 맹렬하게 짖으며 뒤쫓아간다. 어떤 개는 안방에서 자고 있는 주인이 코를 골아도 방을 향해 짖어댄다. 저도 코를 골고 자면서. 도끼로 장작을 패는 소리에도 짖는다. 저는 한 번도 장작을 패본 적도 없으면서. 주인이 제 밥그릇을 다른 장소로 옮겨놓을 때도 짖는다. 문밖에 집배원이 나타나도 짖는다. 자기에게 오는 편지가 아닌데도. 심지어 주인이 우물가로 나와 이를 닦을 때도 짖는다. 제 이빨은 죽을 때까지 단 한 번도 닦지 않으면서. 그러나 칠칠이가 내는 소리는 다른 개들이 일반적으로 내는 그런 개소리와 판이했다.

칠칠이가 짖을 때는 옆집에서 들어도 어떤 상황이 벌어지고 있는지 당장 알아챌 수 있다. 아침 일찍 두 번 정도 컹 하고 짖을 때는 노인네가 툇마루에 나와 가래침을 뱉을 때다. 대낮에 짖을 때는 젊은 남자가 옆집으로 찾아와 단심이네를 찾고 있을 때, 무슨 까닭인지 격렬하게 짖곤 했다.

어느 때보다 맹렬하게 짖을 때가 있는데, 그것은 좋아하는 노인네의 신발에 침을 바르며 핥는데 누가 선드렸을 때다. 코브라처럼 입안에 있는 모든 이빨을 곤두세워 보이며 짖는다. 단심이네가 나와서 꾸짖어도 짖는 일은 한동안 계속된다. 사람이 찾아오거나 노인네가 가래침을 뱉지 않는데 저 혼자 컹컹 짖을 때도 있다. 무언가를 상상하며 바람에 날리는 나뭇잎을 쫓아 뱅뱅 원을 그리면서 컹컹 짖어대고 이리저리 무작정 뛰는가 하면, 뒤쫓던 나뭇잎이 바람에 날려 허공으로 솟아올라 나비처럼 춤을 추면 쉴새없이 짖어댄다.

그런 일이 벌어지지 않는 이상 칠칠이는 한여름 장마에 천둥이 치거나, 마당에 미사일이 떨어진다 해도 짖을 엄두를 내지 않는다. 바로 제 코앞에서 놀라 자빠질 사건이 벌어지는데도 모든 일을 남의 일처럼 무덤덤하게 바라볼 뿐이었다.

그래서일까. 그 쓸쓸하고 초라하게 치러진 장례가 끝날 때까지 노인네와 살아생전 고락을 같이한 칠칠이는 단 한 번도 짖지 않았다.

노인네의 가래침이 빨랫줄을 넘지 못하고 비행력을 잃어 탁 걸린 적이 있는데 그것은 노인네가 목숨줄을 놓기 보름 전쯤의 일이었다. 그때 칠칠이는 빨랫줄 아래까지 쏜살같이 달려가서 걸려 있는 가래침이 떨어지도록 목을 빼고 기다렸으나 끝내 떨어지지 않자, 한 번 공허하게 컹 짖고는 마루 밑으로 들어가버렸다. 적잖이 실망한 눈치였다.

문상객도 며느리의 곡소리를 듣고 찾아온 이웃 사람 몇뿐이었다. 분명 일가친척들이 있을 텐데 평소에 왕래가 없어 기별조차 하지 않은 것 같았다. 대개는 온 동네를 한번 들었다 놓는 것처럼 야단법석이던 다른 장례식과는 전혀 다른 모습이었다. 장례가 그처럼 초라하게 치러진 것에는 물론 이유가 있었다.

그것은 사 년 전에 말 한마디 없이 홀연히 집을 나가 소식을 끊어버린 노인네의 외아들이 그때까지 종무소식이었기 때문이다. 상제가 나타나서 장례 절차 모두를 불편 없이 주관하고 섭렵해야 했는데, 그 상제라는 사람을 코빼기도 볼 수 없었다. 본데없는 며느리가 장례를 주관할 수도 없는 노릇이었다. 장례는 그래서 시종 엉망이었다.

노인네가 열명길로 든 뒤, 그녀가 오줌 받아내기를 핑계로 요란스럽게 들락거리던 우리집에 오는 일도 뜸해졌다. 새벽같이 빈

도시락을 들고 우리집으로 찾아오는 대신 짝퉁 악어가죽 핸드백을 들고 읍내 출입을 시작했다.

어두운 방안에 소슬하게 앉아 가슴을 짓누르는 슬픔을 삭이고 있어야 마땅했으나, 그녀의 방종은 날을 거듭할수록 심해져 어떤 때는 집을 나가 사흘이나 나흘이 지나도 돌아오지 않았다.

오랜만에 집으로 돌아오면, 손등으로 떠밀기만 해도 금방 쓰러질 것처럼 파김치가 되어 있었다. 그때는 남의 집에 몰래 숨어들듯 집으로 돌아와 끼니도 거른 채 창백한 얼굴로 방바닥에 코를 박고 곯아떨어지곤 했다.

단심이네는 열여덟 살에 시집와서 스물세 살이 되는 사 년 동안 신혼생활 삼사 개월을 제외하곤 하염없는 공방살이를 이어갔다. 어느 날 잠에서 깨어나보니 남편이란 작자가 메모 조각 한 장 남기지 않고 휑하니 집을 나가버린 것이다. 결혼한 지 오 개월도 채우지 못한 때였다. 그녀가 산골의 가난한 농사꾼 집안의 태생이긴 하였으나 그만하면 외양이 추물이란 핀잔을 들을 처지도 아닌데 어쩌다가 어린 나이에 남편에게 소박을 당해 생과부 소리를 듣게 되었는지 바로 코를 맞대고 살다시피 하는 우리 어머니조차 내막을 몰랐다.

이웃이 혀를 내두를 정도로 알뜰하게 시아버지를 공양하고, 새록새록 정이 쌓이는 신혼의 단꿈에서 미처 깨어나기도 전에 아무런 이유 없이 남편이 자취를 감춰버렸다는 사실밖에 아는 게 없었다. 그녀의 남편이 이처럼 적막한 촌구석에서 중뿔나게 음악을 좋아해서 신혼이고 뭐고 훌훌 벗어던지고 시골 사람들은 손에 쥐여 주어도 알 턱이 없는 음악이란 것을 탐구하기 위해 집을 나가버렸다는 소문 이외에, 그의 행적에 대해서는 아는 사람이 없었다.

오래전 감쪽같이 자취를 감춰버려서 그의 생김새조차 명료하게 기억하는 사람이 드물 정도였다. 처녀 시절부터 결혼할 당시까지는 심성이 무던했던 그녀는, 남편이 죽었는지 살았는지 아니면 다른 계집을 얻어 객지생활을 하고 있는 것인지 굳이 행방을 수소문하고 다니는 눈치도 아니었다. 그녀는 꿔다놓은 곡식 자루마냥 시종 무덤덤했다. 오직 음악을 좋아해서 그 음악에 파고들기 위해 집을 나갔다는 남편의 사정을 그대로 믿는 눈치였다.

그녀는 남편이란 사람이 뻐꾸기가 개개비 집에 알을 낳고 도망쳐버리듯, 병든 아비를 떠맡기고 줄행랑을 놓은 남편의 몰염치와 배신 따위에는 아예 관심조차 없는 듯했다. 그녀는 대다수의 아낙네들이 금기시하는 달거리 빨래도 뒷간 같은 데 숨겨서 말리지 않고 마당 한가운데를 가로지르는 빨랫줄에 보란듯이 널어 말리곤 해서 어딘가 좀 모자라는 여자가 아닐까 의심받기도 했으나, 장례를 치른 이후 그녀의 재빠른 변신으로 보아서는 팔푼이 취급을 당할 여자라고 볼 수 없었다.

때로는 그런 단심이네가 보기 딱해서 우리 어머니가 친정에라도 다녀오는 게 좋겠다고 부추기면 그녀는 글을 모르기 때문에 버스를 타지 못한다고 얼버무렸다. 그러면 어머니는 "두 눈을 빤히 뜨고도 태산을 몰라본다더니……" 하면서 탄식을 늘어놓았다. 사실 눈뜨고 태산을 못 보기는 어머니도 마찬가지였는데, 어쭙잖게도 옆집 며느리 탓만 하는 것이었다. 남의 잔칫집에 달려가서 이것저것 간섭하기 좋아하는 어머니는 때때로 그녀를 불러 앉히고 꼬드겼다.

"후취로 들어앉건 첩실로 들어앉건 그게 무슨 상관이야. 사내는 밤일 튼실하게 치르고, 죽은 호구 아비처럼 협잡배만 아니면 되지. 언제까지 궁상떨며 녹수공방할 거야. 뭘 그렇게 망설이고 있나. 닭장에 족제비가 들면 닭장을 옮기든지 족제비를 잡든지 양단간에 결단을 내야 그 꼴같잖은 굴레를 벗어던질 것 아닌가."

"집안의 형세가 기울어졌다 해도 그럴 수야 없지요."

"이런 멍텅구리를 보았나…… 집 나간 서방을 하염없이 기다려보았자 남 좋은 일만 시킨다는 거 몰라서 그래? 음악 한다고 집 나간 건 모두 빛 좋은 개살구야. 다른 계집에 반해서 집을 나간거야. 마음 다잡아먹어, 이 반편아."

"반편이면 어때요, 이렇게 살면 됐지. 병치레하는 시아버지 두고 제가 어딜 가겠어요."

"그깟 시아버지? 곁에 남편 없고 슬하에 자식조차 없는 시아버지가 무슨 소용이야."

"남편 없고 자식 없어도 시아버지는 받들어야 사람의 도리지요."

"정신 차려. 시아버지는 무슨 얼어죽을 귀신이야."

"나 오줌 마려워요."

도망가려는 단심이네를 붙잡아 앉힌 어머니가 다잡고들었다.

"어때? 내가 우리 선생님한테 단심이네 운세를 봐달라고 할까?"

"싫어요."

"왜 자꾸 내치기만 하나. 내 말이 헛소리로 들려?"

"어쨌든 싫어요. 내 팔자를 왜 선생님인지 무당인지 그런 여자한테 맡겨야 돼요?"

"누가 팔자를 맡기라 했나. 물어보자 했지."

"어쨌든 싫으니까, 무당 얘긴 꿈속에서도 하지 마세요."

"무당이 아니고 선생님이라니깐."

"선생님은 학교에 있지, 무당집에 무슨 얼어죽을 선생님이세요."

"웃는 얼굴에 침 뱉는 거 아냐."

"누가 침 뱉었어요? 싫다고 했지."

그렇게도 요지부동이던 그녀였다. 그런데 노인네가 열명길로 들기 바쁘게 멀리 있는 도회의 성형외과를 찾아가서 단춧구멍같이 겨우 흉내뿐이었던 작은 눈을 찢어 쌍꺼풀 수술로 키우고는 시치미를 딱 잡아떼는 태도를 보면, 그녀의 머릿속에 무엇이 들어 있는지 꿰뚫어보기 어려웠다.

친숙했던 이웃집에서도 보이지 않았으나 그녀의 속내에는 줄곧 다른 꿍꿍이셈이 있었다는 뜻이다. 노인네가 열명길에 든 이후 응당 풀이 죽어 있을 법한데, 장례를 치른 후 기다렸다는 듯이 기운을 차리고 뻔질나게 읍내 출입을 한 것을 보면, 남다르게 살기로 일찍부터 결심한 사람 같았다. 읍내 출입 몇 번에 그녀의 빈약했던 젖무덤은 보형물로 채운 것처럼 몰라보게 부풀어올랐다.

그녀의 젖무덤이 그처럼 터질 것 같은 팽창력을 가지고 있으리라곤 우리 어머니도 예견하지 못했다. 그토록 삽시간에 돌출한 그 하얀 젖무덤은 저고리섶 사이를 비집고 나와 사람들의 시선을 끌었고, 동네 여편네들은 그녀가 옆에서 듣고 있건 말건 아주 드러내놓고 내키는 대로 지껄여댔다. 그녀의 푸짐한 육덕을 놀란 눈으로 훔쳐보면서 어머니는 끈질기게 그녀의 부정한 행실을 파고들었으나 그때마다 거두는 소득은 보잘것없었다.

"단심이네, 어제는 어디 갔다 왔어?"

"읍내요."

"읍내 어디?"

"갔다 왔어도 글을 몰라서 어딜 다녀왔는지 몰라요."

"그렇게 잡아떼지 말고 말해봐. 소문내지 않을게."

"소문나도 상관없어요."

"사람 괄시하는구먼. 난 이웃이라고 남이 헐뜯으면 묻어주곤 했는데."

"모르는 것을 모른다고 하는데, 책잡힐 일은 아니잖아요."

그녀는 어머니의 추궁을 대수롭지 않게 여기고 있기도 했다. 따지고 보면 그녀가 아녀자로서 부정한 행실을 보이든 말든, 집을 자주 비우고 어린 자식을 알뜰하게 거두지 않고 방치한 건 우리 어머니도 매한가지였기 때문이다. 자식을 골똘하게 돌봐주어야 하는 일은 개인적인 선택의 문제가 아니었다. 짐승들에게도 마찬가지지만, 그것은 어미란 존재가 가져야 할 멍에이고 본능의 문제였다. 어머니는 독특하게도 그 본능의 문제에서 완전히 해방되어 있었다.

그것은 아마도 내가 가진 인생의 외양이나 구성이 일반적인 그것과는 빗나가 있었기에 당하는 홀대인지도 몰랐다. 아래위 균형 잡힌 몸매, 윤곽이 또렷한 얼굴, 영악한 말솜씨 따위와는 상당한 거리를 두고 있었기 때문일 것이다. 그런 점에서 나는 상당히 미흡했고 환상적이지 못했다. 그럼에도 불구하고 나는 나 자신에게 실망한 적이 없었지만, 남들은 나를 깔보았고 묻지도 않았는데 실망했다는 말들을 자주했다.

그들끼리 모여 있을 때는 유쾌하게 웃다가도 내가 나타나면 금방 성난 얼굴로 시큰둥한 반응을 보였다. 내게서 줄곧 떨어지지 않는 난민생활은 그것이 발단이 되었고, 결국은 온정과 의리, 베풂과 용서, 관용과 포용, 기다림과 설렘이 흥미진진하게 펼쳐지는 황홀한 세상과는 먼발치에 떨어져 살게 되었다.

나 스스로가 쓸모없는 인생이란 것을 깨닫는 데 오십 년이 넘게 걸렸다. 그런데도 미련이 남아 십 년 이상 세상을 배회하며 꿈을 꿨다. 이 세상에서 가장 어려운 일은 똑같은 말을 여러 번 반복하는 것이고 비슷한 일을 여러 번 반복하는데도 불구하고 지겹게 느끼지 않는 것이다.

"네가 없으면 이 세상을 무슨 낙으로 살겠나."

내가 평생을 두고 한 번만이라도 듣고 싶었던 그 말을 한 번도 들어보지 못한 채 육십의 나이를 넘기고 말았는데도 불구하고, 아직도 무언가 꿈을 꾸고 있다는 것이 때때로 신기할 따름이다.

동네에는 미쉐린맨처럼 살이 통통하게 오른 무당이 살고 있었다. 언제나 몸을 깨끗하고 우아하게 가꿀 뿐만 아니라, 굿을 하는 일 외에는 문밖출입을 삼갔으므로 대다수의 사람이 그의 나이를 짐작할 수 없었다. 어머니는 아버지가 살아 있을 때부터 모든 것을 내팽개치고 무당 뒷바라지를 하면서 그 달팽이같이 작은 집에서 무당과 밤낮없이 살을 붙이고 살다시피 했다.

나는 물론 자신의 끼니조차 나 몰라라 할 때가 많았다. 게다가 무당이 먼 고장까지 나가 굿판을 벌여야 할 때는 무당을 따라 몇 날 며칠을 당신의 아들은 깡그리 잊어버리고 굿판에서 먹고 자는 일을 예사로 알았다. 아버지 역시 집으로 돌아오는 날이 드물었고, 원정 도박을 나가면 심지어 몇 달씩이나 집에는 아무런 기별도 없이 그곳에서 숙식을 해결했다. 그랬으므로 부엌 살강에는 그을음만 뿌옇고 솥에는 유기견이 들어앉아 새끼를 쳐도 모를 지경이었다. 그때는 옆집의 단심이네가 내 끼니를 돌봐주거나 동네 여기저기를 돌아다니며 구걸하다시피 끼니를 해결하기도 했다.

단심이네가 내게 말했다.

"너네 엄마 어디간 줄 알아?"

"몰라요."

"너 참 무던한 애구나. 엄마가 어디 가서 무얼 하고 돌아다니는지 궁금하지도 않아?"

"장구 치고 다니는 건 알아요."

"보고 싶지도 않아?"

"안 보고 싶어요."

"넌 평생 에미 애비도 없이 혼자 살아갈 운세를 타고난 게야."

"운세가 뭐예요?"

"운세? 나도 무슨 말인지 모른다. 이 동네에서 운세가 뭔지 아는 사람은 너네 엄마 점순네하고 그 망할 년, 무당뿐이라더라."

"욕은 왜 하세요?"

"그 무당년은 욕먹어도 싸지."

그녀는 한숨을 푹 내쉬기도 하였다. 그러다가 다시 물었다.

"너네 아부지는 어디 있는지 알고 있냐?"

"몰라요."

"너네 아부지 어디 있는지 나는 알고 있다."

"어디 있는데요?"

"읍내 여인숙에 있다더라."

"우리 아부지 거기 있는 건 어떻게 아세요?"

"다 알아내는 방법이 있지."

"어떻게 알아내는데요?"

"궁금하면 너네 아부지한테 데려다줄까?"

"아줌마가 우리 아부지가 거기 있는 거 어떻게 알았느냐고요?"

"어떻게 알긴…… 다 아는 방법이 있다고 했지. 정 궁금하면 너네 아부지한테 물어봐. 데려다줘?"

"싫어요."

"어린 나이에 애비도 에미도 없이 혼자 버티고 사는 것 보면 너 참 용하다. 팔자로 타고난 게 아니면 버티기 어려울 거야."

어머니는 자기도 신내림을 받아 무당 대접 받는 것이 꿈이었다. 그 무당은 얼굴을 집밖으로 내민 적이 거의 없었다. 무당 역시 먹고 자고 입는 것은 신내림을 경험하지 못한 보통 사람과 다를 바가 없을 것이다. 그런데도 세속의 지저분하거나 자질구레한 일상과는 철저하게 담을 쌓고 지냈다.

바깥출입은커녕 집밖으로 단 한 발짝도 내디딘 적이 없었다. 항상 버선발로 지냈고 그 버선발에 신발을 꿰신는 건 다른 읍에서 굿판을 벌여야 할 때뿐이었다. 니스칠을 곱게 입혀 노을 속에서도 반질반질하게 빛나기를 멈추지 않던 툇마루에 소복을 깔끔하게 차려입고 나와 앉아 해바라기를 하고 있는 그녀의 자태는 감히 접근하기 어려운 위엄과 신비로움을 자아냈다.

굿을 하지 않을 때 무당의 일과는 제단 앞에 단정하게 앉아 거울에 비치는 자신의 얼굴에서 시선을 떼지 않으며 머리를 빗는 것이었다. 그때 어머니는 등뒤에서 옛날 기생처럼 한쪽 무릎을 세우고 앉아 그 머리 빗는 모습을 지켜보았다. 그리고 무당이 가르마 사이를 헤집고 한두 가닥의 은빛 새치를 발견하면, 어머니는 화들짝 놀라 그 새치를 뽑아 귀중품 다루듯 접시에 옮겨 담았다.

어머니는 무당이 맞잡은 두 손으로 볼을 받치고 모잽이로 누워 깊은 낮잠에 빠져들 때를 기다렸다. 잠이 든 것을 확인한 다음에는 잽싼 걸음으로 골목 저자로 나가 곡식이나 채소를 거두어 꼬리에 불 단 짐승처럼 부리나케 되돌아왔다. 그래서 마을 사람들 중에 무당과 제대로 마주친 사람이 드물었고, 무당이 무얼 먹고 사는지 아는 사람도 드물었다. 세속과 연결된 굿은 일상사들과 뒷바라지는 모두 어머니가 도맡았기 때문이다.

베일에 가려진 만큼 무당의 존재는 동네 사람들에겐 두려움의 대상이었고 점점 쉽사리 접근하기 어려운 존재가 되었다. 그러나 무당은 어머니가 곁을 지키고 있지 않을 때는 안절부절못하고 몸을 떨면서, 아무것도 하지 못하고 어머니가 나타나기만을 기다렸다. 약속한 시각에 어머니가 냉큼 모습을 드러내지 않고 지체하면, 그녀는 이윽고 자제력을 잃고 파리채건 회초리건 상관없이 손에 잡히는 대로 들고 어머니를 때렸다.

그때 어머니는 당연하다는 듯 다소곳이 앉아 그 다채로운 체벌을 감내했고, 어떤 때는 양손으로 싹싹 빌며 엎드려 울기까지 했다. 아버지가 내리는 형벌과 같은 폭력을 따돌리고 무당의 집으로 피신한 결과로 얻은 수모였고 환난이었음에도 어머니는 도무지 원망이나 후회의 기색을 보이지 않았다.

어머니는 다만 이름으로만 존재할 뿐 나와는 딴 세상을 살아가는 사람이었다. 그렇기 때문에 어머니는 자식을 돌보고 먹이고 키우는 세속에 편입되어 있는 어머니로서의 보편적 일상 따위는 안중에 없었다.

나를 보면, 노름판에서 끗발이 죽을 때마다 집으로 달려와서 어머니를 개 패듯 했던 아버지가 떠올라 죽을 맛이라고, 어머니는 혼잣소리로 말할 때가 많았다. 어머니는 나에게서 아버지의 폭력이 남긴 잔상을 보며 치를 떨고 있었음이 분명했다. 그래서 평범한 어머니로서 존재하기를 일찌감치 단념해버렸는지도 몰랐다.

오랜만에 어머니를 만나면 나는 밥을 많이 먹어야 키가 큰다고 앙탈을 부렸다. 그때 어머니는 언제나 똑같은 말로 나를 윽박질렀다. 너는 아홉 살 먹었을 때 벌써 키가 다 컸다. 꾸역꾸역 먹는 대로 클 키였다면 내가 무슨 억하심정이 있어 너를 안 먹였겠냐.

"어서 오너라."

이런 말을 해줄 사람은 이 세상에서 오로지 집을 지키며 살아가는 어머니란 존재뿐일 텐데, 그런 어머니가 내겐 없었다.

내가 어머니에게 눈 밖에 난 자식으로 낙인찍힌 데에는 또다른 사연들이 있었다. 첫번째로 균열을 일으킨 사건은 한때 마을에 뻔질나게 모습을 드러냈던 엿장수와 나 사이의 불평등 거래였다. 엿장수가 나타나면 마을은 한동안 벌집을 쑤셔놓은 듯 북새통을 이루었다. 모든 아이들이 집으로 달려가 쓰다 버린 쇠붙이나 양은그릇 따위를 찾아 들고 엿장수에게 몰려들었다.

장단을 맞춰가며 가위질을 하던 엿장수는 아이들이 가져온 쇠붙이에 합당한 가치의 엿을 정으로 잘라 건네주었고, 아이들은 그것으로 주전부리를 했다. 나 역시 예외가 아니었다.

나는 집으로 달려가 멀쩡한 양은그릇이나 솥뚜껑을 들고 나와 엿과 바꿨다. 다른 아이들이 그랬던 것처럼 우리집에 있는 여러 가재도구들 중 겉보기에는 새것처럼 보이나 전혀 쓰임새가 없거나 쓸모없던 것들을 들고 나갔다. 그러나 다른 아이들이 나와 같은 가재도구를 들고 나오는 꼴은 볼 수 없었다. 내가 그것들을 들고 나타나면 엿장수는 환하게 웃음을 띠며 냉큼 받아서 다른 고철들 속에 감추고는 입이 딱 벌어질 정도로 크게 엿을 잘라 건네주었다. 만면에 환하게 웃음 띤 얼굴. 나는 엿장수의 그런 얼굴이 가슴이 뛸 정도로 좋았다. 나를 보고 그처럼 전폭적인 웃음을 아낌없이 보내주는 사람은 아무리 생각해보아도 이 세상에서 엿장수 한 사람밖에 없었다.

내게서 멀쩡한 물건을 건네받은 엿장수는 시치미를 잡아떼고 서둘러 마을에서 모습을 감췄고, 솥뚜껑을 잃어버린 어머니는 당연히 밥을 지을 수 없었고, 나는 당연히 집에서 쫓겨나 한뎃잠을 자야 했다.

아이들은 나의 대담함에 혀를 내둘렀다. 그러나 어머니와 나 사이에 결정적으로 틈이 생긴 원인은 어머니가 자주 집을 비우고 무당의 집에서 기기하다시피 한 네 있다. 나는 어머니를 그 은빛 무당에게 빼앗기고 말았다는 상실감 때문에 치명적으로 외로웠고, 겨울이면 차가운 방바닥에 작은 몸을 뉘이고 잠을 이루지 못할 때가 많았다. 불면의 밤이 계속되면서 급기야 우울증에 빠져들고 말았다. 죽고 싶다는 생각이 자주 들었는데, 영리한 아이들은 내가 받고 있는 가슴속의 고통을 꿰뚫어보았다. 그 아이가 말했다.

"너네 엄마 때문이 아니야."

"그럼 누구 때문이야?"

"이 병신아, 그 무당 때문인 줄 몰랐어?"

"무당 때문이 아니야."

"무당은 마귀야. 원래는 백 살 먹은 마귀할멈인데, 날마다 머리 빗고 치장하고 하얀 옷을 입어서 젊은 여자처럼 보일 뿐이야. 너네 엄마도 그 마귀한테 홀려서 온전한 정신을 잃어버리고 밤이면 마귀로 변하는 무당의 뒷바라지를 하고 있는 거야."

우리는 마귀할멈으로 불리는 그 무당을 죽여야 한다고 생각하고 있었다. 무당 역시 내 속내를 꿰뚫어보았는지, 은근한 적의를 품고 있어서 자기집 근처에는 얼씬도 못하도록 가로막을 때가 많았다. 아버지의 성화에 떠밀려 어머니를 찾아 무당의 집으로 가면, 마침 혼자 있던 그 마귀는 툇마루에 놓인 하얀 고무신을 집어 들고 휘휘 내저으며 나를 쫓아내려 했다.

"보기도 싫다, 이 요귀 같은 놈. 썩 나가지 못해?"

"엄마 찾으러 왔는데 왜 호들갑을 떠세요?"

"꼴같잖은 너네 엄마 여기 없다."

"엄마 신발이 여기 있는데, 거짓말은 왜 하세요?"

"자세히 봐라, 이놈아. 그게 어찌 니 에미 신발이냐. 내 신발이다. 이 쥐새끼 같은 놈, 재수없다. 썩 물렀거라."

"나보고 욕은 왜 하세요?"

"욕먹을 짓을 하니까 욕을 하지, 이놈아."

"욕먹을 짓이 뭔데요?"

"이 난쟁이…… 쥐새끼 같은 놈이 시방 뉘 앞에서 말대꾸냐?"

"마귀할멈 앞에서 말대꾸하면 안 돼요?"

"나보고 마귀할멈이라고?"

"마귀할멈 아니세요?"

"누가 그러더냐?"

"우리 아버지가 그러대요."

"그 더러운 손 가진 노름꾼이 그러더냐?"

"우리 아버지는 더럽지 않아요. 마귀할멈이 더럽지."

"사기꾼이 더럽지 않으면 이 세상에서 도대체 누가 더럽냐?"

"마귀할멈 아니면 누구겠어요. 이 신발 엄마 거니까 내가 가져갈래요."

"개새끼보다 못한 놈. 그 신발 냉큼 내려놓지 못하겠느냐?"

"내려놓지 않으면 마귀할멈이 날 잡아먹을 건가요?"

"이 쥐새끼 같은 놈이 진작 물러가지 않고 말대꾸가 낭자하네. 썩 나가지 못해?"

"신발 가져가서 엿 사먹어도 돼요?"

깜짝 놀란 무당이 그제서야 허둥지둥 마당으로 뛰어내려와 놓지 않으려 안간힘을 쓰는 내게서 신발을 빼앗아 방안으로 가져갔다.

상실감으로 말미암아 내가 정신적으로 상처입고 있다는 것을 눈치챈 한 아이가 어머니를 집으로 돌아올 수 있게 하는 방법을 귀띔해주었는데, 나는 그 조언을 따르기로 했다. 읍내의 소방대원 아들인 그 아이는 매우 영리했고, 우등생이었다. 아이들이 편을 갈라 나를 조롱하고 따돌리는 기색이면 몇 번인가 나서서 나를 비호하고 두둔해준 아이였다. 바로 그 아이가 담벼락 아래로 나를 손짓으로 불러 사뭇 진지한 표정으로 말했다.

"호구야, 너네 엄마가 제 발로 걸어서 집으로 돌아오게 할 방법이 있는데. 너 그거 알고 있어?"

"그런 방법이 어디 있어?"

"나는 그 방법을 알아."

"알고 있으면 가르쳐줘."

"니 결심이 필요해."

"결심했어."

"그렇게 간단한 게 아냐. 많이 생각해야 해."

"많이 생각했어."

"나는 방법만 가르쳐줄 수 있고 모든 건 너 혼자서 해야 해."

"할 수 있어. 어떻게 하면 돼?"

달도 뜨지 않은 어느 날 밤, 그 아이는 살이 올라 피둥피둥한 들쥐 한 마리를 들고 나타났다. 그런데 펄펄 뛸 정도로 살아 있는 그 쥐는 온몸에 석유를 뒤집어쓰고 있었다. 우리는 쥐 꼬리를 잡고 무당의 집을 찾아갔다. 그 집에서는 그때 한창 굿판을 벌이고 있었다. 방안에서 벌어지는 굿판의 불빛이 방문의 창호지에 비치고 있었다. 추녀 끝에는 박고지가 주렁주렁 매달려 있었는데, 바람에 흔들리는 박고지를 따라 얼른거리는 불빛이 흡사 이승과 저승을 가르는 경계선 같아서 덜컥 겁이 났다. 백 살 먹은 진짜 마귀할멈이 은빛 머리를 늘어뜨리고 빨간 혀를 날름거리며 그 박고지 사이에서 뛰어나와 나를 덮칠 것 같았다.

나는 한동안 뛰는 가슴을 심호흡으로 진정시켰다. 그리고 방 뒤쪽에 있는 봉창 밑으로 포복한 채 살살 다가갔다. 아이가 나를 독려했던 것처럼 행동은 빠를수록 좋았다. 섬광표 성냥을 그어 들쥐에게 불을 붙인 다음, 눈을 딱 감고 발버둥치는 들쥐를 방안으로 던져버렸다.

봉창에서 시뻘건 불덩어리가 날아들자, 징소리가 귀청을 찢을 듯 요란했던 방안에선 뚝 떨어진 듯 침묵이 흘렀다. 그리고 무당의 입에서 외마디소리가 튀어나왔다.

"신불이 떨이졌다! 모두 엎느려!"

방안에 앉아 양손을 비비던 사람들이 모두 방바닥에 이마를 곤두박고 납작 엎드렸다. 흥분한 무당 혼자서만 겅중겅중 뛰면서 요령을 더욱 기운차게 흔들고 목이 터져라 주문을 외워댔다. 방으로 떨어진 불덩이는 네 방구석에 부딪혀 이리저리 맹렬하게 뒹구는가 하더니 순식간에 제사상으로 뛰어올랐다.

촛대가 넘어지고 제물들이 방바닥으로 쏟아져내렸다. 그러나 무당은 더욱 기세가 올라 정수리가 천장에 닿도록 팍팍 뛰기 시작했다. 그 순간, 갈피를 잡지 못하던 불덩이가 제사상에서 내려와 다짜고짜 무당의 치마 속으로 뛰어들었고 그녀는 외마디소리를 내지르며 제사상 앞에 꼬꾸라지고 말았다. 비명소리가 여기저기에서 서로 부딪혀 불규칙하게 난반사되며 굿판은 그야말로 난장판이 되고 말았다.

그제야 방문이 부서지듯 활짝 열렸고, 벌집을 쑤셔놓은 듯했던 방안에서 비명소리와 함께 사람들이 폭포수처럼 문밖으로 쏟아져 나와 흩어졌다. 바깥바람을 업은 불길이 방안의 모든 것을 삼키기 시작했다. 그 모든 아수라장은 순식간에 벌어진 소동이었다.

무당은 기절하고 말았고, 기절한 무당의 사타구니에 치명적인 화상을 입힌 불덩이는 장렬하게 죽음을 맞이했다. 그뿐이 아니었다. 무당과 어머니가 심혈을 기울여 화려하게 장식한 굿판은 한 마리의 석유 먹은 불덩이로 말미암아 홀랑 불타 잿더미가 되어버렸다. 놀란 마을 사람들이 모여들었다. 나의 친구인 그 아이도 구경꾼들 사이에 끼어들어 그 난장판을 구경하고 있었다. 멀리 줄행랑을 놓았던 나만 그 자리에 없었다.

어머니는 다행히 몸에는 아무런 피해도 입지 않은 채 눈이 뒤집혀 내 행방을 뒤지고 또 뒤졌으나 끝내 찾아내지 못했다. 그 아이가 장담했던 것과는 달리 어머니는 집으로 돌아오지 않았고, 나 역시 집으로 돌아갈 엄두가 나지 않았다. 나는 무당을 죽이려는 것이 아니었다. 몇 번인가 죽었으면 좋겠다고 생각한 적은 있었으나 내 손으로 직접 죽이고 싶지는 않았다. 비현실적이긴 했으나 난 어머니만 밖으로 뛰쳐나오길 바랐을 뿐이다. 그러나 그날 밤에 일어난 소동은 어머니와 나 사이에 균열이 생기게 되는 결정적인 계기가 되었다.

어머니는 이제 온전히 나에게서 관심이 멀어지고 말았다. 어머니는 나란 존재를 낮이건 밤이건 구분하지 않고 거짓말을 입에 달고 살며, 엿장수에게 솥뚜껑까지 팔아먹는, 아버지의 못된 점만 닮은 악귀이며 끝없이 먹을 것만 찾아헤매는 유독성 인간으로 치부했다. 아버지처럼 백해무익한 인간으로, 아예 상대조차 할 가치가 없다고 생각하는 듯했다.

그래서 어머니가 집에 있는 한 집으로 들어갈 수 없었다. 그런 소동이 벌어지기 전까지는 어머니와 내가 철저히 등지고 살지는 않았다. 어미와 피붙이로서 뜻을 같이하고 도모했던 일이 없었던 것은 아니었다.

아버지가 뜻밖의 일로 죽음을 맞이하기 전의 일이다. 차가운 기운이 소매 끝에 휙휙 날리기 시작한 어느 해 초겨울, 동네에서 혼례가 있던 날이었다. 먹고사는 일에 별다른 걱정이 없었던 그 잔칫집에 어머니는 품앗이를 가면서 나를 불렀다. 어머니는 서쪽 산등성이를 가리키면서 해가 한 뼘쯤 남거든 잔칫집으로 오라고 신신당부했다.

약속한 시간에 도착했을 때 잔칫집 마당은 하객들과 품앗이를 온 아낙네들로 북새통이었다. 내가 연기 자욱한 마당으로 들어서는 순간, 어머니가 먼저 나를 발견하고 사람들 사이를 요리조리 비켜가며 쏜살같이 다가왔다. 그러고는 덥석 내 손을 잡아끌었다. 그때 어머니의 손은 번철에서 금방 구워낸 지짐이처럼 따뜻했다. 태어나서 처음으로 어머니의 따뜻한 손을 만져본 듯했다.

어머니는 나를 그 집 후미진 뒤뜰로 끌어갔다.

그곳에도 품앗이를 나온 동네 아낙네들로 북적이긴 마찬가지였다. 부침개를 담은 소쿠리를 들고 가는 사람, 막걸리 동이를 마주잡고 부엌으로 들어가는 사람, 떡시루에 불을 지피고 있는 사람 등이 분주하게 오가고 있었다. 그녀들은 은밀한 걸음걸이로 뒤뜰로 들어서는 우리에게 힐끗힐끗 눈길을 주었으나 어머니는 아랑곳하지 않았다. 어머니는 높이가 내 키를 넘어가는 장독 뒤에 나를 앉힌 다음, 고쟁이 속에서 강낭콩이 군데군데 박힌 무거리 시루떡 한 뭉치를 건네주었다. 그때 어머니가 한 말 한마디는 오랫동안 내 뇌리에 남았다.

"옆도 돌아보지 말고 얼른 삼켜라."

나는 저절로 튀어나오는 방귀를 북북 뀌어가며 허겁지겁 무거리 떡을 삼켰다. 그것은 어머니의 말이 너무나 은밀하고 정겨웠기 때문이었다. 그러나 곧이어 어머니의 핀잔이 떨어졌다.

"이 녀석아, 숨쉬어가며 먹어라. 그러다가 길거리로 나서기 전에 저승사자가 잡아가겠다."

그 말이 채 땅에 떨어지기도 전에 아차 싶었다. 그러나 떡을 입에 넣고 천천히 씹어가며 즐긴다는 것은 새벽녘에 일어나 한껏 열린 방광 사이로 배설하던 오줌을 중도에 참는 것보다 더 어려웠다. 그것이 내 입에서 식도를 타고 넘어가기도 전에 어머니는 종이에 싼 반기살이 한 봉지를 다시 내 손에 꼭 쥐여주며 말했다.

"이거 펴보지 마라. 그리고 휑하니 달려가서 식기 전에 선생님 갖다드려라. 선생님은 식은 음식은 안 자신다."

"언제요?"

"언제? 그게 무슨 소리냐? 당장 갖다드려야지."

나는 그러마고 말한 뒤 건네준 반기 봉지를 식지 않게 겨드랑이 깊숙이 끼고 종종걸음으로 무당집을 찾아가는 척했다. 나는 잔칫집이 보이지 않는 거리까지 종종걸음으로 달려가서 한적한 축담 아래에 웅크리고 앉았다. 그러고는 봉지에 들어 있는 산적을 개눈 감추듯 삽시간에 먹어치웠다. 그날 밤 파김치가 되어 집으로 돌아온 어머니가 물었다.

"산적, 선생님 갖다드렸지?"

"아뇨."

"아니라니? 방에 두고 왔냐?"

"아뇨. 그 마귀할망구 집에 없데요."

"이놈, 버르장머리 없게 마귀할망구라니? 누가 할망구라 부르라고 시키든?"

"마귀할망구가 어때서요."

"두 번 다시 그렇게 불렀다간 봐라. 내가 네 대갈통을 박살낼 거다."

"알겠어요."

"그럼 집에 놔두고 왔냐?"

"아뇨."

"그럼 어쨌느냐? 설마 네놈이 먹어치우진 않았겠지? 내가 그렇게 신신당부했는데."

나는 거짓말 명수로서의 기량을 발휘해 얼른 둘러댔다.

"집으로 가지고 오다가 중간에 아부지한테 뺏겨버렸어요."

"그게 정말이냐?"

"예."

"니가 먹었지?"

"아부지가 먹었어요."

그때 나는 어머니의 눈에서 불꽃이 튀는 것을 보았다. 섬짓했다. 어머니는 줄행랑을 놓으려는 내 뒷덜미를 낚아챘다. 그러고는 방안에 있던 빗자루를 단단히 꼬나들었다. 어머니의 매질은 휘청거리던 빗자루가 부러지도록 계속되었다. 가슴속에 티끌 하나 남지 않을 만큼 속시원하게 분풀이를 한 다음, 어머니의 입에서 창자가 녹아내리는 듯한 회한의 말이 흘러나왔다.

"언젠가는 네 애비라는 원수를 잡아먹을 날이 올 거야."

어머니는 그렇게 아버지와 나에게서 멀어져갔다. 그런데도 이웃의 어린 며느리에 대한 어머니의 관심만은 참한 이웃으로서의 경계를 넘고 있었다.

그즈음 가뭄에 콩 나듯 어쩌다 무당의 집에서 돌아올 때면 어머니의 눈과 귀는 오로지 단심이네의 행방만 좇고 있었고, 마주치기만 하면 기가 질리도록 험담을 쏟아냈다.

진작부터 행실이 수상한 것을 알아챈 어머니가 의사가 청진기를 갖다대듯 그녀의 여기저기를 파고들면, 단심이네는 시종일관 들은 척도 않고 먼산바라기만 하고 있거나, 질기게 파고드는 추궁을 더는 견디기 어려울 때는 친정에 다녀왔다고 아무렇게나 둘러댔다.

얼버무리는 대꾸가 심상찮다는 것을 알아챈 어머니가 장례 때도 코빼기 하나 보이지 않던 친정집을 무슨 심사로 이틀이 멀다 하고 디너오느냐고 눈발을 곤두세우며 헤집고들면, 그녀는 딱 부러지게 대꾸는 않고 있다가 느닷없이 허리에 경련이 일어날 정도로 서럽게 울었다. 곡소리에 놀란 어머니는 그때만은 추궁을 멈출 수밖에 없었다.

그처럼 그녀는 철저하게 변한 모습으로 우리들 앞에 나타났다가 언제인지도 모르게 모습을 감추곤 했다.

어머니는 그녀의 행실이 돌이킬 수 없을 정도로 추잡하게 된 까닭이, 십중팔구 나 때문이라고 했다. 그녀의 타락에는 분명 애꿎은 내가 개입되어 있다는 것이다. 내 사타구니에 달린 거시기가 그녀의 외도를 부채질한 것이라고 딱 잘라 말했다. 어머니는 그럭저럭 지탱해오던 집구석이 노인네가 열명길로 든 것과 때를 같이해 삽시간에 깨진 기왓장이 되어버렸다고 아침저녁으로 구시렁거렸다.

그것으로 어머니와 그녀는 서로 외면하는 사이가 되었다. 그녀의 발걸음이 뜸해지는가 싶더니 종국에는 자기집에서도 모습을 감춰버리고 말았다. 단심이네의 일탈을 여러 번 목격한 어머니는 그동안 사타구니가 근질거려서 어떻게 참아왔느냐고 아주 면전에서 대놓고 빈정거렸다. 그녀는 어머니의 지칠 줄 모르는 헐뜯음에 기가 질려 자취를 감춰버린 듯했다.

며느리의 모습을 집에서는 더이상 찾아볼 수 없게 되자, 몸 붙일 곳이 없는 유기견 신세로 전락한 칠칠이가 뻔질나게 우리집을 들락거리기 시작했다. 도무지 기댈 언덕이 없었기 때문이다. 언제부턴가 개밥도 내가 대신 챙겨주고 있었다.

칠칠이는 새벽녘이 되면 울타리를 두지 않은 우리집으로 어슬렁어슬렁 건너와 마당 한가운데서 턱을 쳐들고 앉아 내가 잠자리에서 일어나기를 기다렸다. 잠에서 깨어난 내가 툇마루로 나서서 살아생전 노인네가 그랬던 것처럼 가래침 뱉기를 기다렸다. 내가 노인네의 습관을 복습하듯 따라한다는 것을 훔쳐본 결과였다.

그 똥개는 학교까지 뒤쫓아와서 내가 화장실 청소를 끝내길 멀찍이 비켜앉아 기다렸다. "물어와"라고 소리치며 던지는 작대기나 돌멩이 따위는 본체만체했다. 그러나 내가 가래침만 뱉었다 하면 한 번 컹 짖은 다음 도저히 상상할 수 없는 잽싼 순발력을 발휘해 가래침의 궤적을 쫓아 미친듯이 뛰었으므로 아이들로 하여금 환호성을 지르게 했다. 아이들은 나와 똥개가 벌이는 곡예를 구경하려고 모여들기 시작했다. 칠칠이의 파격은 그뿐이 아니었다. 시키지도 않았는데 닭을 잡아다 부엌 앞에 떨어뜨리기도 했다.

그처럼 칠칠이는 변방으로 밀려나는 나를 물어다 사람들로 북적거리는 세상의 중심에 끌어다놓으려고 애간장을 태웠다. 칠칠이는 어머니가 나를 나무라며 회초리 같은 것을 들고 위협하면 어머니를 물어뜯을 것처럼 눈발을 곤두세우고 이빨을 드러냈다. 그런 도전은 노인네의 집에서 살 때에는 좀처럼 볼 수 없던 행동이었다.

그뿐만 아니었다. 똥개의 행동은 차츰 다채로워지기 시작했다. 어머니를 공격하려들다가도 내가 회초리를 집어들면, 언제 그랬냐는 듯이 두 귀를 뒤로 바싹 붙이고 꼬리를 내렸다. 그러고는 몹시 주저하는 태도로 내게 접근하기도 했다. 어떤 때는 복종의 의미로 배를 드러낸 채 뒤로 발랑 눕기도 했다. 내게 장난을 걸고 싶으면 상반신을 땅에 바싹 붙이고 엉덩이를 들고 요리조리 왔다갔다하기도 했다. 그런 다채로운 행동은 노인네와 함께 살 때에는 전혀 눈에 띄지 않던 모습들이었다. 나를 향한 칠칠이의 충성심이 어떤 때는 측은했지만, 대체로는 진한 연대감을 느끼게 했다.

칠칠이는 노인네를 잃었고 그에게 밥을 주던 어린 며느리로부터 가차없는 홀대를 받았기 때문에 나와 돈독한 연대감을 갖게 되었는지도 몰랐다. 그래서일까. 칠칠이는 이해심 많고 다정한 친구, 돌변한 사기꾼, 아니면 갈팡질팡하는 철부지, 곧잘 토라지는 천진한 소녀, 때로는 협잡꾼, 어수룩한 아저씨, 공중제비 잘하는 곡예사, 소박하고 순수한 아주머니에 이르기까지 천의 얼굴을 지닌 마술쟁이였다.

인간들이 주도하는 다채로운 세상과 자연스럽게 유리된 우리는 어느덧 새로운 세상 속으로 진입을 시도하게 되었다. 칠칠이와 함께 완전한 가출을 시도한 것이다. 옆집 며느리가 뻔질나게 드나들었다고 실토한 읍내의 버스 터미널이었다. 그곳은 들어왔다가 떠나는 버스의 수보다 맨땅에 좌판을 벌인 노점상들이 더 많은 곳이었다.

이를테면 난민들의 장소였다. 엿장수는 물론이고, 아이들의 군것질거리인 설탕과자 달고나 장수, 백구 성냥이나 딸기 지우개, 24색 왕자 크레파스와 칠성 사이다, 섬광표 성냥, 뽀빠이 건빵을 파는 구멍가게, 아이스케키 장수, 고무신 밑창을 때워주는 신기료장수, 분식집, 흥부 빵집, 먼지투성이인 면류관 같은 걸 쓰고 사주를 봐주는 늙은이, 멀쩡한 다리를 절며 구걸하는 협잡꾼, 터미널 대합실이 숙소인 노숙자, 고무줄 파는 사람, 입에 거품을 물고 사지를 뻗으며 쓰러져 간질병 환자 행세를 하는 젊은이, 가방 수선 가게, 절름발이 구두닦이, 칼국숫집, 개고기 파는 선술집, "초면에 이런 말을 하는 게 사람의 도리에 어긋나지만" 하고 어수룩한 사람에게 접근해 금품을 갈취하는 사기꾼, 박쥐우산으로 햇빛을 가리고 앉아 손님을 기다리는 곱사등이 시계 수리공, 도장 파는 사람, 야바위꾼 등 이 세상의 뒷골목에서 살아가는 비주류 인생들이 모여드는 그런 터미널 광장에 당도해 칠칠이와 나는 노숙을 시작했다. 그러나 기이하게도 끼니를 때우는 것에 대한 두려움은 없었다.

어디서 어떤 방법으로 얻어내는지 알 수 없었으나, 칠칠이는 내가 주린 배를 채우고도 남을 만큼 충분한 먹거리를 물어다주었다. 대개는 몰래 훔쳐오는 것들이었다. 칠칠이는 그로써 나는 한 번도 해본 적 없는 농사짓는 개로 변신하고 있었다. 그리고 내가 먹다 남긴 음식 외에는 절대로 주둥이를 갖다대지 않았다. 숱한 행인들이 분주히 오가는 노상에서 똥개가 물어다준 음식을 먹는 별종을 구경거리 삼아 가까이 다가오는 사람이 있으면 가차없이 달려가 잡아먹을 듯이 짖어대며 혼쭐을 내주었다.

내 삶의 안전한 공간을 칠칠이가 희생적으로 보장해주는 셈이었다. 그런데도 칠칠이는 내게 젠체하거나 으스대지 않았고, 과시하려들지 않았고, 까닭 없는 적대감을 보이지도 않았으며, 단 한 번도 나를 헐뜯거나 깔아뭉개려들지 않았다. 그냥 덤덤한 얼굴로 쳐다볼 뿐이었다. 만약 나 혼자였다면 분명 외롭고 을씨년스럽고 심심하고 무기력하고 비 오는 날처럼 축축하고 기분이 개떡같았을 것이다. 그러나 칠칠이가 내 곁을 지키며 뒤치다꺼리를 도맡아주었기 때문에 역겹고 개떡같은 세상에 굴복하지 않아도 되었다.

잠자리는 물론 터미널 대합실이었다. 덮고 잘 이부자리도 없는 등걸잠이었다. 그러나 입김으로 한기를 데우며 칠칠이의 부드러운 털에 얼굴을 파묻고 있으면 어느덧 따뜻한 온기가 안개처럼 얼굴을 감싸고 들었다. 그 온기가 내 심장을 적셔주어 가슴 한편에 웅크리고 있던 울적함이 멀리 달아나곤 했다. 그뒤에 오는 것은 숙면이었다.

어느 날 밤에는 열차를 기다리는 한 승객이 칠칠이를 안고 선잠이 든 나를 손가락으로 가리켰다. 그리고 일을 성공적으로 마친 밀수꾼처럼 어깨를 펴고 잘난 척하며 하는 말을 귓결로 들은 적도 있었다.

"이 아이 좀 보라고. 옛날 유럽 전역을 정복했던 몽고 병사를 떠오르게 하는군. 칭기즈칸 휘하의 몽고 기마병들이 질풍노도처럼 유럽을 정복할 때, 그 후방에는 반드시 양떼가 따라다녔어. 양떼는 몽고 병사들에게 보급 창고였고, 병참부대 역할을 톡톡히 했지. 양의 젖을 짜서 마시고, 잡아서 고기를 먹고, 가죽으로 옷을 지어 입었고, 밤에는 끌어안고 혹독한 추위를 막았지. 전진부대 뒤를 따라다닌 양떼가 없었다면 칭기즈칸의 유럽 정복은 허황된 꿈에 불과했을 거야."

그뿐만 아니었다. 외로움 때문에 흘리는 눈물, 추위 때문에 흘리는 콧물을 혀로 핥아 닦아준 것은 아버지도 어머니도 아닌 칠칠이였다.

***

새벽이 가까워오고 있었다. 그때까지 포구를 점령한 안개는 걷히지 않았고, 우리는 여전히 시름시름 꺼져가는 화롯불을 사이에 두고 마주앉아 있었다. 나는 간이의자에, 그녀는 어물 궤짝 위에 앉아 있었다. 오랫동안 대화가 없어도 그녀는 졸지 않았고 자세도 흐트러뜨리지 않았다. 그러나 시간이 지날수록 그녀와 나 사이에 무슨 일이 벌어질지도 모른다는 막연한 조바심이 가슴속으로 스멀스멀 파고들었다.

두 사람이 동행이 되어 모텔로 찾아가는 불상사를 제외한 모든 가능성을 상상해보았으나 확연하게 떠오르는 것은 없었다. 나는 그녀가 매춘부일지도 모른다는 생각을 했으나 딱히 그것을 직업으로 하는 여자는 아닐 것 같다는 생각도 들었다.

“제가 누구이고, 어떻게 살아가는 계집애인지 궁금하게 생각하지 마세요. 모를 일이지만 만약 자주 만나게 되면 차차 알게 되지 않겠어요. 사실 그런 것 꿰고 있어봤자 서로 불편하고, 어색하고, 실망하고, 배신감 느끼고, 후회스럽고, 뭐 그런 것 아니겠어요? 똑똑한 사람들이 겪는 불행이 뭔지 아세요? 앞으로 닥칠 일을 어느 정도 예견할 수 있다는 거예요. 그래서 그런 사람들은 항상 머릿속이 뒤숭숭하지요. 어엿한 대학 졸업하고도 떠돌이 생활을 한다고 해서 세상이 발칵 뒤집히도록 떠들썩한 꼴 본 적 있습니까? 사소한 말다툼 끝에 아내를 죽이고 깨끗하게 토막내서 보란듯이 강가에 버리는 사건이 일어나도 그런가보다 하지요. 십대가 용돈을 조르다가 수틀린다고 늙은 제 어머니를 칼로 찔러도 금방 잊어버리는 세상입니다. 세상 살기 복잡해지면서 남의 일로 고민하고 눈물 짜내는 순진한 세상은 19세기가 지나면서 멀리 떠내려가버렸어요. 아저씨나 저나 살다보면 단 한 번도 예상하지 않은 일과 마주치게 될 거예요. 우리가 서로 마주앉아 있는 이런 경우가 바로 그것이겠지요."

"말을 들어보니 오래 살아온 나보다 철이 더 들었다는 생각을 하게 되네. 아가씨나 나나 뭐가 잘못되어 이꼴이 되어버렸을까? 하긴 인생이란 게 원하는 데로 흘러가지 않고 언제나 옆길로 새기 마련이지."

그녀가 느닷없이 쿡 하고 웃음을 삼켰다. 그러고는 나를 빤히 바라보며 말했다.

"나는 이렇게 생각해요. 세상에는 무엇 때문에 이렇게 잘못된 거다 그런 핑계 같은 건 없는 것 같아요. 아시겠어요? 아저씨나 저나 그냥 살다보니 이렇게 되어버린 거예요. 그거 모르세요? 뭐가 있어서 이렇게 된 것이 아니라고요. 아시겠어요? 그럼에도 불구하고 그럭저럭 살아가는 겁니다. 내 남편이었던 사람도 이십대 초반에는 경마장에서 이름 날리던 기수였어요. 기수가 뭔지는 아시겠죠? 그 사람 한 시절 명성깨나 있었다 하대요. 경기 때마다 불법이 개입되었지만 불법이었기 때문에 돈도 쉽게 벌었고요. 말고삐 조였다 늘여주었다 하면서 말 타고 즐기며 돈을 벌었으니까요. 그런 행운을 누릴 수 있었던 건 몸집이 아저씨처럼 왜소했고 왜소한 만치 체중도 가벼웠기 때문이었답니다. 안개 속이지만 아저씨를 보고 있으면 그 사람이 명성을 날렸던 옛날 모습이 떠오르네요. 허우대가 날씬해서 멋지게 차려입고 시내로 나서면, 어린 계집애들이 가던 길 멈춰 서서 쳐다보고 그랬어요. 요새 거구인 남자들은 잘 안 팔리거든요. 아담해야 해요. 그런데 결혼한 지 이 년쯤 지났나…… 그 사람 이상하게 체중이 불어나기 시작하더라고요. 곁에서 지켜보기 두려울 만큼요. 갑자기 무슨 전염병에 걸린 줄 알았다니까요. 어디 그뿐이겠어요. 덩달아 키도 훌쩍 크기 시작했지요. 이러다간 안 되겠다 싶었던지 다이어트를 시작하더라고요. 그런데 이게 뭡니까. 다이어트를 하면 할수록 체중은 자꾸 염치없이 불어나는 거예요. 걷잡을 수가 없었어요. 이상하지 않아요? 세상일이란 그래서 마음먹은 대로 되는 게 없다는 말이 나왔나봐요. 남편은 자신도 모르게 생체리듬이란 게 뒤틀려버린 거예요. 자신이 의도했던 것과는 정반대로 어긋나는 거지요. 일 년 넘게 몸부림을 쳤지만 헛수고였어요. 결국은 마구간이나 지키는 신세가 되어 말발굽에 알루미늄 편자를 신기는 장제사의 일을 거들거나 말똥이나 치우는 신세로 전락했어요. 일 년 넘게 마부들이 쓰는 지저분한 숙소에서 먹고 자고 말똥 속에서 허우적거리며 살았습니다. 자기는 기수였지만, 말이란 동물이 그렇게 똥을 많이 싸는 줄은 미처 몰랐다고 볼멘소리를 하더라고요. 그 일에 진력이 나고, 이름 날리던 옛 시절 생각이 나고, 그래서 화가 치밀어오르고, 분노가 쌓이고 해서 쇠스랑을 집어던지고 낯선 세상으로 뛰쳐나가버린 거예요. 그런데 사람들 사는 세상에 나와보니까 남편은 무용지물이지 뭡니까. 아무리 글로벌 시대라고 떠벌리고 있지만, 나라 전체가 경마장일 수는 없으니까 당연한 일이었겠죠. 그런데 딱 한 가지, 말잔등 타고 넘을 때처럼 남의 담장을 날렵하게 타고 넘을 기량이 자신에게 있다는 사실을 알아차렸죠. 그래서 담을 넘어 귀금속이나 현금을 훔치는 좀도둑으로 살아가기로 한 것인지도 모르죠. 남편의 그런 변신을 보면서 인생이란 게 별거 아닌 농담에 불과하다는 생각이 들더라고요. 집과 연락을 끊어버린 것도 처음에는 농담처럼 대수롭지 않게 여겼는데 시간이 지나고 몇 달씩 연락이 끊어지고, 집에는 나타나지도 않더니 나중에는 종무소식이 되어버리더라고요. 어처구니없는 노릇이었지만 사실이었어요. 나도 얼떨결에 당하는 일이어서 어떻게 처신해야 할지 도무지 머릿속에 떠오르는 것이 없더라고요. 그저 멍청해지고 말았지 뭡니까. 나도 한때 똑똑한 여자라는 평판을 들었는데 그런 일을 당하고 나니까 도무지 혼란스럽고 갈피를 잡을 수 없고 해서 한동안 넋을 빼고 멍하니 집에 틀어박혀 있었어요. 우울증이 오더라고요. 결국은 남이 하는 대로 따라 하는 수밖에 없었어요. 나도 어린 나이에 남편이란 작자가 남긴 흔적을 찾아나서긴 했지만 일 년이 지났는데도 아무런 단서를 찾을 수 없었고, 이런 인생도 있는가 싶어 헛웃음만 나더라구요. 그 사람이 미처 깨닫지 못한 세상이 따로 있었던 것 같아요. 키 큰 사람들이 사는 세상과 키 작은 사람들이 사는 세상이 따로 있었다는 것을 미처 깨닫지 못했던 건지도 모르죠. 땅강아지와 눈을 맞출 정도로 키 작은 인생에 적응해서 살다가 느닷없이 키 큰 세상으로 진입하게 되니까 적응력이 떨어질 수밖에요. 멍청해지고, 갈피를 잡을 수 없고, 더듬거리고, 엉뚱한 일이나 저지르고, 실패를 거듭하고…… 일어서지도 앉지도 못하고 엉거주춤하는 얼간이가 된 거죠. 자기도 모르는 사이에 키가 커지면서 핸들을 바로 꺾지 못하고 인생을 망쳐버린 거예요. 그를 찾아나섰던 나도 일 년도 못 가서 포기해버렸어요. 포기해버렸으면 객지생활 그만두고 집으로 돌아가야 하는데, 그게 이상하게 내키지 않았어요. 브레이크가 고장난 자동차는 마냥 앞으로 달아나잖아요. 내가 그렇게 되어버렸지 뭐예요. 모두들 나보고 인생 유전이라나 뭐라나. 그땐 이미 도망간 남편을 찾는 일도 단념한 상태인데도 자꾸만 뭔가를 찾아헤매고 있다는 생각이 들었어요. 뭐가 보였다 싶으면 안개 속처럼 금방 지워지고 보이지 않았어요. 그림자를 뒤쫓는 기분이었지요. 뭘 찾았다 싶으면 손에 잡히기도 전에 금방 지워지고 없어져버려요. 그것이 자꾸만 반복되는 게 이젠 지겨워졌어요. 지금은 깡그리 잊었어요. 과거에 발목 잡히고 싶지 않아서요. 이 나이에 벌써 사람이 옛날이야기밖에 가진 것이 없을 때 처량해진다는 사실을 깨달았지 뭐예요. 왜 그런 말이 있지요. 과거는 늙은이 지팡이처럼 싫어도 뿌리칠 수 없는 것. 그 말도 일리는 있어요. 그러나 자꾸 잊어버린다는 것에 초점을 맞추고 살다보면 잊히겠지요. 처음엔 어렵겠지만 차츰 잊히던걸요. 이건 좀 다른 얘기지만, 그렇다고 항상 나른하고 믿을 수 없는 눈을 한 계집애들과 어울려 살 수도 없었어요. 아침에 잠자리에서 깨어나면 머릿속이 하얗게 비게 돼요. 아침마다 다시 태어나는 거죠. 멍청하게 보이겠지만, 멍청하면 어때요. 난 괜찮아요. 아저씨도 찾는 게 있어요?"

"나요?"

"그래요. 여기 아저씨 말고 누가 또 있겠어요?"

"오래되어서 언제부터인지 짐작도 안 되는데…… 나는 당나귀를 찾아 길을 떠났다오."

그녀의 표정이 느닷없이 밝아졌다.

"별꼴이네, 정말. 그거 진담이세요?"

"농담 같겠지만 진담이오."

"하긴…… 당나귀를 사육하는 목장이 있다는 얘기는 들었어요."

"몇 군데 가봤지만, 내가 키우다 놓친 당나귀는 찾아내지 못했소."

"가둬놓고 키우지 않았어요?"

"놓아길렀지."

"재미있는 아저씨야, 정말. 소나 닭, 돼지, 오리, 거위, 말 같은 가축을 기르는 사람은 많지만, 생뚱맞게 당나귀라니…… 아저씨도 괴짜 소리 듣겠는데요?"

"그렇게 됐소."

"근처에 당나귀 목장이 있는데, 아저씨의 당나귀가 그 목장에 섞여들었을 가능성도 있다는 뜻이군요. 그런데 그거 아세요? 옛날 유럽에서는 불륜을 저지른 사람을 홀딱 벗겨서 당나귀에 태워 동네를 몇 바퀴씩이나 돌게 만들었대요. 그래서 불길한 짐승이란 얘기죠."

"내가 찾고 있는 당나귀는 배신이나 불륜하고는 거리가 먼 짐승이라오. 오히려 상서로운 짐승이라오."

"그렇다면 나하고 같이 한번 찾아보는 게 어때요?"

"같이?"

"그래요. 같이라면 어때요. 부담드리지 않을게요."

"물론이지. 도둑질보다는 더 신사적이겠지…… 그런데…… 세상 살아가는 얘기들은 모두 어디서 배웠소?"

"아저씨도 참…… 수탉이 새벽이 되면 홰를 치며 울잖아요. 그런데 우는 것을 누가 가르쳐주었겠어요. 가르쳐주지 않아도 때가 되면 스스로 우는 거지요."

"그럴싸한 얘기네. 그런데 좀도둑질도 계속하다보면 진력이 날 때가 있겠지?"

"권력과 도둑질은 소금물과 같은 거래요. 마시면 마실수록 갈증은 더욱 간절해지죠. 그만두고 나면 허무만 남는 권력에 목숨 걸고 덤벼드는 사람들이 도둑질에서 발을 빼지 못하고 있는 내 남편 같은 사람하고 다를 게 뭐가 있겠어요. 그런 걸 좋은 말로 중독이라고 하지요. 두번째 공통점은 권력자들이나 도둑놈이나 집밖에 나가서 무슨 짓을 하고 돌아다니는지, 어떤 놈들을 만나고 다니는지 마누라는 전혀 알지 못한다는 거예요."

"아가씨는 아는 게 많은데, 그럼 머리가 아프지. 야망이 크면 걱정도 많듯이."

"아저씬 별소리 다 하시네. 나 야망 같은 거 가진 적 없어요. 마약은 한 적 있지만."

"마약?"

"아저씨보단 한참 어리지만, 해본 게 많다고 했잖아요. 마약 그거요, 할 게 못 돼요. 처음에는 좋지요. 가슴속에 도사리고 있는 끝없는 공허감이 채워지기도 하고 어떤 사람하고도 두려움 없이 대화가 가능해요. 더이상 외롭지도 않고 마치 신이 나를 끊임없이 위로해주고 있다는 착각이 지속되기도 해요. 마약의 장점은 대가를 바라지 않고 사람을 위로해준다는 거지요. 위로와 또 위로, 얼마나 좋은 거예요. 그러나 어느 날 나도 모르는 사이에 병이 들게 되지요. 영혼과 몸이 망가지고, 외로워지고, 피해망상이 생기고, 더이상 어느 누구도 나를 위로해주지 않는다는 걸 깨닫게 되지요. 공연히 수치심이 들고 그래요. 나락으로 떨어지는 거지요. 인생 끝장났다는 것을 깨닫게 돼요. 누군가에게 아무것도 해줄 수 없다는 걸 깨달았을 때 우린 끝장난 것 아니겠어요. 그걸 끊는 데 무진장 애먹었어요. 혼자만의 노력으로 끊었으니 장한 일 한 거죠. 잠깐 한때의 경험이었어요."

***

버스 터미널이라고 하지만 차량의 왕래가 빈번하지 않아서 오가는 여행객들도 많지 않은 편이었다. 그러나 명절 때는 제법 많은 승객들이 광장을 메우곤 했다. 그때는 터미널 광장 한쪽에 자리잡은 살평상에 둘러앉아 화투나 치고 있던 몇몇 택시 기사들이 꼬리에 불 단 짐승처럼 바쁘게 움직이고, 광장 주변에 자리잡은 선술집이나 떡집 아주머니들도 바빠졌다. 그러나 한 시절이 지나고 나면 승객을 기다리는 택시 기사들은 다시 살평상 위에 둘러앉아 화투 치기를 계속하거나 음담패설을 나눠가며 웃고 떠들었다. 떡집 아주머니들 역시 천장 높이를 다투며 높다랗게 설치해둔 흑백텔레비전을 쳐다보며 소일하는 것이 고작이었다.

그런데 언제부턴가 이 터미널의 공터가 초상집처럼 들썩하도록 활기를 찾아 떠들썩해졌다. 어느 날 느닷없이 터미널에 진출한 색소폰 연주자 때문에 벌어진 이변이었다.

키가 크고 옆머리칼이 귀도 모자라 목덜미까지 덮은 삼십대 후반쯤 된 그 사내는 허우대와는 달리 차림새는 매우 남루하고 꾀죄죄한 편이었다. 여자의 섬세한 손이 전혀 닿지 않는 생활을 하고 있다는 증거였다. 무릎께가 너덜너덜하게 헌 바지에 낡고 얇은 회색 점퍼를 걸치고 있었다. 이 사내가 어느 날 터미널 한편에 모습을 드러냈고, 밑도 끝도 없이 색소폰 연주를 시작한 것이다.

색소폰은 이런 소도시에서 좀처럼 보기 어려운 생소한 관악기였기 때문에 그 악기 자체가 출현한 것만으로도 많은 사람의 시선을 끌기에 충분했다. 음향 조절기가 나팔꽃처럼 주렁주렁 매달린 악기를 들고 나타난 것뿐 아니라, 연주까지 하니 더욱 많은 사람의 주목을 끌게 되었다. 그래서 어느 누구도 그의 연주를 제지하거나 타박하는 사람이 없었다. 그 악기를 연주하는 사람이 어디서 온 누구냐고 묻는 사람도 없었고, 어디로 가는 사람이냐고 묻는 사람도 없었다. 쪼그리고 앉아 코털이나 뽑고 앉았던 터미널 주변의 노점상이나 식당 종업원들은 문밖으로 얼굴을 내민 채 사내의 연주를 듣다가는 그저 홀딱 반해버렸다.

그뿐만 아니라, 택시 기사들 역시 색소폰 연주를 듣기 위해 사내의 주변으로 모였다. 내 가래침 뱉기와 달려가서 핥아먹는 똥개의 연기를 식상해하던 역 주변 사람들은 이제 그 색소폰 연주자가 모습을 드러내기만을 기다렸다. 그의 색소폰 소리는 먼 데 있는 사람을 작은 목소리로 불러도 당장 알아챌 이 작은 읍내에 신선한 파문을 일으킨 것이 분명했다.

처음에는 터미널 광장을 오가는 승객들이 잠시 바쁜 걸음을 멈추고 그의 연주에 귀를 기울였으나 나중에는 근처에 사는 마을 사람들이 일부러 그의 연주를 들으려고 찾아오기도 했다. 그의 등장으로 말미암아 치명적인 소외를 당한 나 역시 그의 관중이 되어버렸다.

물론 그가 연주하는 곡들은 그즈음 도회지에서 유행하던 유행가들을 리메이크한 것이었다. 젊은이들에게는 외면당하는 그런 싸구려 곡들이 사오십대 장년층에게는 쓰리고 아린 가슴을 쓰다듬고 어루만져주는 효험이 있었다.

저기 까마득하게 멀리로 달아난 지난날들의 애증을 돌이켜 가슴속을 헤집고드는 애절함에 그들은 귀를 빼앗기는 것이다. 게다가 그의 연주 솜씨 또한 방송 무대 위에 올려놓아도 손색이 없을 만큼 매끄러웠고 울림도 컸다.

모두들 입을 모아 그의 연주 솜씨를 칭찬했다. 그러나 그가 어째서 아무것도 팔지 않는지 의문을 품는 사람은 없었다. 다만 시간이 지나면서 처음과는 달리 그의 신상에 대해 하나둘 의문을 품기 시작했다. 그는 어디서 왔을까. 색소폰 연주는 어디서 배운 솜씨일까. 악보도 보지 않고 저토록 많은 곡을 연주할 수 있는 천재적 기량은 어디서 터득한 것일까. 그리고 왜 하필이면 인적도 드문 이 시골 읍내 터미널에 자리잡고 연주를 시작한 것일까. 사람들은 갖가지 의문들을 품고 있었고, 간혹 단골로 연주를 듣던 택시 기사들이 그와 비슷한 질문을 던지곤 하였으나 그 사내는 일절 대답이 없었다.

그는 그가 낀 선글라스처럼 자신의 내력을 악기 뒤에 철저히 숨기고 있었다. 한 번도 맨얼굴을 드러낸 적이 없었다. 어떤 때는 터미널에 밤이 찾아오고 그곳을 지나는 마지막 버스가 지나갈 때까지 연주는 잠깐씩 쉬는 시간을 빼고 계속되었고, 마지막 버스가 지나가고 나면 그는 악기를 챙겨 등에 멘 뒤 자전거를 타고 어둠 속 저편으로 마법처럼 사라졌다.

그리고 이튿날 오후 두세시께가 되면 어디서부턴가 홀연히 모습을 드러냈다. 낮부터 밤이 깊어지기까지 그 긴 시간 동안 그는 그의 연주를 듣고 있는 어느 누구와도 시선을 마주치지 않았고, 대화를 나누지도 않았다. 나는 그의 근처에 모이는 관객 중에서 그를 마지막까지 지켜보는 유일한 사람이었으나 그는 철저하리만치 내게 시선을 주거나 알은척을 한 적이 없었다.

그러나 딱 한 번 그와 내가 대면한 적이 있었다. 그날은 아침부터 추적추적 비가 내렸다. 비 내리는 날은 터미널 광장 주변에서 서성이던 택시 기사들 몇몇도 풀이 죽어 선술집 간이의자들을 차지하고 성에 낀 창밖을 힐끔거리며 노닥거리거나 노점상들은 아에 좌판을 거두어버리기도 했다.

비주류 인생들의 비애가 켜켜이 묻어나는 그런 광경들이었다. 그러나 돌아갈 곳도 마땅찮은 나와 색소폰 주자는 터미널 광장을 떠나지 않았다. 자리를 뜨지 않는다고 해서 이렇다 할 일이 있는 것도 아니었다.

그와 나는 흡사 동행인 것처럼 광장 변두리에 골함석으로 지붕을 올린 국숫집 추녀 아래 나란히 서서 비를 피하고 있었다. 그는 색소폰 케이스를 어깨에 멨고, 비가 내리는 날인데도 한결같이 선글라스에 중절모를 푹 눌러쓰고 있었다.

물론 나도 칠칠이와 동행이었다. 우리는 서로 약속이나 한 듯이 물보라 사이로 희미하게 바라다보이는 을씨년스러운 읍내의 좁은 거리를 물끄러미 보며 서 있었다. 그런 무료한 시간을 한 시간 넘게 그렇게 서서 흘려보낸 것 같다. 해진 소매 사이로 오한이 스멀스멀 기어들었고 어느덧 발도 시려왔다. 그는 들릴락 말락 입으로 휘파람을 불고 있었다. 그때 그가 전혀 예상치 못한 한마디를 내게 던졌다. 나를 보지 않고 빗줄기 속, 시가지 저쪽으로 시선을 떨군 채 흘린 말이었다.

"너 가출했지?"

정곡을 찔렀으나 나는 별로 놀라지 않았다. 자주 듣던 말이었기 때문이다. 내가 가출 소년이란 것은 역 광장 주변에서 생계를 이어가는 노점상들이나 택시 기사들은 모두 알고 있었다. 다만 그들은 내게 맞대놓고 가출했느냐고 묻지 않았을 뿐이었다. 나는 대답 대신 고개를 가볍게 끄덕였다. 그런데 고개만 끄덕인 내 태도가 미심쩍었던 그는 다시 물었다.

"집을 나왔느냐고."

"그렇다니까요."

"아주 솔직하네. 보통은 아니라고 둘러대거나 도망가버리고 마는데……"

"난 도망 안 가요."

"집에서는 도망나왔잖아."

"그건 그래요."

그는 한동안 말없이 뜸을 들이고 혼잣소리로 중얼거렸다.

"따지고 보면, 나도 할말 없는 사람이지만…… 한때 저지른 실수로 십 년이 다 가도록 안갯속을 헤매고 다니며 지금껏 공허하고 희망 없이 살아왔어. 많은 걸 후회했고 많은 걸 배웠지…… 가슴속에 들어앉아 똬리를 튼 죄의식이나 스스로 만들어낸 분노를 지우려고 애쓰면서 눈물도 배우고 고통이 뭔지도 뼈저리게 배우게 되었어. 나도 그렇지만, 꼬마 너도 머지않아 깨닫게 될 거야. 내가 가슴에 고여 있는 이런저런 말을 나눌 친구가 없어 널 데리고 이런 말을 하고 있다…… 너도 앞으로 이 후미진 세상에 낀 안개 같은 걸 조심해."

"난 안개 같은 거 몰라요."

"물론 아직은 모르겠지. 객지에서 겪는 눈물 젖은 세월이 많이 흘러가야 돼. 젊은 날에 겪는 고난은 그래서 축복이란 말도 있어. 축복은 그래, 때때로 고통스러운 모습으로 찾아오기도 하지. 늑대는 어떤 경우에도 나무 뒤에 몸을 숨기지 않아. 그러니까 고통이 찾아와도 움찔해서 기둥 뒤에 숨어선 안 돼. 늑대처럼 정면 승부를 하는 거야."

"난 늑대도 몰라요."

"나중에 알게 되겠지."

"그것도 모르겠는걸요."

"그건 그렇고, 너 배고프지?"

정말 오랜만에 들어본 반가운 말이었다.

"예."

"너하고 동행하고 있는 이 똥개 집은 어디냐?"

"없어요."

"그래? 넌 하는 일도 없이 이 똥개만 데리고 노숙하냐?"

"예."

"네 처지를 어렴풋이 알 것도 같다…… 밥 사줄게. 가자."

"아저씨, 이 나팔 이름은 뭐예요?"

"나팔 이름? 궁금하겠지만, 악기 이름 따위 알아봤자 소용없는 짓이야. 음악이란 것도 나처럼 근본 없이 벌로 배운 놈에겐 덧없는 것이고…… 그걸 하겠다고 집을 뛰쳐나와서 낯선 객지로 떠돌아다녔다만, 남은 건 환멸뿐이지. 이제 와서 스스로 박차버린 아내를 동분서주하고 찾아봤지만, 허사였어. 어디로 갔는지 흔적조차 찾아볼 수 없어. 그래서 늙지도 않은 나이에 가슴속에는 음악도 악보도 아닌 회한만 남았지. 나는 허영 덩어리였어. 뭐랄까, 사람이 이런저런 역경을 겪고 눈이 뒤집히게 되면 자신 외에는 아무것도 눈에 보이는 게 없어져. 모두가 하찮게만 보이지. 부모, 아내, 친구, 고향도 마찬가지. 모두가 대수롭지 않아. 내가 없으면 아무것도 없다는 게 그런 위기를 겪어보면 터득하는 교훈이지만, 그 또한 덧없는 일이야. 지금 와서는 뭐가 뭔지 모르겠어. 넌 알아듣기 힘든 말이겠지만, 세상은 그렇고 그런 거야. 준비도 없이 낯선 세상과 무턱대고 맞서려 했지."

"아저씨, 그래도 나팔 이름이 궁금해요."

"알면 골치만 아프다니깐. 아예 알려고도 하지 마라. 모두가 덧없는 일이야."

색소폰 연주자와 나는 광장 한쪽에 있는 국밥집으로 들어갔다. 칠칠이는 개고기 국밥을 파는 집이란 것을 알아차리고 가게 밖 멀찌감치에 자리를 잡고 앉았다. 아마도 쓰레기통을 뒤지러 갔을 것이다. 나는 국밥을 먹었고 그는 술국을 시켜 소주를 마셨다.

"너 가출한 지 몇 년째냐?"

"사 년쯤요."

"사 년이라…… 그것밖에 안 돼?"

"오 년쯤 된다고 해도 괜찮아요."

"하긴 그게 무슨 상관이겠나."

"그러게요."

대답하고 나서 나 스스로도 놀랐다. 집 나온 지가 그렇게나 되었나. 어머니와 등을 지게 된 것 외에 내가 가출을 시도한 것에는 다른 한 가지 그럴 만한 까닭이 있었다. 옆집 며느리가 자취를 감춰버리고 두 번 다시 돌아오지 않고 있다는 것이 확실해지면서 나는 몹시 심란해졌다. 잠들기 전에 눈을 감으면 도시락을 들고 종종걸음으로 우리집을 찾아오던 그녀가 선명히 보였다. 남들은 눈을 감으면 황홀한 천국을 본다는데 나에게는 어쭙지 않게도 그녀의 모습만 보였다. 그녀를 만나게 될지도 모른다는 희미한 기대를 가지고 객지를 배회한 지 벌써 사 년 남짓한 세월이 흘러간 것이다.

어머니가 나를 수소문해서 찾지 않았던 것도 세월이 물 흐르듯 후딱 지나간 이유 중 하나였을 수도 있다. 아마도 어머니는 사타구니에 화상을 입어 절름발이 신세가 된 무당을 따라 전국 순회공연을 떠났는지도 몰랐다. 아니면 어머니가 학수고대했던 신내림이 와서 독립해 무당이 됐는지도 몰랐다. 무당이 되었건 아니건 어머니는 당신의 소생인 이 박호구를 영영 잊어버린 것이 분명했다. 단념하고 나면 너무나 편안해지는 건 나 역시 마찬가지였다.

내 머릿속에는 오직 단심이네의 환영만으로 가득차 있었고, 생각은 그녀만을 좇고 있을 뿐이었다. 그러나 한번 집을 나간 그녀가 다시 집으로 돌아올 거라는 징조는 어디에서도 찾아볼 수 없었다. 그런데도 나는 막연한 기대를 품고 사 년 넘게 터미널 주변을 배회하고 있었다. 그런 속내를 꿰뚫어보고 있는 것처럼 선글라스가 말했다.

"아무 소용 없어. 여기 터미널 주변에 죽치고 있어봤자 배만 곯을 뿐이야. 배를 오래 곯으면 어떻게 되는지 알아? 지금의 널 봐. 쓸개 빠진 놈처럼 멍청하게 되든지 좀도둑질로 연명하게 돼. 도둑질을 계속 하다보면 나중엔 무감각해져서 자기가 범죄자란 의식도 흐릿해져. 심지어 잡히지 않는 게 자기가 똑똑해서 그런 줄 착각하지. 그러나 잡히지 않는 범죄자는 없어. 결국은 수배범이 되는 거지. 그러면 어떻게 되겠나. 응당 감옥에 가게 되고 풀려나도 전과자 신세가 되는 거지. 지금 네 처지가 딱 그 짝이야…… 눈을 크게 떠. 넓은 세상으로 나가면, 범죄를 저지르지 않아도 되는 더 큰 가능성이 기다리고 있다는 걸 넌 모르고 있어."

나는 귀가 솔깃했다. 우선 감옥이란 말에 뜨끔했고, 한편으로는 더 큰 가능성이 있다는 말도 어디서 몇 번 들은 기억이 있었기 때문이다.

"도회지로 나가면 곡예단을 창단하려는 약장수들이 많아. 듣기로는 그 사람도 키타나 바이올린을 멋지게 켠다고 하더군. 그 사람들은 원숭이가 북 치면서 애국가를 제대로 부르고, 코끼리가 소주를 마시면서 타이어를 굴리고, 낙타가 앞발로 총을 쏴서 과녁을 맞히고, 똥개가 굿모닝 하고 영어로 말하는 기상천외한 곡예단을 만들겠다고 호언장담한다는 소문이 있더라. 얼핏 들으면 손으로 구름 잡는 식으로 터무니없지만, 훈련을 거듭하면 못할 것도 없지. 너 대한민국 해병대 구호가 뭔지 알아? 없는 것을 있게 하라, 바로 그거야. 없는 것도 있게 만드는 세상에 있는 것을 가지고 굴리는 것쯤이야 누워서 떡 먹기 아니겠어. 백 리 밖에 있는 P시에 가면 곡예단원을 모집한다는 전단들이 전봇대마다 붙어 있어. 그 사람들이 지금은 장수드링크인가 뭔가 하는 걸 팔고 있다지만, 꿈은 큰 걸 품고 있는 셈이지. 그런데 그 강장제라는 것이 실상은 그냥 설탕물이란 얘길 들었지. 너, 내 말 듣고 있는 거야?"

"예."

"그런데 이상한 것은 사람들이 그게 설탕물이란 것을 뻔히 눈치채고 있으면서도 그 드링크제를 위조지폐도 아닌 멀쩡한 현찰을 주고 사서 마신다는 거야. 혹시 장수 강장제일지도 모른다는 기대를 놓고 싶지 않은 거지. 마시면 단맛이 나니까. 당장에는 기분이 좋지. 그 기분좋은 단맛에 현혹되는 거지. 그래서 장사가 번창하는 거야. 이 똥개하고 같이 그 사람들을 찾아가면 끼니 걱정은 말할 나위도 없고 돈까지 벌게 될 거야. 내가 보니까 이 족보없는 똥개도 어느 정도 수준까지는 훈련이 되어 있던데 데리고 가면 환영받을 거야. 그건 내가 보장하지. 이를테면 텔레비전에 나오는 탈렌트나 가수들처럼 이 똥개도 그 사람들과 똑같이 출연료를 받게 된다는 뜻이야. 알고 보면 이 세상에 존재하는 생물들은 모두 광대들이거나 똥개야. 돈푼깨나 가진 것들이 잡종 똥개를 가지고 순종이니 잡종이니 저들끼리 떠들고 있는 거야. 이 세상에 존재하는 모든 인종이나 짐승들 중에 순종은 없어. 미국 놈들 봐. 전 세계 곳곳에서 모여든 잡종들이 뒤엉켜 살잖아. 너, 몰라서 그렇지 한국 사람들도 온통 잡종이야. 단일민족? 그것 다 말짱 헛소리지. 잡종을 가지고 순종이니 똥개니 떠들고 있는 것뿐이야…… 출연료를 받으면 넌 꿩 먹고 알 먹는 거야. 내 말 알아들어?"

"예."

"어째 대답이 먹다 뱉어낸 숭늉처럼 뜨뜻미지근하냐?"

"뭔지 모르지만, 알아들었다니까요."

"뭔지 모르지만 알아들었다는 말은 뭔지 몰라서 못 알아들었다는 말과 같아."

"알아들었어요."

"너 여기 그대로 죽치고 있다간 정말 굶어 죽는 수가 있어. 내가 괜한 얘기 늘어놓는 게 아냐."

"어떻게요?"

"어떻게 굶어 죽느냐고?"

"예."

"굶어 죽는 것도 어떻게 죽는 게 있냐? 그냥 굶어 죽는 거지…… 너 바보 아냐? 네 얘기를 듣고 있으니까 내가 바본지 네가 바본지 혼란스럽네."

"그러지 마세요. 저 바보 아니라니깐요. 사람들이 나보고 걸핏하면 바보라고 비위를 건드려서 미치겠어요."

"비위를 건드려? 너 그런 말 어디서 배웠냐?"

"여기서요."

"너처럼 하루종일 밥벌이도 못하고 입을 헤벌린 채 궁상떨고 있는 사람을 보고 바보라 부르는 거야. 바보 아니면 협잡꾼에게 걸려들어 늙은이가 되도록 남의 뒤치다꺼리나 하다가 인생 종 치든가."

"협잡꾼이 뭐예요?"

"이 터미널에서 오 년 가까이 굴러다녔다면서 협잡꾼이 뭔지도 몰라? 하긴, 그렇게 다잡고 물어보니 나도 말구멍이 막히는군. 가만 있어보자, 이를테면 말이야…… 서로 처음 만난 사이인데 쓱 다가서면서, 초면에 이런 말을 하는 것은 사람의 도리에 어긋나는 줄 알지만 나하고 잠깐 얘기 나눌 시간이 있겠습니까, 하고 웃으면서 접근하든지, 아니면 세상에는 약한 것이 강한 것을 이기고 부드러운 것이 딱딱한 것을 이긴다고 주장하는 사람들이 여럿 있는데 그런 사람들은 모두 협잡꾼으로 보면 돼. 사이비 종교단체에 그런 사람들이 많아. 그런 새빨간 거짓말에 속아넘어가면 안 돼."

"왜요?"

"왜긴 왜야. 약한 것이 어째서 강한 것을 이긴다는 거야. 천지개벽이 되어도 그런 일은 벌어지지 않아. 넌 지게 작대기가 철근 부러뜨리는 거 본 적 있어? 고양이가 코끼리를 잡아먹는 거 본 적 있어? 그런 건 얼간이나 사기꾼들이 하는 새빨간 거짓말이니깐 명심해둬. 명심해두라는 말 알지? 뼈에 아로새겨두란 얘기야. 이 모든 것이 험한 세상 노 저어가며 살아온 경험에서 얻은 인생철학이니깐 아로새겨둬. 정신만 똑바로 세우고 살면 염라대왕이 찾아와서 네 엉덩이를 물어뜯어도 쉽게 끌려가진 않아."

내가 선글라스가 가르쳐준 대로 그 바이올린 연주자를 찾아가기로 마음먹은 것은 끼니를 굶지 않거나 출연료를 받을 수 있다는 기대 하나 때문만은 아니었다. 여기 이대로 죽치고 있는다고 이젠 영원히 집으로 돌아올 것 같지 않은 단심이네를, 더 넓은 세상으로 나가게 되면 찾아낼 수 있겠다는 막연한 기대도 함께 있었다.

그 약장수를 찾아가기로 마음먹고부터 나는 다른 아무런 일도 손에 잡히지 않았다. 기대에 가슴은 제어하기 힘들 정도로 두근거렸다. 도회지로 나가기만 하면 곧장 단심이네와 조우할 것 같아서 터무니없이 뛰는 가슴이 좀처럼 진정되지 않았다.

***

“아저씨, 뭘 그렇게 골똘하게 생각하고 있어요?”

“아까 말했던 미쉐린맨이 무엇인지, 그걸 생각하고 있었지. 잠깐 졸기도 했고……”

“아, 그거요. 자동차 타이어 상표 이름이에요. 잘 굴러가거든요.”

나는 짐짓 딴청을 피운 것처럼 말머리를 돌렸다.

“그런 타이어가 있었나? 그러고 보니 가슴이 뜨끔하군.”

“왜요?”

“한때 그런 적도 있었거든.”

“훈련을 받았어요?”

“한때 그런 적이 있었소.”

“굴러가는 것이라면 아주 잘 구르는 사막거미가 있어요. 사막 한가운데서 전갈과 마주쳐서 힘겨루기를 하다가 전갈에게 독침을 맞을 위기가 닥치면 거미는 자기 몸을 순식간에 반지처럼 동그랗게 꼬부리고 사막 위를 떼굴떼굴 굴러 도망치죠. 전갈이 못 따라잡을 만큼 빠른 속도로.”

“나는 도망치지 않고 일정한 궤도를 돌았소.”

“곡예단인가 그런 데 있었군요.”

“나는 그때 줄에 매달린 꼭두각시 인형이나 다름없었소. 단장이란 사람의 조종에 감탄했던 것이 아니라, 구르면 구를수록 내가 얼마나 하찮은 인생인가 그런 생각이 많이 들었소."

"남편한테도 한때는 사막거미란 별명이 있었어요. 말잔등 위에서 사막거미처럼 잘도 굴렀으니까요."

"아가씨 남편과 난 역시 비슷한 데가 있었군. 남편이 술도 잘 마셨소?"

"아뇨. 전혀 못했어요. 그 대신 제가 술을 많이 마셨어요."

"난 술고래요. 그뿐만 아니라 담배도 일찍부터 피웠지. 그것도 왼손으로."

"왼손이 어때서요…… 어릴 때부터요?"

"아마 그랬을 거요."

"아저씨하고 얘기 나누다 보니까, 나도 모르게 멍청해지네요."

"왜?"

"어떤 문제에도 확실한 게 하나도 없잖아요. 언제나 그럴 걸, 하고 대답을 끝내버리니까."

"내가 그랬나? 하긴 늙어서 생각하니 만사가 아무것도 아니란 생각이 들 때가 많아. 두서없이 살다보면 걱정이 태산같이 쌓이지만 한번 소리쳐 웃고 나면 그만일 때가 많아. 나이가 들면 어투도 두루뭉술해져요. 살아온 인생이 세월의 파도에 깎여 마모된 탓이겠지. 젊었을 때는 선하고 악한 것의 구별이 확실했는데, 나이들면서부터 그게 흐릿해졌어요. 어쨌든 나는 지금까지 살아오면서 아가씨처럼 칼로 자르듯 그렇게 딱 부러지게 대꾸를 했던 기억이 없어. 위기가 코앞에 닥쳐도 항상 어물어물하다 당하고 말았지. 아가씨 같은 화법을 썼다간 언제나 주먹부터 먼저 날아왔으니까."

나는 짐짓 알은척을 했다. 그녀가 맞장구를 쳤다.

"알 만해요."

나는 그녀의 얼굴에서 시선을 뗄 수 없었다.

"숙녀 얼굴을 그렇게 뚫어지도록 쳐다보는 거 아니에요. 실례거든요. 난 원래 들창코였는데, 고등학교 졸업하자마자 곧장 성형해버렸어요. 눈도 쌍꺼풀로 바꿨는데, 삼 년쯤 지나고 나니까 코는 수술한 대로 얼굴 한가운데 그대로 자리잡고 얹혀 있는데, 섭섭하게도 쌍꺼풀은 흔적도 없이 사라지고 말았네요."

그야말로 거침없는 여자였다. 그런 솔직함은 내가 늙은이이기 때문에 무시당하고 있다는 느낌마저 들게 해 마음이 개운치 않았다. 그녀는 재빨리 내 속내를 읽은 것 같았다.

"기분 상하셨죠? 죄송해요. 제가 별명이 촉새 주둥이라서요. 어릴 때부터 어른들한테 잠자코 앉아 있으란 핀잔을 많이 들어왔거든요. 나중엔 끼어들 눈치도 보이지 않았는데 가만있으라고 차단하고 드는 거예요. 그런데 난 그게 싫었어요. 내가 왜 가만있어야 해요? 아저씨도 그러세요?"

"나는 어른들이 아니라, 또래의 아이들에게 거짓말을 많이 하고 다녔거든. 거짓말이 아니면 도대체 떠오르는 말이 없을 정도였어. 나중에 나이가 들어서도 가슴에 쌓인 울분 같은 것 때문에 거짓말을 하게 되더군."

"외롭게 자랐군요."

"때때로 어린 날의 경험처럼 그다지 탐탁지도 않고 가치도 없는 과거라는 것이 자꾸만 가슴속에서 삐죽거리고 나와 나를 물어뜯곤 하지……"

"아저씨뿐이겠어요. 모두 그래요. 거기에서 빠져나온다고 고통이 치유되는 것도 아닌데 자꾸만 반복하죠. 부질없는 짓이에요. 참새 부리로 산불을 끌 수 있겠어요?"

우린 드디어 누가 먼저랄 것도 없이 화롯불 자리에서 일어났다. 불이 다시 사그라지고 있었다. 새벽 네시를 지나고 있었다. 그녀가 말했다.

"해가 떠야 문을 닫는 선술집을 알아요."

그녀는 팔짱 낀 손을 옆구리 쪽으로 바싹 당겨 안았다. 나는 속으로 낭패감을 느끼면서도 그녀를 매몰차게 뿌리치지 못했다. 꼼짝없이 걸려들었다는 것을 깨달았다. 나는 어눌한 어투로 더듬더듬 말했다.

"나…… 돈 없어."

"거짓말."

"정말이야. 나 돈 없어."

그녀가 걸음을 멈추고 힐끔 내 얼굴을 쳐다보았다. 그러고는 가볍게 코웃음을 흘렸다.

"아저씨, 그러시는 거 아니에요. 유치하게 왜 그러세요. 유치하단 말 참으로 오랜만에 써보네. 내가 언제 아저씨한테 돈 있느냐고 물어봤어요?"

"그건 안 물어봤지."

"그런데 왜 대뜸 넘겨짚으세요. 팔다리가 그다지 길어 보이지도 않는데……"

그때 나는 어린 날 색소폰 주자가 나를 타이르던 말을 얼른 뇌리에 떠올렸다. 일면식도 없는 사람이 다가와, 초면에 이런 말 여쭙는 게 사람의 도리에 어긋나지만 잠깐 얘기를 나눕시다, 하고 살갑게 접근하는 사람은 십중팔구 협잡꾼이라는 말이 그것이었다. 그러나 그녀는 협잡꾼의 범주에 들어 있는 여자는 아닌 듯했다. 하긴 살다보면, 그런 말을 구사하며 접근하지 않는 사람들 중에도 협잡꾼은 허다했다.

***

색소폰 주자가 가르쳐준 대로 나는 칠칠이와 함께 P시로의 여행을 시도했다. 그의 말은 빈말이 아니었다. 여러 곳을 들쑤시고 다닐 필요도 없이 시가지 변두리 전봇대 곳곳에 곡예단에서 단원을 모집한다는 전단들이 부착되어 있었다. 그 전단에는 꽁지머리에 바이올린을 연주하는 대머리 사내의 사진이 박혀 있었다. 이름은 '강기찬 예술 곡예단'이었다. 나는 그 전단에서 난생처음으로 '예술'이란 글자를 발견했고, 이상하게 시선이 끌렸다.

그 전단을 뜯어 거기 적힌 장소로 찾아갔다. 생각보다 쉽게 찾아낸 곡예단은 색소폰 주자가 말한 것처럼 대도시 변두리 상설 장마당 뒤에서 장수드링크를 팔고 있었고, 거기서 나는 초면인데도 꽤나 친절한 강기찬씨를 만날 수 있었다.

그는 대머리에 뒤통수에만 빈약하게 남은 머리칼을 바싹 당겨 도넛처럼 동그랗게 말아 꽁지머리를 만들었고 턱수염까지 기르고 있었다. 그 이상한 머리 모양 때문에 그가 수많은 군중 속에 숨어 있다 할지라도 당장 찾아낼 수 있을 것 같았다. 그러나 그의 인상착의를 표현할 때, 대머리 사내라고 말해야 할지 꽁지머리 사내라고 말해야 할지 턱수염 사내라 해야 할지 도무지 종잡을 수가 없었다.

그는 아마도 자신의 몸뚱이에서 솟은 모든 털이 손상당하거나 제거되는 게 싫어 끝까지 보전하려고 마음을 다잡은 것 같았다. 그런데도 대머리가 되는 건 막지 못한 듯했다. 그래서 그가 봉고트럭 운전석에 앉아 차창 밖으로 불쑥 고개를 내밀 적에는 북극의 얼음 바다 수면 위로 불쑥 고개를 내미는 바다사자를 연상시켰다.

내가 그 장마당에 당도했을 때 그는 곁에서 거드는 사람도 없이 드링크제가 든 박스들을 수습해 봉고 트럭에 막 실으려던 참이었다. 그는 나를 발견하는 순간 내가 왜 자기를 찾아왔는지 대뜸 알아차렸다. 그래서 내 처지와 찾아온 속내를 구구절절 늘어놓지 않아도 됐다. 그는 우선 하던 일을 대충 마무리짓고는 나를 이끌고 장마당 변두리에 있는 국밥집으로 데려가서 허기부터 달래주었다. 그는 시종 맞은편 의자에 팔짱을 끼고 앉아 게걸스럽게 퍼먹고 있는 나를 정면에서 관찰하고 있었다. 면접 절차는 싱겁고 간단했다.

"너 전단 보고 찾아왔냐?"

"예."

"집은?"

나는 지난날 거짓말을 질질 흘리고 다닐 때의 순발력을 발휘하여 보육원 생활을 했는데 나이가 들면서 그곳에서 쫓겨나 동가식서가숙하고 있다고 구차하게 둘러댔다. 믿거나 말거나였는데, 면접은 그것으로 끝이었다. 미주알고주알 따지며 파고들지 않는 게 개운했다. 그러나 국밥집 문밖에서 기다리고 있는 칠칠이의 면접은 그렇게 간단하지 않았다. 그는 칠칠이가 족보를 가진 개냐 아니면 흔히 말하는 똥개냐고 따지기 시작했다. 나는 거침없이 말했다. 그마저 속이고 싶진 않았다.

"순종 똥개예요."

그가 대뜸 면박을 주었다.

"야, 인마, 똥개면 똥개지 순종 똥개가 어디 있냐. 순종은 이 세상에서 사라진 지 오래야. 사람도 마찬가지고. 이제 순종은 없어. 전부 잡종들만 자기가 잘났다고 떠들고 다니지. 제깐놈들이 뭐가 잘났다고……"

"말이 그렇다는 얘기죠."

"개 이름이 칠칠이라고 했지?"

"예."

"이름이 칠칠이라…… 저 개가 구구단을 외운다는 거냐?"

"아뇨."

"그럼, 이름을 왜 칠칠이라고 지었냐?"

"몰라요. 사람들이 그렇게 부르더라구요."

"너 청승맞게 그 찌그러진 양은바가지는 왜 가지고 다니냐?"

"칠칠이가 아무 그릇에나 밥을 먹기 시작하면, 쥐약을 먹고 죽을 수도 있으니까 꼭 이 바가지에 담긴 음식을 내가 보는 앞에서만 먹도록 훈련시켰어요."

"다른 사람이 밥을 주면 안 먹는다고?"

"한번 줘보세요. 안 먹지."

"얘가 안 먹는 음식도 있냐?"

"초콜릿하고 마른 오징어나 닭고기나 오리고기도 주면 안 돼요. 뼈가 목에 걸릴 수도 있거든요. 뜨거운 부침개, 갈비찜, 구운 생선, 송편, 찹쌀떡, 양파나 마늘이나 파가 들어있는 만두나 짜장

면도 주면 안 돼요. 모두가 칠칠이하고는 상극이거든요. 그런 음식은 줘도 안 먹어요. 그런 거 어디서 물어 오면 나를 줘요."

"이제 보니까, 저 개가 널 따라다니는 게 아니고 니가 저 개를 따라다니고 있군."

"아무려면 어때요. 나한텐 절친한 친구인데요."

"니가 가진 재산이라곤 저 개 한 마리하고 들고 있는 양은바가지 한 개뿐이냐?"

"예."

"너 이 개 어디서 훔쳤냐?"

"훔쳤으면 내 곁에 붙어다니겠어요?"

"그건 정답이네. 그럼 저 똥개한테 무슨 재능이 있냐?"

나는 잠시 망설였다. 그러나 여기서 거짓말로 둘러댔다가는 당장 쫓겨날지도 모른다는 불안감이 순간적으로 내 뒤통수를 잡아챘다. 가보지 않았다고 달에 토끼가 없다는 걸 모르는 건 아니듯이. 때문에 바른대로 대답했다.

온돌방에 누워 늘어지게 잠들어보는 게 소원이었던 그 시절 나는 우연히 찾아온 온돌방의 행운을 순간의 실수로 놓칠 수는 없었다. 칠칠이가 곁에 있다고는 하지만, 피폐한 삶에 거울처럼 선명하게 노출돼 한껏 주눅들어 있던 나는 이 행운만은 절대로 놓쳐서는 안 된다고 생각했다. 칠칠이가 있긴 했지만, 짱짱한 한기가 살갗을 바늘처럼 찌르던 한뎃잠에서 선 채로 얼어죽을지도 모른다는 불안감에 시달렸다.

공포에 떨고, 추위에 떨던 노숙생활을 마감할 기회가 온 것인데, 어설픈 변명이나 거짓말로 둘러대는 건 사태를 악화시킬 뿐이라는 사실을 깨닫고 있었다. 그러나 과연 강씨가 내 말을 액면 그대로 믿어줄지는 알 수 없었다. 나는 기로에 있었으나 믿거나 말거나 있는 그대로 말할 수밖에 없었다.

"가래침 받아먹기요."

놀라운 일이었다. 예상과는 정반대의 반응을 그의 표정에서 읽을 수 있었기 때문이다. 그는 대뜸 반색하며 물었다.

"가래침 받아먹기라고? 껑충 뛰어서?"

"예."

"나르는 쟁반 받아 가져오기가 아니고?"

"재는 쟁반이 뭔지 알지도 못해요. 양은바가지가 자기 밥통이라는 건 알지만."

"정말 그렇다면, 이 개는 똥개들 중에서도 아주 홀딱 벗은 똥개군."

"홀딱 벗긴요. 털이 있잖아요. 시범 보여드려요?"

"나중에…… 그런데 몇 미터쯤 뛰어오르나?"

"빨랫줄 높이만큼요."

강씨의 눈이 다시 휘둥그레졌고, 입이 양쪽 귀에 걸리도록 웃었다.

"그렇게 높이?"

"그렇다니까요."

"저 똥개가 어떻게 그렇게 높이 뛸 수 있나?"

"이발소 의자에 오래 앉아 있으면 결국은 이발을 하게 된다잖아요."

"너 이발소에서 일했냐?"

"이것저것 안 해본 게 없어요."

"어린 나이에 고생바가지 뒤집어쓰고 살았구나."

"그걸 개고생이라 하대요."

"이 똥개가 싫어하는 건 뭐냐?"

"사람들이 꼬리를 밟거나 잡고 흔드는 거요."

"왜?"

"자기는 사람들처럼 꼬리가 없다고 생각하는데, 사람들이 밟고 지나가거나 잡고 흔들어대니까 짜증나죠."

"그거 똥개치고는 별꼴이네. 또 싫어하는 건 없냐?"

"물을 싫어해요. 그래서 잘 가다가도 시냇물을 만나면 건너지 않으려 해요."

"뭐 때문에?"

"자기는 스스로를 사람이라고 생각하는데, 물에 비치는 건 똥개니까 화나죠."

"그럼 물도 안 먹겠네?"

"제 얼굴이 안 비치는 구정물이나 흙탕물만 먹어요."
"그럼 황토물이 흐르는 황하 유역으로 가서 살아라."
"거기가 어딘데요?"
"그걸 몰라서 물어? 이 똥개를 니가 알뜰히 거두어주지 않아서 창자가 비어 있으니까 구정물에서 영양분을 찾고, 황토물에서 창자 속에 있는 노폐물을 씻어주는 흙을 섭취하는 거야. 그거 몰라?"
"나야 모르죠. 황하가 뭐하는 곳인지…… 얘는 맑은 도랑물을 만나면 앞발을 내저어서 흙탕물을 만들어 먹어요."
"짜식, 잘도 둘러댄다. 너 말이야, 지금 이 순간부터 나를 선생님이라고 불러. 알겠어?"
그는 나를 입단시키기로 마음먹은 것 같았다. 내가 지닌 재능을 선택한 게 아니라, 칠칠이가 지닌 재주넘기와 내가 가진 양은 바가지 때문이란 것을 깨닫게 된 건 한참 뒤의 일이었다. 그는 혼잣소리를 했다.
"똥개가 가래침을 받아먹는 재간이 있다는 건 하나도 이상할 게 없지만, 빨랫줄 높이만큼 뛰어오른다는 건 재미있는 대목이야."
강선생은 대머리였으나 키는 내가 고개를 한껏 뒤로 젖혀야 얼굴을 볼 수 있을 만큼 컸다. 코는 그 얼굴의 중앙에 큼직하게 자리잡고 있었는데, 언제 보아도 눈은 보이지 않고 인중으로 빠져나온 무성한 코털들만 보였다.

우리는 국밥집을 나섰지만, 그는 내게 어떤 역할을 줄지에 대해선 일언반구 말이 없었다. 그때 비로소 이 사내가 나를 자기 휘하에 거느리기로 작정한 게 칠칠이 때문이란 걸 알아챘다. 어찌되었건 나는 운수 좋게도 일이 예상외로 술술 잘 풀린다고 생각했다. 그런데 그를 약간 실망시키는 일이 있었다. 장마당으로 돌아가서 그가 물었다.

"야, 그런데 말이야. 저 똥개가 아무 가래침이나 받아먹냐?"

"아뇨."

"아니라고?"

"예. 내 가래침만 받아먹어요."

실망한 빛이 강선생의 얼굴을 잠깐 스쳐갔으나 나를 내치지는 않았다. 나는 재빨리 난전 거두기를 거들었고, 그는 나를 데리고 장마당 근처의 알 수 없는 기운이 맴도는 월세방으로 데리고 갔다. 그런데 바람벽에 검은 곰팡이가 핀 그 음습한 월세방에서 세상이 거꾸로 뒤집힐 것 같은 놀라운 일이 내게 벌어졌다.

그 여자를 먼저 발견한 것은 그 집 마당가의 담벼락 밑을 두 발로 파고 있던 칠칠이였다. 개는 수천만 년 전부터 이어진 진화의 압력을 받아 색맹이 되어버렸지만, 달리기라든지 물어뜯기라든지, 땅파기같이 늑대다운 습성은 그대로 유지하고 있었다. 지금 막 숙소의 뒤뜰을 들쑤시고 다니면서 영역 표시를 한 것도 개다운 행동이었다.

문밖에서 칠칠이가 두 번도 아니고 딱 한 번 컹 하고 큰 소리로 짖고 나서 이상하게 앓는 소리를 냈고, 연달아 "에그머니나" 하는 여인의 비명소리가 들렸다. 그리고 목을 움츠린 채 창백한 얼굴로 방문을 벌컥 열고 들어서는 여인을 목격하는 순간, 나 역시 억 하고 허리가 꺾이도록 놀랐다. 내가 살고 있는 세상에서 이런 일이 벌어지리라고는 상상조차 못했기 때문이다.

황급히 방안으로 들어선 그녀는 몇 년 전 마을에서 자취를 감추고 만 단심이네였다. 가슴이 쿵쾅거렸고, 정신이 어리벙벙했고, 뭔지 모르지만, 갈피를 잡을 수가 없었다. 마침 강선생이 방에 없었기에 망정이지, 있었다면 우리들의 운명적인 조우로 말미암아 어떤 불상사가 벌어졌을지 생각만 해도 아찔했다.

깜짝 놀라긴 그녀도 예외는 아니었다. 밖에서는 칠칠이를 보고 놀랐을 것이고, 방안에선 나를 보고 자지러질 듯 놀랐다. 우리 두 사람은 너무나 놀라서 순간적이나마 숨이 멎을 듯했다. 그러나 정신을 가다듬은 건 그래도 나보다 나이가 많은 그녀가 먼저였다.

그녀는 서둘러 손가락을 입에 갖다대고 몇 번인가 연거푸 입도 뻥긋 말라는 신호를 보냈다. 그녀 역시 안색이 하얗게 질려 있었는데, 내가 아니었으면 알아보지 못했을 정도로 야윈 모습 때문에 가슴이 찢어질 듯 아팠다. 의외의 장소에서 전혀 예상도 못했던 그녀를 만난 것인데 가슴부터 아팠다.

이상한 것은 칠칠이였다. 그녀와 처음 마주친 것은 칠칠이가 먼저였는데, 한 번 컹 짖고 난 다음, 마당가에 엉덩이를 깔고앉아 먼 데만 하염없이 바라보고 있을 뿐이었다. 그러나 어쩌다 그녀가 가까이 접근하거나 눈앞으로 지나가려 하면, 오랜 숙적을 만난 것처럼 눈을 치뜨고 그녀가 시야에서 사라질 때까지 매서운 눈초리로 곁눈질하는 걸 멈추지 않았다.

칠칠이가 그런 눈빛을 할 수 있다는 것도 그녀를 만나고서야 처음으로 알게 된 사실이었다. 그녀가 다독일 요량으로 서둘러 챙겨준 개밥은 거들떠보지도 않았고, 그나마 내가 거들어야 먹는 시늉이라도 했다.

그녀는 떠돌이 곡예단 단장을 자칭하는 강선생과 동거하고 있었다. 정식으로 혼례를 치른 부부 사이인지는 알 수 없었으나 식사 조리와 빨래 그리고 빈 드링크 병에 설탕물 채워넣기 같은 구질구질한 가정사의 뒤치다꺼리는 그녀가 도맡아하는 것 같았다. 상대만 시아버지에서 강기찬 곡예단 단장으로 바뀌었을 뿐 그녀가 감당해야 할 일은 시아버지를 알뜰하게 거두던 지난날이나 지금이나 조금도 다를 게 없었다.

그녀가 어떻게 강선생과 동거를 하게 되었는지 너무나 궁금했으나 물어볼 기회도 없었고, 나를 엄중하게 경계하는 그녀의 태도로 보아 내가 다잡고 물어본다 해도 순순히 속내를 털어놓을 것 같지 않았다. 그뿐만 아니라, 나를 홀대하는 태도가 심상치 않았다. 그들은 간단한 가재도구까지 챙겨서는 달릴 때 요란한 기계음을 토해내는 봉고 트럭에 싣고 다니며 유랑을 하고 있었다. 그날 저녁 두레상에서 밥을 먹다 말고 강선생이 끄륵 하고 트림을 내쏟으며 말했다.

"아쉬운 대로 우선 원숭이 한 마리만 있으면 돼. 이제 멀지 않았어. 원숭이가 나 대신 바이올린을 연주하고, 오소리가 사람이 던져주는 소주병을 받아 술을 마시며 바퀴를 굴리고, 당나귀가 앞발로 총을 쏴서 과녁을 맞히고, 개가 미국 놈들 뺨치게 영어로 말하는 날이 멀지 않아 올 거야."

강선생의 가당찮은 흰소리에 사뭇 입귀를 비쭉하던 그녀가 허파를 뒤집는 결정적인 한마디를 건넸다.

"원숭이를 어디 가서 붙잡아 오지요?"

그렇다고 강선생이 주눅들어 시무룩하지는 않았다.

"꼴값 떨고 있네. 그걸 몰라서 물어?"

"한국에서 원숭이를 거래하는 사람이 있다는 얘기는 들어본 적이 없는데?"

그렇게 속을 긁어도 강선생은 다른 속셈이 있는지 기운차게 받아넘겼다.

"동물원 아니면 어디 가서 원숭이를 구하겠어."

"설마 동물원에서 키우던 원숭이를 거래할까요? 값을 엄청 비싸게 부를 텐데."

강선생은 그때, 눈을 치뜨고 단심이네를 보면서 혀를 끌끌 찼다.

"이봐, 세상 물정에 그렇게 어두워? 어림 반푼어치도 없는 소리. 동물원 사육사들이 내로라하는 음악가와 원숭이를 거래할 턱이 있겠어? 팔고 나면 당장 쫓겨날 텐데…… 다른 방법을 강구해야지."

"다른 방법? 내로라하는 음악가가 쇠고랑 차고 싶어 환장을 했군요."

"내가 알아서 할 거야. 넌 구경만 하고 있어. 왜 자꾸 불길한 쪽으로만 생각해? 온몸을 던진다면 안 되는 일이 어디 있겠어. 나비가 탱자나무에 앉을 적엔 날개 찢길 일도 염두에 둬야지."

"그게 무슨 소리예요?"

"염병…… 말귀 어두우면 그런가보다 하고 잠자코 있어. 니가 뭘 안다구 감 놔라 대추 놔라 염병 지랄을 떨고 있어."

"내가 뭘 간섭했다고 걸핏하면 면박을 주고 그래요? 지는 약장수인 주제에."

"너 어디가 근질근질하냐? 멀쩡한 집 두고 가출한 년이 주둥이만 살아가지고 걸핏하면 말대꾸야."

강선생은 금방이라도 쥐어박을 듯 불끈 쥔 주먹을 그녀의 코앞에다 들이대고 내저었다. 그녀가 콧등에 와 닿는 주먹을 고개를 요리조리 돌려 피하며 적의가 담긴 시선으로 나를 일별했다. 거칠고 천박한 말투로 노골적인 홀대를 당하는 그녀는 강선생의 아내로서 온당한 대접을 받지 못하고 있는 것이 분명했다.

그런 업신여김에 그녀가 다부지게 대처하지 못하는 것에 안타까움을 넘어 가슴이 에였고, 그녀 대신해서 강선생과 겨루고 싶은 적의까지 느꼈다. 그러나 긴장감으로 손바닥에 땀만 배어났을 뿐 선불리 나설 수는 없는 노릇이었다.

그런데 나에 대한 푸대접은 다혈질인 강선생의 몫이 아니었다. 나의 유일한 후견인으로 믿고 있던 그녀에게서 시작되었다. 세상에 이런 변덕도 있는가 싶었다. 나를 겨냥한 그녀의 첫번째 구박은 내가 온전하게 앉아 밥을 먹도록 놔두지 않는 것이었다.

두루거리상에 둘러앉아 밥을 먹고 있을 경우, 그녀는 꼭 나를 지목해 눈발을 날카롭게 치뜨고, 똑바로 앉아라, 옆으로 비켜앉아라, 밥상 모서리에 앉아라, 개밥 주고 오너라, 밖에 가서 물 떠오너라, 빈 그릇 씻어 와라, 고추장 가지고 와라, 국그릇 하나 더 가지고 와라, 시키지 않아도 될 심부름을 속도감 있게 반복함으로써 식사 시간에 제대로 앉아 있을 겨를이 없게 만들었다. 그래서 두 사람이 밥상머리에서 물러난 뒤, 정작 밥을 먹으려고 고쳐 앉으면 상 위에는 멀건 국물만 담긴 대접이 놓여 있곤 했다. 주저주저하는 사이, 그녀는 내 뒤통수에 대고 밥상을 잽싸게 치우지 않고 뭘 꾸물대고 있느냐고 앙칼지게 쏘아붙였다. 내가 밥상머리에 앉아 꾸물거리는 꼴을 보기 싫어했다. 어째서 그녀의 심사가 그토록 뒤틀려버렸는지, 앙숙도 그런 앙숙이 없었다. 그녀에게 나란 존재는 말 그대로 눈엣가시였다.

이를테면 바늘 가져와라, 해서 바늘 가져오면 실 가져와라, 실 가져오면 바늘 가져와라, 하는 식이었다. 그건 심부름이 아니었다. 손찌검만 하지 않을 뿐 조롱과 학대였다. 그러나 나는 그것을 깨닫지 못했다. 그녀가 시키는 일이라면 엄살을 떨거나 주저해선 안 된다고 생각했다. 소금 짐 실은 당나귀를 물속으로 몰라 해도 군소리 없이 따라야 한다고 생각했다.

여자는 원래 그처럼 수다스럽고 혼란스럽고 변덕스럽고 주책없다고 생각했기 때문이다. 어머니가 그랬던 것처럼. 그녀를 좋아한다면 그런 고통쯤은 아무렇지도 않게 여겨야 한다고 생각했다. 그걸 악덕이라고 볼 수는 없었다. 하지만, 그렇게 속내를 다 잡아먹는데도 가슴속에는 앙금이 쌓이는 것 같아서 나 자신이 괴로웠다.

그녀를 보면 어머니가 내게 버릇처럼 하던 말이 떠올랐다. "넌 내 아들이라고 할 수 없어. 너는 내 원수야." 그뿐만 아니라 "너는 입만 벌렸다 하면 거짓말을 질질 흘리던 네 애비와 어떻게 그렇게 쏙 빼닮았냐"라고 말하기도 했다.

한때는 동네에서 누구도 도전할 엄두조차 못 내던 구슬치기와 딱지치기의 제왕, 깊은 물에서 숨 참고 자맥질 오래 하기와 담 뛰어넘기는 원숭이 다음가라면 서러울 만큼 달인이었던 나를 보고 어머니는 그런 험담을 늘어놓았다. 지금 만난 그녀가 나를 두고 하는 평가는 지난날의 어머니와 조금도 다를 바가 없었다.

나는 심사가 뒤틀려진 그녀 때문에 적지 않은 좌절을 맛보았는데, 과거의 인연으로 보아서도 그녀가 나를 이렇게 참혹할 정도로 홀대할 수는 없다는 생각 때문이었다. 숨쉬는 것 말고는 온전한 것 하나 없이 피폐하게 살고 있는 나에게 일말의 동정심도 없는 것 같아 눈물이 찔끔 났다.

그녀가 아침마다 내 오줌을 받아내려고 도시락을 치마폭에 살짝 감추고 북처럼 탱탱한 엉덩이를 얄기죽얄기죽 흔들어가며 마당을 건너오던 그때의 야릇하고 상냥한 모습은 온데간데없어져버린 것이다. 혼자 있을 때 그 시절의 일을 생각하면 환장할 지경이었고, 끝내는 내 인생이 개같이 꼬인다는 생각이 들 때가 많았다. 좌절, 환멸, 경멸, 쓰라림과 같은 마귀들이 날개를 펴고 한꺼번에 나를 덮쳐 내 인생을 재앙으로 몰아가고 있다는 생각이 들기도 하였다.

그러나 나는 그녀와 속시원하게 이별하고 그 꼴같잖은 '강기찬 곡예단'을 떠날 생각은 없었다. 내게 살갑게 구는 강선생 때문이 아니라, 나를 홀대하는 데 정신을 쏟고 있는 그녀가 거기 있었기 때문이다. 나는 어떤 방법을 동원하든 스스로에게 위로받기로 마음을 다잡아먹었다. 뗏목을 타기로 작정했다면 가랑비에 옷이 젖을까 하는 걱정쯤은 내려놓아야 한다는, 어디서 주워들은 얘기가 생각나기도 했다.

나는 광장에서 만난 그 색소폰 주자가 가르쳐준 대로 그녀의 행방을 찾아나서기 전에 몰래 시골집에 다니러 간 적이 있었다. 고향을 하직하고 객지로 떠나려 하니 이상하게 마음속이 뒤숭숭하고 그동안 전혀 안중에도 없던 어머니가 보고 싶었다. 하늘이 구름으로 뒤덮여 있었던 그날 해거름에 집에 도착했을 때, 어머니는 예상했던 대로 집에 없었다. 희미하게 품고 있던 실낱같은 기대조차 물거품이 되고 말았다.

부엌의 자질구레한 세간들은 희뿌연 재와 그을음을 뒤집어쓴 채 태연하게 누워 있었고, 솥은 내가 엿장수에게 팔아먹은 솥뚜껑도 다시 채워두지 않아 부뚜막 위에 그대로 입을 벌린 채 방치되어 있었다.

솥 안에는 이상하게도 어머니의 신발 한 짝이 거꾸로 엎어져 있었다. 물기를 머금고 있어야 할 툇마루의 걸레는 허물 벗은 뱀 껍질처럼 말라비틀어진 채로 방치되어 있었다. 울타리 아래 핀 민들레와 구절초 같은 야생초는 저절로 자라나서 제풀에 시들어 주저앉았고, 댓돌에는 헌 신발 한 짝 놓여 있지 않았다.

그 작은 집이 그토록 황량해 보이기는 난생처음이었다. 하지만 나는 저녁 거미가 내린 다음 사위가 어둠으로 가득차고 구름 걷힌 하늘이 별빛으로 가득찰 때까지 툇마루에 엉덩이를 걸치고 앉아 어머니가 나타나기를 하염없이 기다렸다. 그 긴 시간 동안 나는 저절로 흐느끼고 있었다.

어머니가 나타나면, 그날 밤 굿판에 석유 불을 붙인 생쥐를 던져넣은 것은 굿판을 난장판으로 만들려 했던 저주에서가 아니라, 오직 어머니가 보고 싶었기 때문이었다는 걸 말해야 한다고 벼르고 있었다. 그러나 어머니는 끝내 모습을 드러내지 않았다. 비로소 어머니와 나 사이, 혈육이란 이름으로 맺어진 삶에 세월이 흘러가도 돌이킬 수 없는 앙금이 생겨버렸다는 것을 깨달았다. 흘러가서 사라지는 여울물에도 산그늘의 흔적은 남는다지만, 어머니와 나 사이에는 주고받은 애증의 흔적조차 남아 있지 않았다.

그 빈집에서 깨달은 것은 그뿐이 아니었다. 나도 이제 철부지티를 벗고 청소년으로 대접받을 만큼 성장했다는 자각이 그것이었다. 많이 우는 것이 사람을 성숙하게 만들고 안도감 같은 걸 품게 한다는 생각도 들었다. 한 번도 그런 생각을 해본 적이 없었는데 어머니가 나타나지 않는 빈집에 혼자 앉아 문득 그런 생각에 잠기다니. 된장잠자리는 그 연약한 몸으로 아시아에서 아메리카 대륙까지 칠천 킬로미터를 이동하지만, 자기 자신은 그처럼 가공할 만한 거리를 이동할 수 있다는 것을 깨닫지 못하는 것과 같은 이치였다.

무당의 집을 찾아간다면, 외지로 출장굿을 나가지 않은 이상 어머니를 만날 수 있을 것이었다. 그러나 그 툇마루에서 한 발짝도 움직이지 않고 새벽녘까지 새우잠으로 지새운 나는 끝내 무당집으로 찾아가지 않았다.

나 때문에 사타구니에 화상을 입어 두 달 동안이나 굿판을 열지 못하고 자리보전으로 누워 지냈다는 무당의 집만은 내 발로 찾아가고 싶지 않았다. 어머니와 나 사이를 철저하게 가로막고 있는 그 원수의 얼굴만은 어머니를 보고 싶은 만큼 보고 싶지 않았기 때문이다. 밤이 깊어갈수록 애간장이 쓰리도록 어머니가 더욱더 간절하게 보고 싶었으나 지척에 있는 무당의 집으로 찾아갈 결단만은 그래서 할 수 없었다.

고향집을 찾아갔으나 종국에는 어머니를 만나지 못하고 쓸쓸히 돌아서야 했던 그때처럼, 그녀로부터 구박이 아니라 조리돌림을 당하고 박해와 구박을 거듭 받더라도 욱해서 곡예단을 박차고 나가선 안 된다고 생각했다. 어쩌면 나는 어쭙잖게도 마음속 깊은 곳에서 그녀를 짝사랑하고 있었는지 모른다. 동기가 어디에 있건 나는 그녀가 이 세상 어딘가에 존재한다는 믿음이 있었기에 가출할 용기를 얻을 수 있었다.

이제 그녀를 만나게 된 이상 처신을 신중히 해야 한다고 생각했다. 이런 내 속마음과 상관없이 강선생이 나를 대하는 태도는 그녀와는 딴판으로 호의적이었다.

"재 밥 좀 먹게 가만 놔둘 수 없어? 무슨 억하심정이 있어 그렇게 괴롭히나?"

그녀가 바라보는 면전에서 나를 역성드는 강선생이 눈물이 찔금 나도록 고마웠다. 그가 나를 처음 만났을 때 "그래, 같이 살자" 했던 그 한마디가 다시 가슴 찡하게 와닿았다. 의지 없이 떠돌며 진정으로 같이 살 만한 사람이 없었던 내게 그 한마디는 설령 흰소리로 내뱉은 말이었다 하더라도 나로 하여금 숨이 멎을 듯한 감격을 맛보게 했다.

그러나 그의 역성에도 불구하고 단심이네의 홀대는 막무가내로 계속되었다. 나는 아랑곳하지 않기로 하였으나, 꽁무니를 따라다니다시피하며 볼멘소리로 비윗장을 건드리고 사사건건 험담을 늘어놓을 때는 참아내기 어렵기도 했다.

그러나 나는 그녀가 내 거시기를 잡고 오줌을 짜내던 옛날을 생각하면서 참고 또 참았다. 지난날 마을에 있을 때 내가 그토록 두려워했던 투명인간 취급을 해달라고 매달리고 싶었다.

나는 무엇보다도 외롭고, 막막하고, 을씨년스럽고, 비 오는 날처럼 항상 축축하고, 하루종일 기분이 개떡같았던 지난날로 되돌아가고 싶지 않았다. 칠칠이와 함께 겪었으므로 더욱 절박했던 세월의 앙금들, 어떤 시련을 겪더라도 단심이네의 행방을 좇아 노숙으로 일관한 그 암울했던 시절만은 내 보잘것없는 생애에서 종지부를 찍고 싶었다.

그즈음 칠칠이 따위는 안중에도 없었다. 내가 역경에 처해 있을 땐 나 자신 이외의 다른 아무것도 염두에 둘 수가 없었다. 고향이든, 어머니든, 칠칠이든 모두가 마찬가지였다. 선택의 여지가 없었다. 잠깐이라도 칠칠이에게 연민을 가지게 된다면, 그것은 분명 알량한 여유였다.

내가 자신을 추스르지 못한다면 그것은 협잡과 추문으로 들끓는 이 환멸의 세상에 굴복하는 것일 뿐 다른 것은 아무것도 아니라는 사실을 깨달아가고 있었다. 어린 새가 하늘 높이 날 수 있을 때까지는 몇 번인가 날개가 부러지는 고초를 겪어야 한다는 꽁지머리 강선생의 말을 되새기면서 그녀의 모진 구박을 참아나갔다.

소주잔을 기울일 때마다, 시뻘게진 얼굴을 허공으로 쳐들고 예술가를 자처하는 강선생이 내게 처음으로 가르쳐주기로 작정한 예술은 엉뚱하게도 러시아의 전통춤으로 일컬어지는 꼬박춤이었다. 그 춤을 왜 꼬박춤이라고 하는지는 몰랐으나, 그가 시키는 대로 따라 할 뿐이었다.

나는 따라 하는 일엔 명수였다. 양손을 소매 속으로 넣고 상반신은 고정한 채 제자리에서 두 다리를 쉴새없이 앞뒤로 내뻗었다가 접는가 하면 그와 때를 같이해 두 무릎까지 폈다 오므렸다를 반복해야 하는 그 춤은 키가 작고 다리가 짧은 내게는 보는 사람에게 웃음거리를 제공하는 것밖에 다른 아무것도 아니었다.

영혼의 껍데기조차 깃들지 않은 그 이상한 예술을 내게 전수하려는 강선생의 표정은 시종 진지했다. 그러나 속내에는 구경꾼들에게 웃음거리를 제공하고자 하는 의도가 숨어 있었다. 나 역시 그의 속내를 어렴풋이 짐작하고 있었으나 그의 비위를 건드리고 싶지 않았기 때문에 비지땀을 흘리며 그 우스꽝스러운 춤을 추는데 온몸을 던졌다. 그 이상한 예술을 가르치고 있는 강선생의 의도를 그녀 역시 모를 리 없었다.

그녀는 연습을 거듭해도 너무나 서툰 나의 초급 예술을 팔짱을 끼고 서서 빤히 관찰하고 있었다. 그럴수록 나는 더욱더 심혈을 기울여 춤을 배우고자 했다. 그녀 보란듯이. 그런데 연습을 거듭해도 성과가 없는 내게 정작 강선생은 윽박지르지 않았으나, 오히려 그녀가 내 예술에 트집을 잡기 시작했다. 그녀처럼 나 역시 심사가 뒤틀려 있던 나머지 그녀가 트집을 잡고 끼어들기를 은근히 바라고 있었다. 그녀는 강선생에게 대들었다.

"재한테 왜 그런 춤을 가르쳐요?"

"왜? 꼬박춤이 어때서?"

"웃음거리밖에 더 되겠어요?"

"이봐, 보고 웃자고 가르치는 걸 몰라서 그래?"

"그것도 분수 나름이지. 재가 추는 춤을 보고 구경꾼들이 침이나 뱉고, 지나가던 소가 웃으면 그게 말이나 되겠어요?"

"사람이나 소나 웃기만 하면 됐지…… 사람들도 대개는 울기 전에 웃기부터 먼저 하는 거야. 너 그거 모르지…… 웃다가 우는 게 바로 예술이야. 개뿔, 예술이 별건 줄 알아? 알고 보면 예술이란 것도 그게 그거야."

"당신이 신주처럼 떠받드는 예술이 똥개값인 줄은 몰랐네."

"예술이라고 모두 값비싼 줄 알아?"

"당신이 그랬잖아요. 값이 하늘 높은 줄 모르고 치솟는 게 예술이라고. 그래놓고 오늘은 엉뚱한 소릴 하네."

"너 맞고 싶어?"

그녀가 구사하는 치고 빠지기 식의 화법은 언제나 강선생의 허파를 뒤집어놓았다. 그러나 입으로는 줄기차게 강선생의 말꼬리를 잡고 비틀어 물기를 반복해도 표정은 언제나 겁에 질려 있었다. 강선생의 폭력을 스스로 유도하는 듯한 그녀의 화법은 알고 보면 진짜 남편을 찾아내지 못한 가슴속의 응어리 때문인지도 몰랐다. 그래서 그녀의 말대꾸가 유창하게 반복될 때마다 가슴이 조마조마했다. 그런데 말대꾸는 어느덧 강선생의 자제력을 시험하는 단계까지 와버렸다.

"소가 웃지 않고 지나가던 똥개가 웃으면 어쩔래요?"

참으로 이상한 것은 순식간에 날아들었어야 할 강선생의 주먹이 보이지 않았다는 사실이었다. 그는 헛웃음을 흘리면서 말했다.

"칠칠이가 웃어? 그러면 더욱 좋지. 그걸 보고 금상첨화라고 하는 거야."

그처럼 사사건건 어깃장을 놓는데도 강선생은 그때마다 주먹을 내밀어 벼르기만 했을 뿐, 정작 손찌검까지는 가지 않았다는 게 이상했다. 그것이 유명을 달리한 아버지 박무도씨와 서로 다른 점이었다. 한순간 위기에서 벗어난 그녀가 경계선 위에 위태롭게 서서 다시 빈정거렸다.

"소가 웃는 건 몇 번 봤지만, 개가 웃는 건 본 적이 없네요."

"너 같은 촌년이 어떻게 개가 웃는 걸 봤겠어. 너한테 그런 예술적인 안목이 있었다면 내가 뼈가 으스러지는 곤욕을 겪더라도 매일 한 번씩 업어줬겠다."

"촌년이라고 깔보지 말아요. 예술가 뒤따라서 도회지 거친 바람 쐬고 다닌 지도 십 년이 다 되어가잖아요."

"십 년은 무슨 썩어빠질 십 년이야. 정확하게 오 년째지."

"십 년이면 어떻고 오 년이면 어때요?"

"입은 가로 찢어져도 침은 똑바로 뱉으라 했어."

"별꼴이네, 정말."

"죽고 싶어서 간덩이가 부었군. 그때 내가 거두어주지 않았다면 넌 백 프로 거리의 여자가 돼서 그 꼴같잖은 몸뚱이나 팔고 있었을 거야. 천만다행으로 알고 입다물고 가만있어. 아작이 나도록 맞지 말고. 구멍가게에서 물건이나 훔치며 죽지 못해 연명하는 쌍년을 불쌍하게 여겨서 슬하에 거두어줬더니, 이젠 내 수염을 잡고 늘어지네."

나는 문득 강선생이 거칠게 내쏟는 험한 욕설에서 이승에 남기고 떠난 아버지의 잔상을 보았다. 노름판에서 상고머리 괴물로 불리며 짧은 생애를 살고 간 아버지는 느닷없는 사십대의 꽁지머리를 통해 내 앞에 모습을 드러낸 셈이었다. 그때까지는 한 번도 그리워한 적이 없는 아버지를 그를 통해서 다시 만나다니 참으로 괴이한 일이었다.

***

그녀를 만난 지 일주일째가 되던 저물녘이었다. 손을 휘저을 때마다 팔에 휘휘 감기던 안개도 온데간데없이 걷히고 없었다. 단속적으로 내리던 비도 그쳤고 하루의 마지막 햇살이 먼바다를 싱그럽게 비추고 있었다. 해안선을 따라 포구의 해질녘 풍광이 크레파스로 그려놓은 것처럼 선명하게 드러났다. 놀기 좋아한다는 도깨비가 가져다놓은 풍경처럼 장마 속에 되살아난 해안선은 현란했다.

나는 항상 들락거렸던 국밥집을 지나 선착장에서 멀리 떨어진 선술집으로 그녀를 이끌었다. 우리는 잠시 전단지가 덕지덕지 붙은 선술집 창문 밖으로 시선을 빼앗겼다. 백여 마리를 헤아리는 갈매기떼가, 앉아 있던 맞은편 어판장 지붕을 떠나 하늘로 높다랗게 날아오르는가 싶더니, 카드 섹션처럼 순식간에 방향을 바꿔 포구로 돌아오는 어선 쪽으로 틀어 날았다.

"파도는 한번 시작한 일을 멈추지 않아요. 파도가 지치는 거 본 적 있으세요?"

"그건 본 적 없지."

우리는 술국과 소주를 주문했다. 포구에서는 저물녘은 물론 이른 아침이라 해도 소주잔을 기울이는 패거리를 전혀 새삼스럽게 보지 않았다. 중년의 아낙네는 항상 그랬듯이 우리의 대화에는 관심이 없었다. 아낙네는 조리대 위에 놓여 있던 북어를 북북 찢어 냄비에 쓸어 담고 있었다. 그녀가 묻지도 않은 말을 불쑥 뇌까렸다.

"이십대들은 날 만나면 늙었다고 가차없이 퇴짜를 놓아요. 언제 봐도 항상 나른하고 믿을 수 없는 눈을 지닌 이십대가 좋은가봐요."

"어디 이십대뿐이겠어? 늙은이들도 마찬가지지. 늙은이들이 환영받는 곳은 병원뿐인데 그네들이 그걸 몰라요."

"아저씨도?"

"나라고 다를 게 있겠어. 하지만 난 그런 것에는 진작 미련 없어. 그나저나 난 요사이 젊은이들 나이를 도무지 짐작할 수가 없던데."

"아녜요. 젊은것들은 내가 삼십대란 걸 당장 알아채요."

"젊은 사람들 눈썰미가 늙은이들보다 낫다는 얘기군."

"계집애들이 내게 사막여우란 별명까지 지어줬어요. 어두워지면 두 귀를 쫑긋 세우고 먹이를 찾아 거리를 헤매는 걸 빗대 지어준 별명이에요."

"슬픈 얘기군."

"하지만 그런 멸시쯤은 아무렇지도 않아요. 기분이 조금 상하지만 금방 잊어버려요. 사실이 그러니까요. 그런데 나를 늙은 매춘부라고 비웃는 젊은 사내들은 어쩌는지 알아요? 대개는 그게 볼품없어요. 쪼그라든 무말랭이 같다니까요. 옷 벗기가 바쁘게 금방 일을 끝내버려요. 사람들은 근본적으로 지출에 대한 경계심이 있잖아요. 그것이 굴레가 되어 기분좋은 사정을 방해할 수 있어요. 그래서 나는 꽃값을 대충 흥정은 하지만, 다른 애들과 달리 돈은 나중에 일 끝나고 받아요. 물건의 가치를 알아보고 값을 치르는 것과 같은 이치겠지요. 그것이 나 스스로에게도 적극적으로 일하게 하는 효과를 주거든요. 남자와 관계를 하면서 껌이나 짝짝 씹는 것은 직무유기고 비열한 짓이잖아요. '입다물고 처먹기나 해' 하는 말 있잖아요. 나는 그게 싫었어요. 우리 아버지 말버릇이 그랬거든요. 공평하지 않아요. 세금도 물지 않으면서 유난 떨 필요 없지 않겠어요. 금방 끝내버리는 사내들의 머릿속에는 집에 있는 아내 얼굴만 머릿속에 맴돌기 때문에 오랜만에 결심한 외도를 그 모양으로 홀라당 구겨버리는 거죠. 바다에 떨어지는 햇살과 파도 소리와 바람과 나무는 흔하게 널려 있는 공짜 상품이지만 쾌락은 온몸으로 느끼는 보석 같은 귀중품이에요. 노력과 희생정신 없이는 얻어지는 게 아니거든요. 한순간이지만, 섹스 중에 좋으냐 어떠냐고 따지고 묻는 것도 쾌락에 장애가 될 수 있죠. 묻는다는 것도 통제에 해당하는 일이거든요. 자유롭게 놔둬야죠. 즐길 수 있게…… 그런데 오랜만에 아내 몰래 손에 넣은 그 귀중품을 허망하게 날려버리는 사내들이 너무 많아요. 그뿐인 줄 아세요? 세상에선 겉모습도 멀쩡하고 고매한 인품을 가졌다고 우러러보는 인사도 매춘부 앞에선 벌거벗은 똥개처럼 굴어요. 그래서 사내들이란 말로는 잘난 척 떠들어대지만, 실제로 상대해보면 농담처럼 가벼워요. 그래서 나는 잠깐 사이에 남자의 신세를 망칠 수도 있어요. 남자들은 순식간에 끝내고 나서 '미안해' 그렇게 한마디하거든요. 뭐가 미안한 건지 나도 모르겠더라고요. 그래서 나는 슬픈 여자예요. 남자에겐 한순간 짜릿한 행복감을 제공하지만, 나 자신은 내일의 생계를 위해 순간적인 쾌락도 뱃속으로 삼켜버리죠. 그렇게 보면 인생 자체가 사실은 농담이에요. 아저씨같이 나이든 사람들은 옷깃만 스쳐도 인연이라고 말들 하지요. 요사이는 이틀 사흘을 한 침대에서 홀딱 벗고 뒹굴고 나서도 인연이란 말을 절대 입에 담지 않아요. 왜 그런지 아세요? 시시하니까요."

"인생이 시시하다는 말은 어디서 많이 듣던 소리네…… 늙어서 생각하면 만사가 아무것도 아니더란 말도 바로 그거지."

"그런 가벼움이 나는 좋아요. 툭툭 털고 난 다음의 결과니까요. 아저씨, 매춘부라는 직업의 좋은 점이 뭔지 아세요? 아침이면 일어나서 미련 없이 제집으로 돌아간다는 거죠. 사내들은 말끝마다 토 달고 질척거리거나 냉큼 내빼지 않고 빼죽빼죽 뒤돌아보는 계집애들은 아주 질색하거든요. 매춘이 인생살이에 결정적인 해악을 미친다는 증거도 없는데 왜 이게 불법인지 정말 모르겠어요. 매춘이 자랑하고 뻐길 만한 특기는 아니라 하더라도 매춘업도 당당하게 세금 내는 직업으로 인정받았으면 해요. 유럽의 여러 나라들과 미국 네바다 주에선 매춘이 합법이고 세금도 낸다잖아요. 그거 알고 계세요? 십오 세기 때인가, 언제는 로마 교황이 허가해준 유곽에서 거둬들인 세금으로 당시 한 교구의 수도사들이 먹고 살았대나 뭐 어쨌대나. 그런 얘기도 있어요."

"아주 논문을 쓰고 있구먼."

"매춘의 역사를 연구한다는 어떤 교수가 집창촌에 찾아와서 강연 도중에 했던 말이에요."

"요사인 별의별 놈들이 다 있다니깐. 교수란 놈이 집창촌까지 찾아와?"

"그런데…… 욕은 왜 하세요? 이 자리에 그 교수님 없다고 욕바가지 퍼붓는 거 아녜요. 배알이 뒤틀리세요?"

"미안하게 됐소. 사실은 내가 항상 했던 말인데……"

"비위 거슬리더라도 가만 듣고 있는 거예요."

"참, 이름이 뭐랬지?"

"그런 건 왜 물어요?"

"말해봐요. 이름이 뭔지."

"아저씨 참 옛날 사람이네요. 왜 그런 걸 물어봐요? 길 먼지 뒤집어쓰며 유랑하는 여자 이름 알아서 어디다 쓰려고요? 속으로는 가명 아닌 본명을 말해주기를 바라고 있겠죠? 아저씨, 꿈 깨세요. 내 본명 알아내려면 한참 걸릴걸요."

"어디 속시원하게 털어놔봐. 소문 안 낼게."

그녀는 한동안 고개를 숙인 채 소주잔이 놓인 식탁을 응시하고 있다가 나직이 말했다.

"박순희요. 본명은 최윤서였어요. 정처 없이 떠도는 계집애 이름이 최윤서라고 하면 십중팔구 고상하게 보이게 이름을 고쳤다고 비웃겠지요. 그래서 거꾸로 막 부르기 좋고 남자들이 스스럼없이 상대하기 좋은 박순희로 고쳤다니까요. 참 기가 차서……"

"고상한 최윤서가 어쩌다 이 험난한 길로 들어섰을까."

"내 인생이 어쩌다 이꼴로 비틀어져버렸냐 그 말이죠? 이것 보세요. 비틀어진 나뭇가지는 햇살을 볼 수 있도록 계속해서 움직였다는 증거 아니겠어요? 세상의 어깃장에 많이 구겨진 내 인생을 그런 나무에 비유해도 좋겠지요. 그런데 비틀어지기만 했지 얻어낸 소득이 없었다는 건 지금의 내 처지를 보면 아시겠지요. 옛날 결혼 전엔 날 위해 자신을 하늘같이 떠받들던 가족을 버리겠다고 흔쾌히 말한 유부남도 있었어요. 그러나 그 약속을 지키지 못한다는 것을 알게 된 것도 소중한 경험이었고 소득이었다고 말할 수 있겠지요. 그 남자와 한 번도 해보지 못한 이별을 했는데, 이별이 그토록 손쉬울 줄은 몰랐어요. 그냥 서로 뒤돌아서면 됐어요. 그것은 그 사람과의 이별을 나도 모르는 사이에 준비하고 있었기 때문이었을 거예요. 나를 낳아준 아버지가 회초리도 아닌 옷걸이나 하찮은 연장 같은 걸로 나를 때리면서 하는 말이 뭐였는지 아세요? 너보다 내가 더 아프다는 거였어요. 그런 궤변이 어디 있어요? 그런데 그때 나는 바보처럼 그게 궤변인 줄 몰랐다니까요. 그래서 나중에 커서도 상습적으로 내가 사랑한 사람들을 아프게 했죠. 아버지의 매질 자체보다 매질하면서 내뱉은 말이 오히려 나를 비뚤어지게 만든 것 같아요. 나에게서 상처받은 이들이 받는 고통의 규모로 사랑의 깊이를 측정하는 게 내 전문이었어요. 남자를 결정적으로 아프게 하는 방법이 뭔지 아세요? 어느 날 느닷없이 헤어지자고 말하는 거예요. 그것도 두 번 다시 돌이킬 수 없을 만큼 단호한 어조로…… 그럼 남자들은 반드시 이유가 뭐냐고 물어요. 그런 남자를 복장 터지게 만들려면 이유는 없다고 말하는 거예요. 그럼 남자가 어쩌는지 아세요? 입을 비쭉비쭉 하다가 와락 울어버려요. 폭포가 쏟아지는 것처럼. 화내는 것보다 우는 남자들이 더 많아요. 날 위해서라면 지옥까지도 따라가겠다나 뭐라나. 그 말은 당장 듣기에는 기분좋겠지만, 곧이곧대로 믿을 여자는 없어요."

"나쁜 여자구먼."

"그럴지도 모르죠. 하지만 세상에 좋은 여자 찾기 힘들걸요. 왠지 알아요? 좋은 남자일수록 나쁜 여자를 좋아하기 때문이죠. 아저씨는 어쩌다 늘그막에 노숙자 신세가 됐죠? 그런 질문 받으면 뭐라고 대답하실래요? 팔자소관이다, 어쩌다보니 이렇게 됐다, 고 대답하겠죠? 나 역시 깜짝 놀랄 만한 까닭이 있겠어요? 나쁜 여자로 살다보니 그냥 이렇게 되어버린 거예요. 호랑나비 날면 봄이고, 꾀꼬리가 울면 봄이잖아요. 그걸 누가 모르겠어요."

"어린 시절 시골에서 많이 듣던 말 같아."

"나하고 비슷한 말 하고 다니는 사람을 만난 적이 있었나봐요?"

"그렇다니까."

"별일이네, 정말."

그녀가 찬물 마시듯 소주잔을 들어 목구멍 안으로 술을 툭 털어넣었다.

***

강선생과 동거인이 된 단심이네도 술고래였다. 그녀는 강선생이 장마당으로 공연을 나가면 작은방에 혼자 앉아 강소주로 속을 태웠다. 같은 마을에 이웃하고 살 적에는 전혀 볼 수 없던 광경이었다. 강선생과 같이 장수드링크를 팔러 나갔다가 방으로 돌아오는 날에도 그녀의 입에선 술냄새가 풍겼다.

술뿐이 아니었다. 그녀는 강선생 면전에서 대놓고 담배도 피웠다. 술과 담배는 그녀의 공허한 가슴을 데워주는 미약인 게 틀림없었다. 그녀의 가슴속에는 나도 어렴풋이 짐작하고 있는 회한 같은 것이 진작 떠나지 않고 먼지처럼 끼어 있던 것이다.

강선생도 얌전한 아낙네가 갖추어야 했을 그녀의 일탈을 질책

하지 않고 덤덤하게 바라보았다. 그것은 어쩌면 강선생이 그녀를 깊이 사랑하지 않는다는 증거일 수 있었다. 그런 의미에서 두 사람은 서로 죽이 맞았다. 그녀가 집을 나선 이후 겪은 세상의 신산이 그녀로 하여금 색다른 취향에 젖도록 만든 것은 틀림없었다. 술에 취한 그녀는 강씨를 붙잡고 넋두리를 늘어놓곤 했다.

"당신 그거 알아? 지금까지 내가 지켜본 바로 당신은 멍청하든지 용감하든지 둘 중 하나야."

강선생은 그녀를 거들떠보지도 않고 건성으로 물었다.

"둘 중에 어느 쪽인 것 같아?"

"멍청한 쪽이지 뭐야."

"왜?"

"박호구를 슬하에 거느리겠다고 생각하고 있으니깐."

"그게 멍청한 놈들이 저지르는 짓이란 거야?"

"물론이지. 아니면 말고."

"저 녀석하고 우린 한 가족이야. 한 가족이 되려는데 그런 악담을 하면 안 되지. 그럼 천벌받아."

"멍청하긴……"

"개 같은 소리 집어치워. 모가지를 부러뜨려야 주둥이 좀 닥치겠어?"

"아니면 말랬잖아. 미안해요."

"너 아직도 나란 사람의 진면목이 뭔지 모르고 있지? 당연하지. 너같이 무식한 촌년이 그걸 알겠어? 내 진면목은 뮤직으로 숨쉬는 사람이야. 가슴의 울림과 세상의 작은 움직임까지도 모두 뮤직에 불어넣는 영혼을 가진 그런 사람이란 말이야. 알겠어? 뮤직 이즈 마이 라이프. 이게 뭔 말인지 알아? 뮤직에 살고 뮤직에 죽는다는 얘기야. 철학이야, 철학. 그걸 알아야지. 그러니깐 내가 무슨 일을 하건 제발 빈정거리지 말고 그 잘난 사타구니에 대가리 처박고 죽은듯이 가만히 있어. 내 뒷다리 걸고넘어지려다 다리몽댕이 부러지는 불상사 겪지 말고."

"알았다니깐. 미안하다고 했잖아요."

"내 성질 알지? 나 말이야, 뼈다귀를 입에 문 개처럼 한번 집착하면 끝장을 봐버린다고. 내가 저 녀석을 손가락으로 건드리기만 하면 우는 놈으로 만들 거야. 저놈은 아직까지 단 한 번도 옆구리가 저리도록 서럽게 울어본 경험이 없는 놈이야. 두고보라고. 나는 저 녀석을 울음의 시조로 만들 거야. 세상이 날 괄시한다고 분통을 터뜨릴 필요는 없지만 우는 건 좋은 일이야. 나나 재나 먹구름이 낀 운명을 살고 있다 하더라도 살아보면 모두 그게 그거야. 그게 그거란 얘기 무슨 소린지 알아? 다 헛소리란 얘기야. 그렇고 그런 거지, 알겠어? 눈길조차 닿지 않을 만큼 높은 절벽 위에도 둥지를 트는 새는 있기 마련이야. 네년이 그런 이치를 알고 있겠어? 죽어도 모르지. 세상에서 좌절했다고 분노만 하고 있을 필요는 없어. 분노는 사람을 빨리 늙게 만들지. 스스로 나는 좋은 사람이라고 생각하란 말이야. 그러면 좋은 사람만 만나게 되고 쉰 막걸리를 마셔도 와인맛을 볼 수 있는 거지."

"당신이 걱정해주지 않아도 재 많이 울었어요."

"네가 그걸 어떻게 알어? 재 우는 걸 옛날부터 곁에서 지켜본 사람처럼 얘기하네?"

"내가 언제 재가 우는 걸 봤다구 그랬어요? 그건 아니지만…… 차라리 몸에 익은 바이올린이나 켜지그래요."

얼른 눌러내는 말에 강선생은 뒤통수에 화살이라도 맞은 듯 금세 고개를 푹 꺾고 시무룩해서 말했다.

"팔아먹은 악기를 왜 또 들춰? 너 말이야, 나한테서 밀린다 싶으면 남의 아픈 데를 찌르더라? 하긴 다시 악기를 사야지만……"

그러나 나는 먼 훗날까지 그와 만나고 헤어지는 일을 거듭하는 동안 단 한 번도 악기를 연주하는 장면을 목격한 적이 없었다. 그뿐 아니라, 그가 열정을 품고 가르치려 했던 꼬박춤도 이렇다 할 진전이 없었다. 강선생은 그때마다 내게 말했다.

"야, 인마, 몸을 던져. 알겠어? 몸은 뒀다 뺑튀기하고 바꿔 먹을래? 몸을 던지란 말야. 천하에 둘도 없는 맹수라도 박제된 상태라면 무슨 재주로 사냥을 하겠어."

그때 곁에 있던 단심이네가 그 말을 냉큼 되받았다.

"그애 몸 던지란 말 무슨 뜻인지 못 알아들어요. 소귀에 대고 휘파람 불기예요."

"넌 가만히 있어. 너보고 몸 던지라 했냐? 얘보고 던지라 했지."

"그래요. 당신 멋대로 한번 던져봐요. 재가 몸을 던지나. 정말 몸을 던지기라도 한다면 소가 웃겠지."

"지금 나는 중대한 기로에 서 있어. 사람들이 불가능하다고 생각하는 일에 도전하고 있는 거야. 이게 도전하고 또 도전하는 사람들은 벗어던질 수 없는 멍에라는 거야."

강선생의 말이 땅에 떨어지기도 전에 그녀가 냉큼 응수했다.

"도전인지 동전인지 맘대로 던져봐요. 무얼 맞히나 한번 봅시다."

강선생은 시범을 보이겠다고 텀블링하듯이 맨땅에 자신의 몸을 던져 때굴때굴 굴렀다. 바로 그때였다. 우리들의 훈련 과정을 몇 발짝 뒤에서 덤덤하게 바라보고 있던 칠칠이의 양쪽 입끝이 위로 올라가며 이빨이 드러났다. 칠칠이는 지금 웃고 있는 중이었다. 강선생이 맨땅에 넘어져 먼지를 일으키며 구르는 모양이 쌤통이다 싶었던 것이다. 그러나 칠칠이가 웃고 있다는 것을 세 사람 중에서 나만 눈치챘다는 것이 아쉬웠다. 소 대신 똥개가 웃겠다는 단심이네의 말이 생각났다.

강선생은 일단 나를 단념하고 그 대신 칠칠이를 훈련시키겠다고 나섰다. 단장은 어디서 찾아냈는지 컨테이너 운반 트럭에서나 사용할 만한 커다란 타이어 한 개를 찾아내 들고 왔는데 그게 미쉐린 타이어였다.

그 타이어를 가지고 온 이후 강선생은 나를 땅개라는 별명 대신 미쉐린맨이라고 불렀다. 성은 미가이고 이름은 쉐린이란 것이었다. 세상에 존재하는 생물 중에 미씨 성의 동물이 살고 있다는 말은 들어본 적도 없었다. 그래서 강선생은 내게 그 성씨의 시조를 시키겠다고 떠들어댔다. 나는 그 이름이 좋지도 싫지도 않았지만 시조가 되었다는 말에는 솔깃했다. 뭔지 모르겠지만, 시조라는 말에는 처음이란 뜻이 담겨 있을 텐데, 내가 그 시초가 되었다는 것은 행운처럼 여겨졌다. 게다가 본래의 성인 박가는 누가 살갑게 불러주는 사람도 없었다. 땅강아지나 난쟁이라 불렀으면 불렀지 나를 박호구라고 깍듯이 대접해서 불러준 사람은 만나본 적이 없었다. 나는 강선생의 속깊은 배려에 우쭐했다. 타이어를 가지고 나타나던 날 그는 내게 말했다.

"너 미국 안 가봤지?"

"거기가 어딘데요?"

"가봤다는 거야, 안 가봤다는 거야?"

"선생님도 잘 아시면서 왜 그러세요."

"야, 인마. 가본 거냐 안 가본 거냐?"

미국이란 낯선 말에 공연히 심통이 난 나는 처음으로 강선생에게 쏘아붙였다.

"물론 못 가봤죠. 내가 거길 좆 빤다고 가겠어요. 영어도 모르고요."

그때였다. 강선생이 놀란 눈을 치뜨고 한동안 말을 잇지 못하다가 가까스로 입을 열었다.

"이 새끼 봐라. 이젠 나한테 대놓고 빠는 시늉이네…… 야, 인마, 뭘 빤다구? 그런 말 하면 못써. 그리고 요사인 영어 같은 거 몰라도 오케이 한마디만 가지고 그거 빨아보겠다고 미국으로 꾸역꾸역 몰려들 가고 있어. 너도 빨러 가고 싶어?"

"그래도 난 안 가요. 비행기 탈 줄 모르니까요."

"미국 서부 쪽으로 가면 캘리포니아가 있어. 우리나라보다 열 배쯤 넓지. 알고 보면 그 땅의 삼분의 일은 건조한 사막지대야. 거길 데스밸리, 죽음의 계곡이라고 부르지. 그런데 거기 황량한 죽음의 계곡에는 바람에 밀려 굴렁쇠처럼 굴러다니는 회전초라는 식물이 있어. 영어로는 텀블위드라고 하지. 그 텀블위드는 구르기 좋도록 큰 공처럼 생겼어. 잎도 뿌리도 없이 사막지대를 굴러다니지만, 회전초는 엄연히 살아 있는 식물이야. 너처럼 여기저기 바람에 부대끼며 사막지대를 하염없이 떠돌아다니면서 공기중에 배어 있는 수분을 흡수해서 생명을 유지하는, 고생바가지를 뒤집어쓰고 사는 식물이지. 그러나 알고 보면 지독한 생명력을 지닌 식물이어서 곧잘 죽지도 않아. 원래는 우크라이나가 원산지인데, 미국 캘리포니아까지 건너올 만큼 생명력이 강한 식물이기도 하지. 우리들이 말하는 부평초는 서열로 치면 한참 아래야. 너도 장차 그 회전초처럼 조선 팔도를 자유자재로 굴러다니면서 살아갈 수 있도록 내가 예술적으로 모양새를 갖춰줄 거야. 알아들었어?"

강선생이 내게 요구하는 것은 별것 아니었다. 내가 먼저 그 타이어의 홈 속으로 들어가 몸을 숨긴 채 타이어를 굴리면 칠칠이가 그 위에 올라타 춤사위를 추면서 바퀴와 함께 굴러가는 것이다. 강선생은 나를 앞에 세우고 말했다.

"야, 인마, 미쉐린. 내 눈을 똑바로 봐. 내 눈을 똑바로 보라는데, 왜 내 사타구니에 눈을 처박고 있어? 내가 제일 싫어하는 것이 눈을 아래로 내리까는 거야. 눈앞에 미사일이 종횡무신으로 날아다녀도 눈만 앞으로 똑바로 뜨고 있으면 살아남을 수 있어. 내 말 알아들어?"

"알았어요. 지금 똑바로 보고 있잖아요."

"내가 똑바로 보라고 했나? 그럼 쳐다봐. 내 눈을 쳐다봐야 내 말을 곧이곧대로 알아듣게 돼."

"쳐다볼게요."

"타이어는 뻣뻣한 몸으로 그냥 타는 게 아냐. 그럼 얼마 못 가서 튕겨져나온단 말이야. 상반신에 웨이브를 주란 말이야. 웨이브를 주면 손쉽게 타이어 안으로 몸을 숨길 수 있어. 웨이브를 우리말로 뭐라고 해야 하나? 젠장, 영어에 능통하다보니까 조선말에 혀가 안 돌아가네……"

그는 한동안 담배를 피워 물고 먼 데를 바라보며 머뭇거렸다.

"너 같은 얼간이가 팝핀이 뭔지 락킹이 뭔지 알 턱이 없지. 너 바닷가에 가봤어?"

"못 가봤어요."

"이런 얼간이를 데리고 웨이브를 가르치겠다는 것 자체가 웃기는 일이군. 바닷가 사진은 봤지?"

"예."

"그럼 됐어. 머릿속으로 그 사진에 나온 파도를 그려봐. 왜, 그런 노래 알아? '푸른 파도를 가르는 흰 돛단배처럼 그대 그리고 나, 낙엽 떨어진 그 길을 정답게 걸었던 그대 그리고 나……' 어쩌고저쩌고하는 노래를 머릿속으로 그려봐. 이 노래는 고상한 인생을 자처하는 것들이 부르는 노래니까. 넌 알 턱이 없지. 하지만 그 노랫말처럼 네 몸뚱이가 밀려오는 파도를 타고 바다를 둥둥 떠다닌다고 생각해봐. 일렁이는 파도를 따라 네 몸 전체에 웨이브를 주는 거야."

"타이어 속에 들어가서요?"

"그럼 타이어 속에 들어가서 파도를 생각하지 않고 뭘 하려고 했냐?"

"다람쥐를 생각하려고 했는데…… 그거 어렵겠는데요."

"어렵지 않아. 저편에서 파도가 밀려온다, 파도가 친다, 큰 파도 작은 파도가 나를 향해 밀려온다. 그리고 눈을 지그시 감아. 꼭 감으면 안 돼. 지그시 감는 거야. 그 파도에 네 몸을 가볍게 신는 거야, 알겠어? 그때 네 몸엔 너 자신도 모르게 팝핀, 락킹이 생겨나는 거야. 그러면 어느덧 네 몸에 리듬이 실려서 굳이 파도를 연상하지 않더라도 몸이 자연스럽게 움직이면서 웨이브를 타고 저멀리 파도를 타고 넘어가게 돼. 나중엔 수평선 너머 태평양 한가운데 있는 하와이 섬 와이키키 해변까지 가닿는 꿈을 꾸게 되는 거야. 그럼 목은 어떻게 처리하나. 목은 밀려오는 파도를 입으로 물어뜯는 것처럼 앞뒤로 내젓는 거야. 그럼 굳이 칠칠이가 뭘 하지 않더라도 미쉐린 타이어는 자동적으로 굴러가게 되어 있어, 알겠어?"

"자동적으로 굴러가는 거 난 못해요."

"이 자식 봐라. 해보지도 않고 못하겠단 말부터 하네? 너 나한테 밉상으로 찍히면 살아남지 못한다는 거 알고 있어? 내 신경 긁지 말고 잘 봐."

강선생은 마당으로 나가 빙빙 돌면서 스텝을 밟으며 시범을 보여주었는데, 그것을 물끄러미 바라보고 있던 단심이네가 입을 비쭉하더니 담배를 피워 물었다. 그러나 어쩐 일인지 빈정거리지는 않았다.

그 묘기는 사실 그다지 어려운 게 아니었다. 미쉐린맨이 처음 얼마 동안 바퀴를 굴려주면 곁에서 대기하고 있던 칠칠이가 강선생의 손짓에 따라 바퀴 위로 냉큼 올라타고 웨이브를 그리면서 장마당을 몇 바퀴 도는 것이었다.

가래침의 궤적을 따라 껑충 뛰어 달려나가던 칠칠이의 순발력이라면 바퀴 굴리기 정도는 그야말로 누워서 떡 먹기였다. 그것은 물론 강선생의 아이디어였지만. 그는 머릿속에 타이어에 올라타고 굴러가기 묘기가 어느 정도 완성되면 타이어를 치우고 굴렁쇠를 가져와 그 아슬아슬한 묘기를 연출하겠다는 계획을 갖고 있었다. 강선생은 단심이네가 입을 비쭉거리며 빈정거리건 말건 그 목표를 반드시 달성하겠다고 다짐했다.

"당신, 저 똥개하고 미쉐린이 같은 조가 돼서 묘기를 보여줄 만큼 호흡이 착착 맞을 거라고 생각해요?"

"칠칠이는 훈련을 감당할 수 있는 자질을 갖춘 개고, 쉐린이도 신체적 조건을 갖추었으니 얼마 안 가 호흡을 맞출 수 있을 거야."

"신체적 조건이라니?"

그 순간, 강선생은 단심이네의 귀를 잡아 자신의 입으로 가져가서 속삭였다.

"쉐린이가 칠칠이랑 키가 거의 같잖아."

"그게 뭐라고 그래요. 어림 반푼어치도 없는 얘기예요. 꿈 깨시라고요."

"사람은 꿈이 있어야 해. 꿈을 먹고 사는 게 인생이야."

"인생 좋아하시네. 똥개들이 웃겠네요."

"너 나한테 무슨 억하심정이 있어 사사건건 어깃장이야?"

"어깃장은 무슨 어깃장. 사실이 그렇단 얘기예요. 저렇게 멍청한 놈을 데리고 웨이브를 하겠다는 게 당신 꿈이라면 난 할말이 없네요. 그런데 그 꿈이 성공하면 내 손가락에다 장이나 지지세요."

단심이네의 예상은 그대로 현실이 되었다. 훈련에 잘 적응할 거라는 강선생의 예상을 깨고 칠칠이가 바퀴를 일정한 속도로 굴리기는커녕 몸을 곧추세워 바퀴에 배를 붙이고 구르는 일부터 어긋나기 시작했다. 번번이 바퀴를 놓치고 옆으로 미끄러지거나 간신히 바퀴에 몸을 붙이고 올라탔다 하더라도 순식간에 아래로 나동그라지고 말았다.

강선생은 다혈질이었으나, 그런 점에선 의외로 참을성이 많은 사람이었다. 응당 들어야 할 몽둥이를 들지 않았다. 나는 칠칠이가 강선생이 주문하는 대로 바퀴를 굴려주기를 조마조마한 마음으로 지켜봐야 했다. 그가 지금은 참고 있겠지만, 조만간 칠칠이를 몽둥이로 다스릴 때가 있으리란 것을 예감했기 때문이다. 사내들은 무기를 들면 과격해진다. 까닭 없이 그걸 사용하고 싶어 안달하기 마련이다. 한 번도 매질을 당한 적이 없는 칠칠이를 몽둥이로 다스리려 한다면 어떤 반응을 보일지 알 수 없었다.

나는 마음의 준비를 하고 있었다. 만의 하나 그가 칠칠이를 몽둥이로 거칠게 다룬다면 나는 칠칠이를 데리고 이 곡예단을 떠나야겠다고 마음속으로 다짐하고 있었다. 그 경우 단심이네와도 이별을 생각해야 했는데, 그것은 생각하기도 싫은 일이었다. 그걸 생각하면 뒤통수가 지끈거리고 아프고 호흡에도 곤란을 느낄 정도였다. 제발 그런 불상사가 일어나지 않기만을 바랄 뿐이었다.

그런데 칠칠이가 강선생의 기대를 저버리고 미쉐린 타이어를 모양 있게 굴리기는 어렵겠다는 예상은 기우에 지나지 않았다. 몇 번의 실패를 거듭한 끝에 칠칠이는 굴러가는 바퀴 위에서 긴 혓바닥을 늘어뜨린 채 일정한 속도를 유지하며 구르는 곡예를, 박수를 받을 만큼 능수능란하게 해낼 수 있게 되었다. 훈련을 시작한 지 한 달도 못 되어 터득한 곡예였다. 강선생 역시 똥개로서는 기대 이상의 성과를 거둔 칠칠이에게 입에 침이 마르도록 칭찬을 아끼지 않았다. 그러나 유독 단심이네만은 칠칠이가 거둔 성과에 대해서 냉소적이었다.

"좋아할 것 없어요. 그래봤자 저 똥개 얼마 못 가서 뒈질 거예요."

"뒈지다니? 그게 무슨 불길한 언사여?"

"저 똥개 나이 많은 거 몰라서 물어요?"

빈정거리는 말에 강선생은 의심의 눈초리로 되받았다.

"칠칠이 나이가 많다는 걸 어떻게 알아?"

"보면 몰라요?"

"보면 모르냐니? 니가 똥개 감별사야? 말해봐. 뭘 보면 나이를 알 수 있는데?"

"허리가 굽었잖아요."

"뭘 알고나 씨부려. 칠칠이 허리가 어때서? 내가 보기엔 멀쩡한데 왜 까닭 없이 헐뜯는 거야?"

"몰라요. 내가 보기엔 그러네요. 아니면 말고."

"너 정말 나하고 원수진 일이라도 있냐?"

"원수라면 원수 못 될 것도 없지……"

"이게 듣고 보니 언중유골이네?"

"그 말도 빈말은 아니지."

바로 그때였다. 손찌검을 아껴왔던 강선생의 손바닥이 허공으로 올라가는가 싶더니 철썩 하고 내리치는 소리가 들렸고, 단심이네는 그 자리에 폭삭 주저앉아 얼굴을 감싼 채 미동도 않고 엎드려 있었다.

***

취해서 탁자에 코를 박고 엎드린 채 취기를 다스리던 그녀가 고개를 번쩍 들고 나를 뚫어지게 바라보는가 하더니 손을 내밀어 나를 끌어당기며 말했다.

"아저씨, 우리 재미 보러 가요."

"취한 거 아냐?"

"취했으면 어때요. 취했다고 정신을 통째로 술에 말아먹은 건 아니에요."

우리는 선술집을 나섰다. 밤하늘에 별빛이 총총했다. 볼을 스치는 바닷바람이 차가웠다. 낮에는 갯벼룩떼가 튀어올라 어지럽던 방파제는 피곤에 지친 듯 저만치 어둠 속에 가로누워 있었다. 그녀가 내게 상반신을 기대며 속삭였다.

“공짜로 드릴게요. 내가 심각하게 예쁜 미모를 가진 계집애도 아닌데 공짜로 드린다고 크게 가슴 아플 것도 없지요. 난 아저씨보다 훨씬 어린 편이지만 지금까지 살아오면서 공짜로 가져가라는 말보다 더 반가운 말은 듣지 못했어요. 그보다 더 좋을 순 없어요. 공짜라면 양잿물도 마신다는 속담이 있다던데, 공연한 말은 아닌 것 같아요.”

그녀와 함께 모텔까지 갈 동안 나는 긴장했으나 당당했다. 그러나 옷을 벗은 그녀와 마주한 순간, 내 머릿속에는 느닷없이 단심이네의 환영이 떠올랐다. 나는 이상하게 뻣뻣해졌고 시선 둘 곳이 없었다. 그런 나를 본 그녀가 나직하게 말했다.

“뻣뻣하게 왜 그러세요. 서두르니까 그렇죠.”

“서두른 게 누군데?”

“내가 그랬나요? 습관 때문이겠죠.”

우리는 침대 위에 나란히 누웠다. 그때까지도 단심이네의 환영은 내 머릿속에서 사라지지 않았다. 그녀의 손을 잡았다. 너무나 따뜻했다. 이 따뜻한 손을 잡고 있으면 곧장 나른한 잠 속으로 빠져들 것 같았다. 그것은 오랜만에 만난 크나큰 위로였다. 그녀가 나직하게 말했다.

"아저씨에게 당나귀가 있듯이 나도 언젠가는 아이 낳고 엄마가 되고 싶은 소망이 있어요. 많이 늙기 전에……"

"갑자기 웬 아이 타령이야?"

"출산 때 겪는 진통이 그때까지 겪은 모든 고통스러운 기억들을 잊어버리게 해준대요. 그리고 내 목에서 터져나오는 비명소리가 얼마나 큰지 그것도 들어보고 싶어요."

"지난 고통이 사라지는 대신 출산 때 겪은 고통이 기억에 남을 텐데?"

"소소하게 겪은 여러 고통의 기억은 사라지겠죠."

"거침없는 말투는 그런 고통을 가진 사람으로 보이지 않던데?"

"고통스러운 기억들을 잊어버리려고 공연히 대담한 척한 건지도 모르죠."

"그러기를 바란다면 기회는 있겠지."

"아저씨도 마찬가지일걸요."

"개도 마찬가지. 우울증에 걸린 개는 새벽마다 늑대처럼 울어요. 그걸 유식한 말로 하울링이라 하더군. 그때 폭죽을 터뜨려서 놀라게 해주면 더이상 울지 않아요. 폭죽 소리에 놀라 머릿속에 남아 있던 슬픈 기억들을 빗질하듯 아주 싹 지워주는 거지."

"칠칠이도 그랬어요?"

"칠칠이는 우울증에 걸릴 틈도 없었어요. 기차역에서 밤낮을 막론하고 느닷없이 울리는 기적 소리에 놀랐으니까…… 그건 그렇고, 어머니한테 구박받았나?"

"아니, 그 반대였어요. 오히려 내가 엄마를 구박했어요. 엄마는 성격이 무던한 남자와 재혼해서 재미를 봤지만, 난 아니었거든요. 사실은 의붓아버지도 나를 친딸처럼 잘 대해주고 거두어주었어요. 그런데 그게 싫었어요. 내 가슴속에는 팥쥐가 되고 싶다는 열망이 자리잡고 있었나봐요."

"설마 그랬을까."

"아니에요. 의붓아버지가 날 미워하고 구박하기를 은근히 바라고 있었어요. 구박받고 심지어 손찌검이라도 당하는 걸 엄마에게 보여주고 싶었던 거예요. 난 엄마가 재혼해서 그토록 행복해하는 꼴이 눈엣가시처럼 거북했어요. 이상했어요. 그렇다고 친아버지를 사랑한 적도 없으면서…… 오히려 미워했지요."

내가 잡고 있는 그녀의 따뜻한 손은 내 머릿속을 뒤숭숭하게 점령하고 있던 모든 잡념에서 벗어날 수 있게 해주었다. 나는 그녀가 포구에서 자취를 감출 때까지 동행으로 남아 있었으면 좋겠다는 생각을 했다. 내게 다가오는 것을 그냥 받아들이자. 그리고 기뻐하자. 다음에 무엇이 오든 상관하지 말고. 내 삶을 다시 심각하게 해부하려들거나 의문 따위를 품지 말자. 지금껏 그랬던 것처럼. 세상은 서두르지 않아도 많은 것을 할 수 있다고 가르쳐주고 있다. 언제든 바른 시간에 올바르게 가고 있다고 생각하면서 마음을 다독였다. 그녀가 말했다.

"우리 당나귀 찾으러는 언제 가요?"

"가긴 가야겠는데…… 당장은 엄두가 나지 않아. 나중에."

"나중에? 나중은 오지 않는 시간이에요. 막연한 시간."

"그렇기도 하지."

"그거 아세요? 풍경 소리가 제아무리 그윽한들 바람 없이는 울림도 없다는 말."

"뜻은 알 만한데, 워낙 벼르기만 한 일이어서 용기가 나지 않아. 내륙에서 헤어진 친구를 바닷가에서 찾는다는 것도 이치에 어긋나는 것 같고."

"이치 따지지 말아요. 그거 찾다가 허송세월하는 사람들 많잖아요."

"말은 그럴듯하지만 우리 두 사람이 길을 나섰다가 사건이라도 일어나서 헤어질까봐 걱정도 되고."

"그렇게 안 보였는데, 늙으셨네요."

"그야 물론이지."

"그래도 어느 날엔 결심하고 나서요. 진짜로 동행하고 싶어요. 간절하게."

"서두르지는 말자고. 나 곧 죽진 않아. 오래 살 거야. 평생 동안 화난 적이 없었고 많이 웃지는 못했지만, 웃음보다 값진 울음을 많이 울었어. 어디 그뿐인가? 어떤 심각한 일이 벌어져도 많이 생각했던 기억도 별로 없어. 고민이 없었다는 뜻이지. 그런 사람이 오래 살아. 세상에는 악한 사람이 오래 산다는 말이 있지만, 나 같은 천덕꾸러기도 오래 살아요."

***

칠칠이가 자기 뜻대로 회전초처럼 굴러가는 폐타이어에 몸을 찰싹 붙이고 실수 없이 굴리는 일에 단련이 되자, 그것에 고무된 강선생은 서두르기 시작했다. 그것은 잠시 뒤로 미루어두었던 웨이브를 내게 침투시키는 일이었다. 칠칠이와 내가 같은 궤도 안에서 일사불란하게 굴러가야 할 텐데 그때마다 회전축이 빗나가면서 강선생의 속을 썩였다.

일테면 한쪽 팔을 올려놓고 나면 한쪽 팔이 내려오는 식으로 어긋나면서 강선생은 더욱 초조해졌다. 나와 칠칠이가 목양견처럼 일사불란하게 움직여주지 못하고 있었던 것이 강선생은 불만이었다. 내가 보기엔 그다지 심각한 일은 아닌 것 같은데 그는 무척 서둘렀다. 그뿐만이 아니었다. 단심이네가 시종이 여일하게 나와 칠칠이의 훈련 과정 일거수일투족을 팔짱을 끼고 서서 관찰하고 있다는 것에도 신경이 쓰이는 듯했다.

비위가 뒤틀린 그녀에게서 소름끼치는 험담이 쏟아져나오지 않도록 집중하면 할수록 내 동작은 어긋나기만 할 뿐이었다. 때마침 여름 장마가 시작되면서 찾아가는 장마당마다 한산하기 그

지없었고, 가까스로 꾸려나가던 각다분한 살림살이도 쪼들리기 시작하면서 그녀의 짜증도 늘어났다. 그러나 강선생은 이때다 싶었는지 훈련의 강도를 높이기 시작했다. 나 역시 죽을 지경이었으나 자칫하면 쫓겨날지도 모른다는 초조감 때문에 강도 높은 훈련을 감내할 수밖에 없었다. 그러나 바로 그것이 화근이 되었다. 장마가 화근이었는지 강도 높은 훈련이 화근이었는지는 확실하지 않았다.

어쨌든 또다시 바이올린을 팔아치워야 했던 지난날과 같은 위기를 치르게 될까봐 잔뜩 겁을 먹은 강선생이 위기감 때문에 그동안 주저하던 매를 들기 시작한 것이다. 그의 가학 증세에 시동이 걸린 셈이었다. 처음에는 칠칠이를 가볍게 다루기 시작했는데, 칠칠이는 대수롭지 않은 매질이었기에 그때마다 으르렁대지 않고 고분고분 잘 참아냈다. 갈수록 조금의 실수도 용납하지 않겠다는 듯 엉덩이, 허리 할 것 없이 혹독한 매질을 하는데도 칠칠이는 잘 참아냈다.

그런데 한번 매질에 맛을 들인 강선생은 가벼운 실수에도 상습적으로 매를 들기 시작했다. 그것이 나와 칠칠이 사이를 이간질하려는 속셈처럼 느껴지기도 했다. 이후 칠칠이는 끼니를 거를 때가 많았고 몸은 눈에 띄게 야위어갔다. 어떤 때는 충혈된 눈으로 나를 쏘아보기도 했는데, 그 시선에는 나에 대한 서운함이 진하게 묻어 났다. 그러나 나는 속수무책이었다. 참을성 하나는 똥개 중에서 칠칠이를 따를 만한 짐승이 없었다.

버스 터미널에서 생활할 적에 칠칠이는 술 취한 택시 기사들이나(그들은 술에 취하지 않았을 때도 항상 불만으로 가득차 언제나 욕설을 입에 달고 살았다) 역 광장 주위를 할 일 없이 배회하는 건달들의 표적이 되기도 했다. 혹은 가게의 물건을 훔치다가 가게 주인에게 몽둥이세례를 받기도 여러 번이었다. 그러나 그때마다 칠칠이는 위협과 폭력을 교묘히 따돌리고 터미널 주변의 후미진 곳으로 피신했다가 시가지에 불이 꺼지고 마지막 버스가 굉음을 토하며 역을 빠져나가 멀리 사라지고 나면, 몰래 내 곁으로 돌아오곤 했다. 내가 그나마 터미널 대합실에서 쫓겨날까 전전긍긍했던 것이다.

사람들은 소변이 마려우면 터미널 주변의 담벼락 앞에서 바지를 내리고 아무렇게나 소변을 보았다. 그러나 칠칠이는 정해진 장소가 아니면 대소변을 갈기지도 않았고 배변 욕구를 상당한 시간 동안 참을 줄도 알았다. 짐승들 중에 소나 돼지나 닭은 배변을 참을 줄 몰랐으나 똥개인 칠칠이는 그것을 할 줄 알았다.

한번은 공장 근처 민가에서 닭을 훔치다가 발각돼 그 집 아들의 오랜 추격을 받았다. 그러나 칠칠이는 눈에 불을 켜다시피 하고 뒤를 추적하는 사람들의 눈을 피해 자취를 감추었다. 닭 쫓던 개 지붕 쳐다보는 꼴이 된 그 사람들이 겨냥하고 나선 것은 터미널 주변을 배회하며 떠나지 않고 있는 나였다. 그들은 담벼락 아래에 의기소침하여 쭈그리고 앉은 내게 다가와 몽둥이를 휘두르며 협박했다. 구레나룻 수염이 눈에 띄는 그 오십대의 사내가 내게 말했다.

"야, 인마, 그 똥개 찾아내."

"전 모릅니다."

"모르긴 뭘 몰라, 인마. 네가 그 똥개하고 동고동락하는 건 터미널 주변에 사는 사람들은 죄다 알고 있는 사실 아냐."

"어디 갔는지 전 정말로 모릅니다."

"구구절절 변명하지 말고 찾아내. 넌 어디로 도망쳤는지 알고 있어. 안 그러면 그 똥개 대신 널 아작내고 말 거야."

"살려주세요. 저는 정말 그 개새끼가 어디로 튀었는지 몰라요."

구레나룻이 들고 있던 몽둥이가 허공으로 올라갔다. 그리고 그 몽둥이가 내 어깨를 향해 내려오려는 순간, 어디서 나타났는지 전혀 알 수 없는 칠칠이가 껑충 뛰어오르며 구레나룻을 향해 돌진했다. 그야말로 순식간이었다. 어마지두 놀란 사람들이 하루살이 흩어지듯 사방으로 튀었다. 칠칠이는 그중에서 몽둥이를 들고 있던 구레나룻의 뒤를 맹렬한 속도로 뒤쫓아 내달았다. 걸음아 날 살려라 하고 내달리는 사내의 속도로 보아 충분히 뒤쫓아가서 엉덩이를 물어 혼찌검을 낼 수 있었으나, 칠칠이는 위협만 하고 돌아왔다.

그뒤 사흘 동안이나 터미널 주변에 숨어 있다가 약속이나 한 듯 깊은 밤중에 나를 찾아오기도 했다. 제가 모시려는 주인 격인 내가 풍랑을 만난 배처럼 뒤뚱거리고 속절없음에 겪는 수난이기도 했으나 단 한 번도 내 곁을 떠난 적은 없었다.

그런 전력이 있는 칠칠이를 다루기 위한 강선생의 손에는 드디어 몽둥이가 들렸고, 그의 동거인인 단심이네 역시 덤덤한 시선으로 그 매질을 묵묵히 지켜보았다. 강선생은 알 턱이 없었지만 칠칠이에 대한 최소한의 미련이나마 남아 있어야 할 그녀가 매를 맞는 칠칠이를 강 건너 불구경하듯 무표정한 얼굴로 바라보는 것에 나는 가슴이 썸짓한 모멸감과 적의를 느꼈다. 일단 매를 들긴 하였으나 주저하는 눈치를 보인 강선생을 그녀는 부추겼다.

"말 안 들으면 때려주세요. 당신 지금 매가 약이란 걸 몰라서 주저하는 거예요?"

"아니 그게 아니고……"

"아니고는 뭐가 아니고예요. 도깨비도 숲이 있어야 꼬인다는 말 못 들어봤어요?"

"그건 또 무슨 엉뚱한 소리야? 당치도 않은 말을."

"엉뚱하긴? 미련한 놈은 매로 따끔히 다스려야 한다는 뜻이지 뭐예요."

그녀가 강선생을 부추긴 것에는 나와 칠칠이를 쫓아내려는 음모가 숨어 있을 수도 있었으나 깊은 속내를 알아채기는 힘들었다. 그러나 우리는 기특하게도 그의 매질을 잘 참아냈다. 그러나 먼저 인내심이 바닥난 것은 칠칠이였다.

"이 새끼야. 저 똥개 봤지? 하찮은 똥개도 제 할 일을 거뜬하게 소화하는데 하물며 그 보잘것없는 몸뚱이를 가지고 웨이브 만들기가 그렇게 어려워? 너 같은 놈은 죽어도 싸. 밥값도 못하는 놈아."

죽은 아버지가 내게 했던 말이 생각날 만큼의 비난과 함께 매우 강도 높은 매질이었다. 나는 견딜 만하다는 생각으로 미련하게 그의 매질을 감내하고 있었다. 달아날 생각도 했었으나 그렇게 되면 영영 돌아오지 못할 빌미를 제공할 수도 있었다. 그렇기 때문에 죽지 않을 만큼의 매질은 넉살 좋게 견디는 수밖에 없었다. 그뿐만 아니라 내가 강선생의 말대로 밥값도 못하는 얼간이라면 매를 맞아도 당연하다는 생각까지 했다. 그러나 매질이 계속되면서 드디어 코피가 터지고 목덜미의 살갗이 찢어져 피가 흘렀다.

바로 그때였다. 처음에는 무덤덤한 표정으로 사태를 바라보기만 하던 칠칠이가 내 몸에서 흐르는 피를 본 순간 벌떡 몸을 일으켰다. 그리고 눈 깜짝할 사이에 쏜살같이 달려와 강선생의 허벅지를 한입 비틀어 물었다.

순식간에 일어난 일이어서 강선생도 자신이 칠칠이에게 물렸다는 사실을 미처 깨닫지 못할 정도였다. 거기까지는 사람과 개가 서로 단순한 구도로 분리되어 있을 뿐이었다. 단심이네의 입에서 악 소리가 난 후에야 강선생은 자신의 바짓가랑이를 축축하게 적시고 있는 핏자국을 발견했다. 예기치 못한 기습 공격에 하얗게 질린 강선생은 들고 있던 몽둥이를 내던질 엄두도 못 내고 똥개에게 물린 허벅지를 빼내려 발버둥치기 시작했다.

그럴수록 칠칠이는 강선생의 허벅지에 이빨을 송곳처럼 꽂고 엉금엉금 기어가는 그에게 질질 끌려가면서도 놓아주지 않았다. 비로소 사람과 개가 한데 뒤엉켜 진흙 바닥 위에서 구르기 시작했다. 어느 쪽이 사람이고 어느 쪽이 짐승인지 분별조차 어려웠다. 강선생과 단심이네가 번갈아 내지르는 외마디소리가 그치지 않았다.

칠칠이는 강선생의 필사적인 탈출 시도에 이리저리 휘둘리면서도 허벅지에 박고 있는 이빨만은 결코 놓아주지 않았다. 지켜보던 그녀가 헛간에 처박아두었던 각목을 찾아 들고 나타나 칠칠이를 뒤따라가며 두어 번 내려쳤다. 놀란 칠칠이는 드디어 물었던 허벅지를 놓고 꼬리를 사타구니에 감춘 채 휑하니 줄행랑을 놓고 말았다. 그런 소동이 벌어질 동안 나는 속수무책으로 엉거주춤 서서 바라보고만 있었을 뿐 그 돌발 사태에 뛰어들어 어떤 조치도 취할 수 없었다.

개는 오랜 시간을 지나면서 집이나 지키는 짐승으로 진화했지만, 칠칠이는 하이에나 못지않은 치악력에 치명적인 살상력까지 갖춘 늑대의 후예라는 걸 강선생도 지나쳐 본 것이다. 나 역시 칠칠이가 맹견이라는 것을 그때 처음 목격하고 전율했다. 그런 기질을 지니고 있긴 했지만 칠칠이는 그때까지 자신에게 내리는 가혹한 매질을 순순히 참아냈다. 그러나 내가 당하는 구타는 가만 보고 있을 수 없었던 게 틀림없다. 그 짐승에게 그토록 갸륵한 속내가 있었으리라고는 나는 물론, 강선생이나 단심이네도 전혀 예측하지 못한 일이었다.

그 불상사로 말미암아 강선생은 허벅지의 살점이 걸레처럼 너덜너덜 찢겨나가 피가 낭자한 채로 병원으로 업혀갔지만, 그와 함께 칠칠이의 행방도 묘연하게 되었다. 이상한 것은 단심이네의 태도였다.

곡예단에서 나를 쫓아내려고 강선생으로 하여금 몽둥이까지 들도록 부추기며 열을 올렸던 그녀는 더이상 나를 홀대하려는 눈치를 보이지 않았다. 그녀는 장수드링크를 파는 일은 제쳐두고 병원 출입을 하느라 다른 일에 신경쓸 겨를이 없었다. 그녀는 병원에 갔다가 이틀이나 사흘 만에 안색이 새파랗게 질린 채로 월세방으로 돌아와 쓰러지곤 했다. 그런 모습은 지난날 그녀의 시아버지가 열명길에 오른 직후 외지로 나돌아다니다가 오랜만에 파김치가 되어 집으로 돌아오던 때의 모습과 너무나 흡사했다.

그사이 나는 장마당으로 나가서 타이어를 굴리며 장수드링크를 팔았다. 한 가지 이상한 것이 있었다. 강선생으로 하여금 몽둥이찜질을 하게 한 그 웨이브가 그가 입원한 이후로는 너무나 손쉽게 몸에 익어 달인의 경지에 도달했다고 해도 무리가 없을 정도가 된 것이다.

구경꾼들이 원형을 그리며 빙 둘러선 장마당 한가운데에 일단 타이어를 굴리고 나서 잽싸게 몸을 날려 구르는 타이어 위로 나비처럼 가볍게 올라섰다. 그러고는 꼬박춤을 출 때처럼 양쪽 발을 번갈아가며 두 발로 타이어를 굴리면서 다람쥐가 쳇바퀴 돌리듯 장마당을 돌았다. 칠칠이가 감당해야 할 묘기를 내가 대신한 셈이었다. 매를 맞아가면서 훈련을 거듭해도 도달할 수 없었던 묘기를 강선생이 입원하고 난 이후 아무런 간섭이나 담금질 없이도 거뜬히 할 수 있게 된 셈이었다. 더불어 드링크도 잘 팔리기 시작해서 강선생의 치료비와 입원비를 충당하는 데 큰 어려움을 겪지 않아도 되었다.

그녀는 즐거워했다. 그러나 나는 그 와중에도 칠칠이가 보이지 않아 우울했다. 그 갈등을 슬기롭게 이겨낼 자신이 없었다. 나는 응당 모습을 감춘 칠칠이의 행방을 찾아나서야 했다. 그런데 그렇게 되면 그녀 곁을 떠나야 했고, 드링크를 파는 일도 접어야 했다. 나는 초조했다. 양단간에 처신을 정리해야 하겠는데 갈등으로 속내만 뒤숭숭할 뿐이었다. 그런 눈치를 그녀라고 모를 리 없었다. 그녀의 생계도 이제 내게 달려 있었고, 강선생의 병원비도 내 처신에 달렸다는 것을 그녀가 깨닫게 된 것이다. 그녀는 지금까지 내게 보여주었던 안면을 싹 바꿔 나를 위로하기 시작했다.

단심이네는 난생처음 내 이름을 불러주었다.

"박호구씨, 이리 와봐."

"네?"

"이리 와보라구."

"왜요?"

"왜요라니?"

"여기 있으면 안 돼요?"

"안 돼. 쪼빼지 말고 내 곁으로 와."

"아니 왜요?"

"오라면 냉큼 올 일이지 묻긴 왜 자꾸 물어. 너 아니었으면 우리 식구 모두 거리로 나가 구걸이나 하면서 연명할 뻔했다. 역시 강기찬씨는 안목이 뛰어난 사람이야. 박호구씨한테 그런 능력이 있는 줄 어떻게 알았겠어? 너를 보면서 이 풍진세상에 어딜 가도 매맞으면서 배우는 것은 없다는 걸 깨닫게 되었어."

나는 난생처음으로 제대로 된 인생으로서 대접을 받게 된 것에 우쭐한 나머지 그녀가 오라는 대로 이부자리 위에 반듯이 누워 있는 그녀에게로 가까이 다가갔다. 그녀는 때를 같이해 치마를 어깨 위까지 훌러덩 걷어올렸다. 실오라기 한 가닥 걸치지 않은 그녀의 허연 하반신이 내 눈앞에 벌렁 나자빠져 있었다. 그리고 자신의 털복숭이 불두덩을 가리키면서 말했다.

"어서 해봐. 넌 충분히 자격이 있어. 박호구는 이 세상에 몇 남아 있지 않은 진짜 남자란 말야. 주저 말고 해."

"뭘 해요?"

"보면 몰라? 얼른 해. 진짜 남자라면 할 수 있어."

그것은 분명 기적이었다. 기적이라고 표현할 수밖에 없는 그 기이한 반전에 나는 두 눈이 뒤집혀버렸다. 정신이 혼미할 지경이었다. 그 당시 한번 보기만 해도 소원이 없겠다고 생각했던 광경이 눈앞에서 현실로 연출되고 있었으나 그 소원이 막상 이루어지는 순간, 나는 돌처럼 굳은 채로 그냥 서 있기만 했다. 그녀가 하늘에서 울리는 목소리처럼 다시 말했다.

"해봐. 나는 가만히 있을 테니까."

그녀가 요구하는 것이 무엇인지 나는 그제서야 깨달았다. 뒤통수가 화살 맞은 것처럼 띵했다. 그러나 나는 그녀가 채근하고 있는 것을 할 수 없었다. 그녀가 말했다.

"이 녀석아, 빨리 해. 침은 그만 삼키고."

"못해요."

"왜 못해?"

"떨려서 못해요."

"이 녀석아, 똥개들도 하는 일을 사람의 탈을 쓰고 내질렀다는 니가 못한다면 소가 웃겠다."

"그래도 못해요."

"너 바지 벗어봐."

"못 벗어요."

"이 녀석 봐라? 옛날에는 내놓던 걸 지금 와서 못 내놓겠다는 이유가 뭐야?"

"그래도 못 내놔요. 떨려요."

"떨리긴? 누가 때려?"

"그래도 못해요."

"못한다면서 도망은 안 가네?"

"내가 왜 도망가요."

"그럼 주저 말고 어서 해. 다른 사람이라면 몰라도 너라면 할 수 있어. 너 그거 알어? 달걀을 깨트려야 후라이를 만들 수 있다는 거?"

"나 후라이 안 만들래요."

그 순간 단심이네는 버럭 화를 내며 꽥 소리를 질렀다.

"그러지 말고 까라면 까, 이 새끼야!"

"전 못 까요."

"옛날엔 주저 없이 까더니 지금은 못 까겠다 이거지?"

"예."

그런 상말을 아무렇지도 않게 내뱉는 사람이 지난날 이웃에 살던 앳된 며느리 단심이네라는 것은 상상할 수조차 없었다. 도대체 누가 단심이네에게 까는 것을 가르쳐주었는지, 나는 얼이 빠진 상태였다. 그러나 이상한 일은 그것만이 아니었다. 입으로는 못하겠다고 딱 잡아떼고 있으면서도 내 하반신의 거시기는 똑바로 뻗은 수도꼭지처럼 노골적으로 단단해졌다. 말과 행동이 서로 판이하게 다른 기이한 경험이었다.

바로 그때였다. 그녀는 한쪽 발을 허공으로 들더니 그 다리를 잽싸게 내 하반신으로 집어넣어 걷어찼다. 때를 같이해서 내 작은 몸뚱이는 그녀의 몸 정면으로 엎어지고 말았다. 그러나 다시 일어설 수가 없었다. 그녀가 두 팔로 순식간에 나를 껴안아버렸기 때문이다. 그리고 나도 모르는 사이 단심이네가 내 바지를 발가락으로 벗겨버렸다.

그다음 이상한 일이 벌어졌다. 말로는 아니라고 하고 있었음에도 불구하고 내 거시기는 시종일관 단단했다. 단심이네는 옛날에 그랬던 것처럼 내 하반신의 거시기를 손에 잡고 냅다 흔들어댔다. 그녀가 내 얼굴에 단내를 훅 끼얹으며 뜨겁게 말했다.

"너 그거 알어? 너하고 함께라면 난 지옥에라도 갈 수 있어."

모든 것을 처음부터 끝까지 단심이네가 주도했다. 그녀와의 정분은 내가 생각하기에도 순식간에 끝나버렸다. 하반신이 찌릿한 전류에 감전되는 듯하다가 말았다. 얼떨결에 성사된 나의 첫 경험은 너무나 추상적인 것이었고, 뒤숭숭했고, 속이 울렁거렸다. 그것은 하나의 사건으로서 가치가 있었는지는 몰라도 쾌락에는 눈곱만치도 접근하지 못했다. 오히려 살이 뻐근하고 아려와서 며칠 동안은 걷기조차 힘들었다.

독수리가 수면에 떠오른 물고기 채가듯 순식간에 이루어진 그 경험을 그래서 내 머릿속에 깊이 각인하지 못했으므로 울고 싶도록 아쉬움이 남았다. 그녀는 하반신을 수습하지 않고 그대로 노출한 채로 담배에 불을 붙여 물었다. 그리고 독백하듯 시큰둥하게 말했다.

"걱정 마. 처음에는 다 그래."

그녀는 부비트랩이 설치된 하반신을 보란듯 꽤나 오랜 시간 넉살좋게 개방한 채 담배를 연달아 피우면서 목구멍 깊숙이 빨아들인 연기를 다시 길게 내뿜곤 했다. 그러다가 한마디 불쑥 내뱉었다.

"네 키는 아직 난쟁이를 못 벗어났지만, 거시기는 장정 사내들 못지않게 키워준 사람이 누군지 알아? 너도 알고 있지, 그 장본인이 바로 나라는 거? 너네 엄마 점순이네가 아니고 바로 나란 말이야. 너 그거 알고 있었어? 자기를 어엿한 남자로 키워준 사람의 은혜도 모르는 멍청한 놈."

그러고는 다시 한번 담배 연기를 훅 내뿜었다. 그 담배 연기는 나로 하여금 칠칠이란 칠칠맞은 똥개 따위는 잊어버리는 데 상당한 기여를 해주었다. 나는 속으로 말했다. 그깟 똥개 놈은 멀리 사라지라지. 다신 내 앞에 나타나지 마. 나는 그녀의 하반신에 장착된 부비트랩의 뇌관을 잘못 건드렸다는 것을 그때는 미처 깨닫지 못했다. 그녀가 분위기와 전혀 걸맞지 않은 한마디를 불쑥 던졌다.

"너네 엄마 점순이네…… 요사이도 그렇게 말이 많아? 너네 엄마 잘 알지, 그 싸가지 없는 년. 얼굴 납작하고 입술 얇은 여자가 원래 수다스럽고 변덕스럽고 표독스럽지. 그런 여자는 창자를 꺼내서 시냇물에 헹군들 남 헐뜯는 버릇 개주기는 어렵겠더라."

아주 노골적으로 어머니를 험담하고들었으나 나는 못들은 척하고 딴청을 피웠다.

"아뇨, 엄마 본 지 오래됐어요."

"그래? 그건 또 금시초문이다. 왜? 대판 싸웠냐?"

"싸우진 않았지만, 헤어졌어요. 우린 한 가족인데도 서로 친하지 않았어요. 서로 부담스러워했고, 엄마는 나를 아들로 여기지도 않았거든요."

"그래서 헤어졌다는 말이야? 니가 도망쳤냐, 너네 엄마가 도망쳤냐?"

"둘 다예요."

"헤어졌다면 그거 잘됐다. 나중에라도 너 엄마 만나거든 내하고 같이 회포 한번 풀었다고 눈 똑바로 뜨고 딱 부러지게 말해라."

"회포가 뭔데요? 그건 말 못해요."

"왜?"

"맞아 죽을 거예요."

"맞아 죽긴 왜 맞아 죽어? 잔소리 좀 듣겠지. 너네 엄마 잔소리는 대한민국 어디에 내놔도 겨룰 사람이 없을 거다. 너네 엄마처럼 꼭 삿대질하고 떠들어대야 가르치는 것은 아냐. 주둥이를 다물고 있는 것도 가르치는 거야. 오히려 그게 더 많이 가르치는 건지도 모르지."

"그래도 싫어요."

"니가 오늘 있었던 일을 실토하면 눈깔이 확 뒤집혀서 지랄 발광을 하겠지. 며칠은 분을 삭이지 못해 잠도 못 잘 거야…… 그래도 주눅들 필요 없어. 내가 집을 두고 객지생활로 접어든 이유도 너네 그 잘난 엄마 헤픈 주둥이 때문이었다. 너네 엄마가 나보고 뭐랬는지 알아? 내 딴엔 절개를 지키기 위해 온갖 수모를 다 견디고 있었는데도 다짜고짜 화냥년이라 하더라. 화냥년이 뭔지 알아? 잡년이란 얘기지. 그게 말이나 돼? 내가 무슨 서방질을 벌이고 다녔다고 나만 만났다 하면 화냥년이란 말을 주둥이에 달고 다니는지…… 온 동네가 나보고 화냥년이라고 입방아를 찧어서 내가 동네에서 얼굴 들고 살아갈 처지가 못 되었다. 똥 먹은 개가 겨 먹은 개 나무란다고, 자기는 무당년이면서……"

"화냥년이 더 나빠요, 무당년이 더 나빠요?"

"내가 보기엔 무당년이 더 나쁜 년 같더라. 무당이라는 게 뭐냐? 팔자 험한 사람들 꼬드겨서 겅중겅중 춤춰주고 빤스 속에 넣어둔 쌈짓돈 빼먹는 사기꾼 아니냐. 나도 병원에 있는 저 화상을 만나기 전까지는 그런 험담을 들을 처지가 아니었다. 몸도 마음도 아주 깨끗한 여자였다."

"강선생 말씀입니까?"

"네가 선생님이라고 치켜세우는 저놈도 알고 보면 곡예단 단장 자격은 한푼어치도 없는 아주 발가벗은 사기꾼이다. 시아버님 죽고 난 뒤 내가 음악 하겠다고 집 나간 남편을 찾아나선 건 너도 알고 있었겠지? 행방을 수소문하겠다고 한번 집을 나서면 사흘 나흘이 걸릴 때도 여러 번이었다. 불철주야하고 그 꼴같잖은 남편을 찾겠다고 동분서주하던 중에 우연히 강가를 만났지 뭐냐. 처음엔 구세주를 만난 줄 알았다. 그때 저 화상이 나보고 뭐랬는지 알아? 전국에서 음악 한다는 사람치고 자기가 모르는 사람이 없다고 호언장담을 하더라. 나는 그 말을 철석같이 믿고 남편을 찾아달라고 대성통곡하면서 매달렸지 뭐냐. 천하에 둘도 없는 사기꾼인 줄 알 턱이 없는 나 같은 촌년이 감언이설에 홀딱 넘어간 거지. 저 화상을 따라다니며 뒷바라지하다보면 남편을 만나게 되겠지, 그 허황된 꿈을 뒤쫓아다니다가 내 신세가 이젠 빼도 박도 못하게 되었다. 몸 주고, 돈 주고, 정 주고, 옷 빨아주고, 온갖 것 다 줘도 내 남편의 행방은 안갯속이더라…… 여자와 코끼리는 줘도 줘도 만족을 못한다는 말은 다 헛소리야. 오히려 사내들이 줘도 줘도 만족을 못하더라. 이 세상에 있는 것들은 모조리 빼앗기기 위해 살고 있다는 생각까지 들더라. 사람 팔자 시간문제라는 말 허튼소리가 아니더라. 아무것도 아닌 게 개 같은 인생이고……"

그때 나는 문득 읍내 버스 터미널에서 만난 색소폰 주자를 떠올렸다. 그런데 그런 사람을 만났다는 말을 입 밖으로 내뱉을 수가 없었다. 그 말이 땅에 떨어지는 순간 단심이네를 놓칠 것 같았기 때문이다. 그건 지난날 아버지가 어머니의 목을 조를 때 말은 못하고 뒤숭숭한 속내로 곁눈질만 하고 있었을 때의 심정과 같았을 것이다. 나는 시큰둥하게 맞장구를 쳤다.

"언젠가는 아저씨를 찾을 수 있겠지요."

짧은 한숨 소리가 그녀의 입에서 흘러나왔다.

"하긴…… 너하고도 만난 걸 보면, 인생 끝장 볼 때까지는 희망을 버려선 안 된다는 생각을 했다. 하지만 지금 만난들 무슨 소용일까. 판은 벌써 개판 되고 말았는데……"

나는 더욱더 열심히 설탕물을 장수드링크로 속여 파는 일에 열중했고, 그녀는 거기서 벌어들인 돈으로 미장원도 다니고, 고기도 구워먹고, 강선생의 병원비도 충당했다. 이제부터 밉상으로 찍히면 어떡하나 하고 전전긍긍하지 않아도 되었다는 것은 그때 내가 거둔 최고의 수확이라 할 수 있었다.

비가 내리는 날이면 나도 병문안을 가곤 했는데, 강씨는 그때마다 내 손을 잡고 흔들며 고맙다고 입에 침이 마르도록 칭송을 했다. 그러면 나는 속으로 그를 비웃었고, 그것이 내게 큰 위로를 안기고 자긍심을 심어주기까지 했다. 세상에 그림처럼 완벽한 가족이란 있을 수 없어. 그렇게 생각하면서 그를 감쪽같이 속여먹고 있다는 것이 때때로 나를 전율하게 했다. 어쩌면 조만간 곡예단 단장 자리를 꿰찰 수 있으리란 희망에 부풀기도 했다. 설령 강 선생이 쾌차해 퇴원을 하더라도 두 번 다시 옛날처럼 활동할 수 없게 되기를 바라고 있었다.

그래야만 내가 단장이 될 날이 앞당겨질 수 있을 테니까. 알고 보면 강씨와 그녀가 정식으로 혼례를 치른 합법적인 부부도 아니지 않은가. 그런 것을 생각하면 죄의식에서 가볍게 벗어날 수 있었고, 마음은 한결 가벼워지는 것이었다. 나는 우선 판자와 골판지 따위로 만든 벽 너머로 옆방의 방귀 소리까지 들리는 이 보잘것없는 월세방에서 벗어나야 한다고 생각했다. 그녀와 내가 간혹 나누는 은밀한 대화 역시 방귀 소리처럼 옆방으로 새나가고 있다고 느껴졌기 때문이다. 그러자면 들숨 날숨 없이 열심히 뛰어 설탕물을 파는 일에 열중해야 했다.

일만 잘된다면 단장이 퇴원하기 전에 그를 따돌리고 그녀와 멀리 도망칠 수 있는 기회까지 가질 수 있을 것이다. 그러나 그녀가 언젠가 말한 것처럼, 세상의 모든 것, 좋은 것이든 나쁜 것이든 모든 건 한순간에 사라져버린다는 진리를 깨닫는 데는 그다지 오래 걸리지 않았다.

그것은 내가 생각하기엔 아주 사소한 일이 발단이 되었다. 단장이 퇴원하기 전 두번째로 그녀와 합방이 이루어졌을 때, 나는 뭔가 뜨끔한 충격을 받았을 때를 같이해 나도 모르게 그녀의 목을 조르기 시작했다. 모양 있게 일을 치러보자는 심산에서였다. 그러나 목을 세차게 조르기도 전에 놀란 그녀가 상반신을 벌떡 일으키더니 눈에서 번갯불이 번쩍하도록 다짜고짜 내 빰을 후려치며 쏘아붙였다.

"야, 이 새끼야, 그거 하랬더니 남의 목을 왜 조르고 지랄이야. 사람 죽일 일 있어?"

"미안해요."

"미안해? 이 새끼 봐라. 사람 숨통 끊어놓고 미안해? 개새끼만도 못한 놈. 그 꼴같잖은 두개골 강압술은 어디서 배웠어? 미안하다면 다야? 누가 지 애비 소생 아니랄까봐 그러냐?"

그녀는 얼굴이 하얗게 질려 내가 조르다 놓아준 목덜미를 두 손으로 쓸어내리고는 무명 팬티로 가리고 있던 깡마른 하반신을 서둘러 수습했다. 아버지가 죽은 지도 오래, 그때까지도 아버지의 망령이 나를 끈질기게 뒤따라다니며 나로 하여금 풍진세상을 겪게 할 줄 상상이나 했을까. 전혀 원하지 않았는데 그것으로 그녀와의 짧디짧은 밀월도 싱겁게 막을 내리고 말았다.

그런데 그녀는 아버지가 살았을 때, 여자 목을 조르는 습관이 있었다는 것은 어떻게 알고 있었을까. 어머니가 입을 헤프게 놀린 탓일까. 아니면 그녀 역시 어머니와 똑같은 경험을 했던 탓일까. 어쨌든 나는 그것으로 아버지의 유전자를 한 치의 수정도 없이 고스란히 물려받았음을 증명한 셈이었다.

한 가지 일에 몰두하기 시작하면 그 일에 끝장을 보아야 한다는 집착은 아버지로부터 물려받았기에 나는 아버지의 망령에서 벗어날 수 없다는 사실을 깨달았다. 아버지가 숨을 거둘 당시에 벌어진 여러 정황들을 나는 생생하게 기억하고 있었다.

그때, 아버지의 죽음이 남긴 후유증은 그렇게 간단하지 않았다. 숨을 거둔 뒤, 신고를 받은 경찰이 삼엄한 얼굴로 마을에 모습을 드러냈다(그들은 이상하게 항상 두 사람이 같이 다녔다. 그런데 어느 누구도 그 까닭을 물어보는 사람이 없었다). 그러고는 즉각적으로 아버지의 시신을 부검하기로 결정한 것이다. 무엇 하나 야무지게 아퀴짓지는 못하고 대중없는 헛소리만 잘하는 굼뜨고 미욱한 시골 사람들(요사이도 그런 줄 알았다간 따귀 몇 대쯤은 맞을 각오를 해야 한다)끼리 작당해 고구마를 우격다짐으로 식도로 밀어넣어 숨을 거두게 했는지 아니면 스스로 목숨을 끊기 위해 자진하여 꾸역꾸역 먹다가 거리 귀신이 되어버렸는지 사망 원인을 명명백백하게 가리자는 것이었다.

부검은 죽음보다 더 빠르게 국과수로 시신이 옮겨져 이루어졌다. 그런데 부검의 결과는 이 세상 어느 누구도 예상할 수 없던 괴기스러운 것이었다. 국과수의 부검의는 물론 부검을 의뢰했던 경찰서도 발칵 뒤집히고 말았다.

아버지의 위 속에는 물론 그때 먹은 팍팍한 고구마의 잔류물이 남아 있었다. 그러나 그 잔류물은 상징적인 물질로만 남아 있었을 뿐, 아버지를 죽음에 이르도록 의심받을 만한 또다른 물체가 발견되었기 때문이었다.

아버지의 위 속에서는 놀랍게도 서로 맞추면 삼팔광땡이가 되는 화투 두 장과 흑싸리 한 장이 발견되었다. 게다가 그 세 장의 화투장에선 약간의 구김은 있었으나 화투장 본래의 모습이 훼손된 흔적이 전혀 발견되지 않았고, 색깔조차 완벽한 상태로 보존되어 있었다.

아버지는 진작 숨을 거두어 시신은 부패되어가고 있었으나 팔팔하게 살아 있는 색깔을 지닌 화투 세 장이 발견되었다는 것은 세계적으로도 그 사례를 찾아볼 수 없을 정도여서 기네스북에 등재되어야 한다는 말이 여기저기서 맹렬하게 튀어나올 정도였다.

수사관들은 그로 말미암아 풀기 어려운 문제에 직면하고 말았다. 박무도씨가 고구마의 퍽퍽한 육질로 인해 목이 메어 숨진 것인지, 화투장의 기하학적인 구조가 기도를 치명적으로 가로막아 숨을 거둔 것인지 결론에 이르지 못했다.

위 속에는 그 두 가지가 함께 엉켜 있었기에 베테랑 부검의라 할지라도 결론을 내지 못한 것이다. 왜냐하면 수사는 흑백을 명명백백하게 가리지 못할 때 주목을 받을 수 없기 때문이다. 그런데 또다른 문제가 수사관들의 결론을 가로막았다.

깊이 파고들면, 박무도씨의 사인이 문제가 아니었다. 한 장도 아닌 세 장이나 되는 화투장이 어떻게 식도를 타고 위 속에 안착할 수 있었으며, 다른 음식물과 섞여 대장이나 소장으로 이동하지 않고 위벽에 붙어 고정되어 있었는지 알 수 없는 일이었다.

그뿐만 아니었다. 어떻게 위벽에 붙어 있던 화투장을 필요에 따라 위에서 역류시켜 식도를 통해 밖으로 꺼내 천상에서나 가능할 법한 박무도씨의 끗발을 만들어주었는지 상식적으로는 도저히 이해 불가능한 것이었다.

의문스러운 점은 그것만이 아니었다. 삼팔광땡이는 왜 보관하고 있었는지 이해가 되었으나 끗발을 만들어내는 데는 아무런 도움을 못 줄 것이 분명한 흑싸리 한 장은 왜 보관하고 있었을까? 의문에 의문을 더하는 갑론을박이 오랫동안 오갔으나 결국은 속시원한 해답을 얻어내지 못한 채 아버지의 시신은 몇 개월 동안이나 안치소 냉동고에서 음산한 세월을 보내야 했다. 내로라하는 수사 능력을 가졌다는 부검의들과 과학수사도 화투 세 장이 가진 수수께끼는 명명백백하게 밝혀내지 못하고 아버지는 땅에 묻혔다.

시골구석에 살고 있는 노름꾼에 불과한 아버지와 국가기관에서 행한 과학수사의 대결은 결국 아버지의 완벽한 승리로 끝난 셈이었다. 아버지는 죽어서도 눈을 매섭게 뜬 채 살아 있는 사람과 승부를 겨룬 셈이었다. 그처럼 아버지의 승부욕은 끝 간 데 없었다.

아버지가 타짜로 명성을 날렸다지만, 위 속에 화투장을 숨기고 다녔다는 얘기는 한 마을에서 살았으면서도 새빨간 거짓말이라고 말하는 사람이 많았다. 그러나 나는 그 사실을 믿어 의심치 않았다. 눈발이 날카로운 사람들끼리 어두운 방안에 모여앉아 멱살잡이와 주먹질과 식칼부림까지 난무하는 살벌한 노름판에서 도꼭지로서의 명성을 끝까지 유지하기 위해 연출했던 소름끼치는 끗발을 자신의 창자 속에 감추고 살아야 했던 아버지의 결기에는 어쩌면 깊은 슬픔이 배어 있다 해도 무리가 없었다.

나 역시 그랬다. 주위 사람들의 따돌림과 조롱에 결연하게 맞서거나 외면하며 살아왔던 것에 아버지에게 있던 것과 같은 슬픔이 녹록치 않게 배어 있었다. 산산이 부서진 세상 위를 걸으며 풍상을 겪고 있다는 점에선 아버지의 유산을 곧이곧대로 물려받은 게 틀림없었다. 익숙하게 의지했던 인간관계도 없었다.

언제나 물위에 떠다니는 낙엽과 같은 신세였으나 나는 거의 울지 않았다. 그래서 누가 아버지를 헐뜯으면 그 말이 듣기 거북했다. 남들은 하찮은 건달로 여길지 모르겠지만, 나만은 그런 아버지를 선망의 시선으로 바라보고 있었기 때문이다.

며칠 뒤 단장이 목발을 짚은 채 쩔뚝거리며 퇴원을 했다. 그가 완쾌되지는 않았기 때문에 나는 혼자 약장사를 계속해야 했다. 단장은 내 뒤에 앉아서 감 놓아라 대추 놓아라 간섭으로만 일관했다. 그때 간절한 눈으로 자기를 바라보는 내가 들으랍시고 그녀는 한마디 중얼거렸다.

"인생은 원하는 대로 흘러가지 않는다는 걸 새겨둬. 너도 들었다시피 나도 그랬어."

작은 개울가에 살고 있는 너구리가 큰 강 물속에 살고 있는 악어를 죽일 수는 없었다. 그런 만용을 부리면 저만 죽는다는 것을 미처 알지 못했다. 나는 단장의 충실한 종으로 살기로 결심을 바꾸어야 했고, 그로써 아무런 구애를 받지 않고 시간을 보낼 수 있었다. 그러나 그녀에 대한 미련은 남아 그녀의 주위를 맴돌며 낌새를 살피는 데 많은 시간을 할애했으나 그녀는 더이상 내게 곁을 줄 기미를 보이지 않았다.

그녀는 나를 거들떠보지도 않았을 뿐만 아니라, 오히려 다시 옛날로 돌아가 나를 헐뜯기 시작했고, 두 사람 사이에 있었던 비밀을 알 턱이 없는 강선생은 그때마다 그녀를 면박 주었다.

"이봐, 또 왜 그래? 재가 지금 우리를 먹여 살리고 있다는 거 몰라서 그래?"

"먹여 살리긴요. 우리가 의지가지없는 재를 먹여 살리지 어째 저런 멍청이가 우리를 먹여 살려요? 당신은 배알도 없어요?"

"염장 지르지 말고 주둥이 닫고 가만있어. 그러는 거 아냐."

"알고 보면 저놈도 제가 챙길 건 모두 챙기고 산단 말이에요."

"그것 참 재가 뭘 챙긴다고 그래?"

"그 똥개 사건만 해도 그렇지 않아요? 저놈이 가만있어, 한마디만 했어도 엄청난 사고는 일어나지 않았을 거예요."

"재가 내게 무슨 억하심정이 있어 흥분한 개를 두고만 봤겠어? 지도 사건이 그렇게 커질 줄은 몰랐겠지. 알았다 해도 삽시간에 벌어진 일이라 손을 쓸 겨를이 없었던 거지."

"누가 손쓰라 했어요? 주둥이로 한마디만 했어도 그 똥개가 공격을 멈췄을 것 아니에요."

"그만둬. 다 지나간 얘기야. 주둥이 닥치고 가만있으란 말이야."

***

우리는 좁은 침대 위에 나란히 누운 채로 천장을 바라보며 침묵을 지켰다. 문득 침묵보다 더 좋은 대화도 없다는 생각이 들기도 했다. 그녀가 문득 팔을 내밀어 가만히 내 손을 잡았다. 또다시 따뜻했다. 내가 언제 따뜻하다고 느낄 수 있는 것과 조우했던 적이 있었던가. 난생처음 느끼는 감정이라고 생각하면서도 이상하게 낯설지 않았다. 그녀가 내 속내를 꿰뚫어보기라도 한 듯 말문을 열었다.

"방안에서 잠들어본 지 오래되었겠지요?"

"그럼, 봉고 트럭 적재함에서 많이 자봤지…… 나는 펄펄 끓는 청춘을 훌쩍 건너뛰어 처음부터 노인으로 살았던 것 같아. 간절하게 바랐던 것도 등골이 오싹한 쾌락도 없었지. 그나마 내가 살아 있다는 느낌을 간혹 받을 때가 있었는데, 이상하게 길거리 자판기에서 꺼낸 뜨거운 종이컵을 손에 들고 있을 때였지."

"다시 들어봐도, 낭만적이라는 생각만 자꾸 드네요."

"젊은 나이 탓이겠지."

그녀가 내게로 돌아누우면서 말했다.

"아저씨, 내가 수수께끼 하나 낼 테니까 알아맞혀보세요."

그러고는 상반신을 일으키고 앉았다.

"남자들이 그 일을 마치고 난 다음에 곧바로 하는 일이 뭐일 거 같아요?"

"글쎄, 금방 생각나지 않는군."

"예를 들면 물을 마실 수도 있고, 나처럼 담배를 피울 수도 있고, 탄산음료로 메마른 목을 축일 수도 있지 않겠어요?"

"물을 마시겠지."

"아녜요."

"그럼 뭘까?"

"남자가 섹스를 끝낸 뒤에 바로 하는 일은 물 한 컵 마시지 않고 서둘러 옷을 입고 집에 가는 거예요."

"그럴듯해. 많이 봤겠지."

그리고 우리는 또다시 침묵 속으로 빠져들었다. 그녀가 다시 물었다.

"남편이 집을 나간 뒤 혼자 일없이 가만히 누워 있으면 가슴속에서 무언가 치밀어올라 답답하고 구역질나고 그래서 밖으로 나가 쏘다니다가 백화점 가서 소용도 없는 물건을 훔치곤 했죠. 그러다가 꼬리가 밟혀 파출소로 끌려가서 며칠 구치소 신세도 졌어요."

"훔친 건?"

"애들한테 나눠주었죠."

"적선한 셈이군."

"그건 한때 내 특기였어요. 그래서 내 주위에는 가출한 계집애들이 모여들었어요. 훔친 물건 얻어가려고……"

"나도 옛날에는 특기가 있었어."

그녀가 고개를 돌려 두 눈을 크게 뜨고 나를 보았다. 어디로 가려는 것인지 그녀는 이 밤중에도 양말을 신고 있었다. 몸에 밴 습관 때문이라는 것은 그녀가 양말을 신고 나서도 밖으로 나서지 않았기 때문에 깨달은 것이다.

"무슨 특기?"

"꼬박춤을 출 줄 알지."

"아, 그거요? 러시아 사람들 추는 춤? 세상에 별일 다 있네요. 그 춤은 어디서 배웠어요?"

"젊은 시절이었지. 시범 보여줄까?"

"싫어요."

"왜?"

"이 좁은 방에서 그걸 추면 웃기밖에 더 하겠어요. 그것도 예술인데."

***

내가 희망했던 단장 자리가 한낱 허황된 꿈에 지나지 않았다는 것을 알고 난 뒤, 나는 내가 있을 자리는 바퀴 위뿐이라는 걸 깨달았다. 그런데 그 자리로 복귀하고 나서부터 이상하게 한동안 새까맣게 잊고 있던 칠칠이가 보고 싶었다. 그러나 칠칠이가 내 눈앞에서 사라진 지가 언제인지 가늠할 수조차 없었다. 내 눈과 귀는 그동안 오직 단심이네의 일거수일투족에 달려 있었기 때문에 칠칠이 따위는 생각할 겨를조차 없었던 것이다. 그런데 어느 날 문득 운명처럼 칠칠이가 보고 싶다는 생각이 들었고, 놀랍게도 그것과 때를 같이하여 칠칠이가 내 눈앞에 모습을 드러냈다.

장마당에 펴놓았던 난전을 거두고 있을 때였다. 사방을 둘러보던 끝에 저만치 시선에 척 걸리는 대상이 있었다. 파장 무렵 어수선한 광경 사이로 내가 있는 쪽으로 시선을 박고 앉은 짐승을 발견했다. 몽둥이를 들고 뒤쫓던 강선생을 피해 줄행랑을 놓았던 칠칠이였다.

그 짐승이 칠칠이란 것을 알아챈 나는 떨리는 손을 내밀어 오라는 시늉을 했다. 그러나 멀리서 나를 똑바로 바라보면서도 앉앉던 자리에서 일어설 낌새는 보이지 않았다. 나는 손에 든 물건을 내려놓고 다시 한번 칠칠이에게 오라는 신호를 보냈다.

그런데 그게 아니었다. 그때 벌써 칠칠이는 뒤도 돌아보지 않고 사람들 사이를 헤집고 저만치 걸음을 옮겨놓고 있었다. 나는 서둘러 칠칠이의 뒤를 좇았다. 가슴이 뛰었고, 뛰는 가슴속으로 쓰리고 쓰린 회한이 칼날처럼 날카롭게 스쳐갔다. 그동안 칠칠이의 존재를 까맣게 잊어버리고 있었던 내가 짐승보다 못한 놈이란 생각이 가슴을 쳤다.

칠칠이는 일정한 거리를 유지하면서 장터 마당을 벗어나 인적이 드문 오솔길로 접어들었다. 이상한 것은 그러면서 단 한 번도 뒤를 돌아보지 않는다는 사실이었다. 내가 빠른 걸음으로 다가가면 칠칠이도 빠른 걸음으로 나와의 거리를 유지했고, 내가 천천히 걸으면 또 그만치 거리를 유지하며 걸었다. 그러다가 어느 지점에선가 문득 칠칠이의 모습이 시야에서 사라지고 말았다.

나는 걸음을 멈췄다. 그리고 사방을 둘러보았다. 산과 들녘 그리고 먼 데의 진회색 산주름, 길고 긴 산줄기를 타고 스멀스멀 내려오는 저녁 이내, 그러나 칠칠이의 모습은 어디에도 없었다. 문득 칠칠이를 뒤좇아 상당한 거리를 왔다는 것을 깨달았다. 그러나 그곳에서 추적을 포기할 수는 없었다. 지금 당장 칠칠이가 눈에 보이지 않더라도 나를 이 음습한 산길에 남겨두고 사라져버릴 칠칠이가 아니라는 생각 때문이었다.

갈 데까지 가보자. 네가 이기나 내가 이기나 어디 한번 두고보자. 네 걸음이 빠른지 내 걸음이 빠른지 어디 한번 겨뤄보자. 그런 오기가 가슴속을 파고들었다. 나는 걸었다. 어린 시절 아버지가 어머니의 목을 조를 때, 마을의 골목길을 달리고 또 달렸을 때처럼 나는 칠칠이가 사라진 길, 저멀리를 겨냥하고 빠른 걸음으로 뒤쫓았다.

그때, 달리다가 집으로 돌아오면 어머니는 아무 일도 없었다는 듯이 방으로 들어서는 나를 흘깃 돌아보고 말았다. "어디 갔다 왔냐?" "밥 먹어라." 그런 말은 전혀 하지 않아 나는 너무나 섭섭했다. 그러나 어머니를 죽이고 싶지는 않았다. 이 세상에서 단 하나뿐인 내 어머니였기 때문이다. 그런 날 나는 저녁을 굶고 배고픈 잠자리에 들었고, 꿈속에서는 밥 짓는 가마솥에 들어앉아 배불리 먹고 트림까지 하는 꿈을 연달아 꾸곤 했다.

나는 칠칠이를 끌어안고 단잠에 빠져드는 광경을 꿈꾸면서 걷고 또 걸었다. 멀리 산등성이가 짙은 회색빛으로 물들고 있었다. 여명이었다. 얼마나 걸었을까. 나는 등뒤가 땀으로 흠뻑 젖어 있다는 것을 깨달았다. 그때까지 시야에서 사라진 칠칠이를 다시 발견할 수 없었다. 나중에는 장터에서 본 짐승이 정말 칠칠이가 틀림없었을까 의심이 들기도 했다. 그러나 내가 문득 보고 싶다는 생각은 했으나 헛것을 본 건 아니란 확신이 들었다.

나는 한길로 나섰고 낯선 읍내에 도착했다는 사실을 깨달았다.

내겐 낯선 고장이지만, 칠칠이가 어딘가에 몸을 숨기고 나를 훔쳐보고 있으리라는 생각에는 변함이 없었다. 칠칠이는 짐승이었지만 그러고도 남을 짐승이었다. 나와 멀찌감치 거리를 두고 지켜보다가 누군가 나를 해코지하려들면 분명 쏜살같이 달려들어 그 위인의 허벅지를 물어뜯을 것이다.

칠칠이가 당장 눈에 띄지는 않았으나 그런 장면을 상상만 해도 사고무친하고 타향 땅에 뚝 떨어져서 모든 것이 낯선 나에게는 크나큰 위안이 되었다. 그러나 나는 기왕에 찾아 나선 김에 칠칠이를 곡예단으로 데리고 가서 지난날처럼 한 가족이 되어 살고 싶었다. 그것은 나에게 남아 있는 마지막 희망처럼 느껴졌다. 그러나 칠칠이는 더이상 내 눈앞에 모습을 드러내지 않았다. 내 주위를 원을 그리며 빙빙 돌고 있으리란 믿음에는 흔들림이 없었으나 지난날처럼 내 곁으로 바싹 다가올 심산은 아닌 듯했다.

나는 그 낯선 고장 주변을 샅샅이 뒤지고 다녔다. 벌써 곡예단을 떠나온 지 보름 이상이 지났지만 나는 그렇게 많은 시간이 흘렀다는 것조차 의식하지 못했다. 걷다가 자주 길턱에 주저앉는 시간이 많아졌고 더불어 칠칠이가 내 눈에 보였던 게 환시가 아니고 정말 실제였을까 하는 의심이 들기 시작했다. 그러나 이상했다. 그런 의구심이 솔솔 가슴속을 파고들기 시작하던 어느 날 해질 무렵, 내가 앉아 있는 길턱에서 십여 미터 사이를 두고 칠칠이가 모습을 드러냈다. 개는 한순간 나를 일별하고 난 뒤 나를 뒤로하고 느린 걸음으로 골목의 초입을 벗어나고 있었다. 그 순간 나도 모르게 소리를 질렀다.

"칠칠아, 이리 와."

그러나 짐승은 뒤돌아보지도 않고 그대로 골목길을 벗어났다. 미련하게도 나는 그때 비로소 칠칠이가 뒷다리를 몹시 뒤뚱거리는 절름발이 개라는 것을 발견했다. 강선생이 무지막지하게 휘두른 몽둥이에 치명상을 입은 흔적이었다.

가슴이 미어지는 것 같았고 어떤 고난을 겪더라도 그 짐승을 품에 안고 돌아가야 한다고 생각했다. 그러나 안타깝게도 칠칠이는 벌써 내 시야에서 사라지고 없었다. 절뚝거리며 골목길을 벗어나던 그의 잔상이 내 머릿속에 마치 망치로 얻어맞은 것처럼 아픈 자국으로 남았다. 나는 그 자리에서 결심했다. 아무리 많은 시간이 흘러도 그 짐승을 찾지 못하면 강기찬 곡예단으로 돌아갈 수 없다고 다짐한 것이다. 그뿐만 아니라 칠칠이를 찾아내자면 지금처럼 무턱대고 동서남북을 헤매면서 수소문할 것이 아니라, 사람을 찾아낼 때처럼 연고지를 먼저 들르는 게 가장 빠른 길이란 생각이 들었다. 고향집을 떠올린 것은 그 때문이었다.

고향집에 도착한 것은 그 결심을 하고 사흘 뒤의 일이었다. 그 집을 떠나서 다시 돌아오기까지 몇 년이 흘러갔는지 재빨리 계산할 수는 없었으나 나는 어느덧 열아홉 살쯤이 되어 있었다. 그 나이도 단심이네가 어림짐작으로 알려준 것이었다.

나는 내 나이를 손꼽아 계산해본 기억이 없다. 그런 것쯤은 아무래도 좋았다. 스무 살이건 쉰 살이건 나에겐 아무런 의미가 없었다. 살다 죽으면 그만이지 나이를 헤아리는 게 무슨 소용이냐는 것이 내 생각이었다. 그런 것은 미련한 사람들이나 하는 짓이라고 생각했다. 그런 생각은 내 키가 더이상 자라지 않는다는 확신이 생겼을 때부터 시작된 것 같다. 키가 더이상 자라지 않는데, 나이를 계산한다는 것은 전혀 무의미하다고 느껴졌다.

집은 비어 있었다. 그러나 사람이 살고 있는 흔적이 희미하게 남아 있었다. 마당의 극성스러운 잡초를 뽑아 담장 아래 쌓아둔 것이 보였기 때문이다. 그 외에 부엌이나 방은 먼지가 앉은 그대로였다. 나는 한참 동안 집 툇마루에 앉아 해바라기를 했다. 마당가에 곧장 칠칠이가 모습을 드러낼 것만 같아 금방 일어날 수가 없었다.

어머니 생각은 나지 않았다. 아직도 무당네 집에서 뒷바라지에 골몰하고 있겠지 하고 짐작만 할 뿐이었다. 단심이네가 살던 이웃집도 기웃거려보았다. 그 집에는 어느새 다른 가족이 들어와 살고 있었다. 사십대의 사내가 주인 없는 집에 앉아 있는 나를 발견하고는 다가와 물었다.

"그 집 주인 지금 출타하고 집에 없는데. 누굴 찾아왔나?"

"옛날에 이 집에서 살았거든요. 그래서 지나는 길에 한번 들러본 거예요."

사내는 내 추레한 행색을 유심히 살피더니 다시 물었다.

"이 집 내외와 같이 살았었어?"

"아뇨. 훨씬 전이요."

"그래? 옛날 일이군."

사내는 마침 한가한 때였는지 툇마루에 걸터앉으며 담배를 피워 물었다.

"옛날에 이 집에서 살았다면 나이가 어렸을 때구먼."

"예."

"그뒤로 이 집 주인이 바뀌었지. 이웃에 사는 나도 객지 사람이고……"

나를 수상한 사람으로 보는 눈치는 아니었으나 속내를 보자니 냉큼 나가주었으면 하는 듯했다.

"혹시 요즘 여기 개 한 마리 어슬렁거리고 다니는 것 못 봤어요?"

"개?"

"예. 검은 털과 흰색 털이 난 갠데 다리를 절뚝거려요."

"다리를 절뚝거린다……"

사내는 기억을 더듬는 듯 한동안 먼 데를 바라보고 있다가 말했다.

"그런 개는 본 적 없는데."

그런데 먼 데는 왜 바라보았을까. 속이 화끈 달아올랐으나 흥분할 때가 아니었다.

"이 근방에서 누가 없나 하고 기웃거렸을 법도 한데요?"

"큰 개였나?"

"그럼요. 당나귀 크기만한걸요"

"송아지만한 개가 있다는 얘기는 들었어도 당나귀만한 개가 있다는 얘기는 금시초문이군."

"거짓말 아닙니다. 실제로 당나귀만해요."

"어째서 당나귀만하다고 생각하지?"

"나하고 헤어져 있을 동안 그만치 컸을 게 분명하니까요."

"그거 알고 있나? 개가 아무리 커도 당나귀를 따라가진 못해. 며칠 못 가서 코끼리만하다고 말하고 다니겠구먼."

그때야 비로소 나는 이 사내가 나와 진심이 아니라 심심풀이로 말장난을 하고 있다는 것을 깨달았다. 칠칠이와 나 사이를 두고 말장난으로 일관하다니, 그 순간 내 입에서 예기치 않은 욕설이 튀어나오고 말았다.

"이 새끼야, 시방 날 조롱하고 있냐."

그 순간 내 눈에서 번쩍하고 번갯불이 지나갔다. 사내는 일격을 당하고 앞으로 꼬꾸라진 내 면상에 발길질을 하면서 욕설을 퍼부었다.

"이런 개새끼, 너 지금 누굴보고 욕설이야? 사람을 농락한 게 너지, 나야? 얻다 대고 당나귀 같은 개가 있다고 미친놈처럼 떠들어. 내가 그렇게 어리숙하게 보여? 땅강아지 같은 자식."

단심이네가 살던 집을 사들여 살고 있는 사내의 느닷없는 구타에 주눅이 들 대로 든 나는 두 번 다시 칠칠이의 행방을 수소문하고 다닐 용기가 나지 않았다. 객지도 아닌 고향집에서 느닷없는 폭행을 당했다는 것을 생각하면 눈물이 쑥 빠지는 수치심이 들었다. 그로써 칠칠이가 옛집 근처에서 배회하고 있으리란 내 짐작마저 깡그리 빗나가고 말았다.

지금까지 내 눈앞에 보였던 짐승의 모습도 헛것을 본 것에 불과하다는 생각까지 들었다. 적어도 나와의 깊은 인연을 생각할 때 칠칠이가 내 속을 이토록 뒤죽박죽으로 만들 까닭이 없었다. 무슨 까닭으로 나를 요리조리 끌고 다니며 애를 먹이고 조롱하려 하겠는가. 그럴 까닭이 없었다. 애당초 칠칠이는 내가 도달할 수 없는 먼 거리 밖으로 사라져 갈 곳 없는 유기견으로 살고 있거나 개장수에게 끌려가 흔적도 없이 사라진 것인지도 몰랐다. 그러나 그런 생각이 얼른 뇌리를 스치다가도 내 눈앞에 자태를 드러냈던 그 짐승의 모습은 더욱 뚜렷한 현실로 나를 사로잡고 놓아주지 않았다.

돌이켜보면 강선생과 이웃집의 낯선 사내로부터 등줄기에서 누린내가 나도록 얻어맞으면서도 도움을 청할 대상이 전혀 없었다는 서러움이 가슴 미어지도록 밀려왔다. 나는 후미진 골목을 찾았다. 그리고 한참이나 울었다. 울기 위해서 운 게 아니었다.

그냥 느닷없는 서러움이 식도를 타고 터져올라와 억누를 수가 없었다.

그런 수모를 당했으면서도 나는 무당네 집으로 어머니를 찾아가고 싶지는 않았다. 어머니와 단심이네는 가장 가까운 이웃이었다. 그러면서도 두 사람은 서로를 대놓고 비방하는 상극이었다. 단심이네는 내게 이렇게 말했다.

"너네 엄마 점순네 안 보고 싶어?"

"아뇨."

"왜 안 보고 싶어?"

"그냥 생각이 안 나요."

"그렇겠지. 사실은 너네 엄마는 사람도 아니야."

"우리 엄마가 어땠는데요?"

"너네 엄마는 악바리야. 악바리가 뭔지 알아? 악녀야, 악녀."

"그런 말 하는 거 아니에요."

"개소리 집어치워."

"욕은 왜 하세요?"

"너네 아버지 박무도씨가 고구마 먹다가 숨 거둔 그 자리에 너네 엄마도 있었어. 너 그거 모르고 있었지? 박무도씨는 애당초 가게 툇마루 위에서 벌어진 그 꼴같잖은 시합에 참견하고 싶지 않았는데 너네 엄마가 한번 겨뤄봐요, 밑져야 본전 아니겠어요? 한마디 거든 게 화근이 되었어. 너네 아버지는 너네 엄마 속내에 숨어 있는 앙심을 알아채지 못하고 칭찬 한번 듣겠답시고 그 팍팍한 고구마를 목구멍에 꾸역꾸역 밀어넣고 있었던 게야. 시합을 제안했던 사람보다 너네 엄마 앞에서 사내대장부로 으스대며 꼴값하겠다 결심하고 대든 시합이었어. 그게 다 허세에 불과하다는 걸 박무도씨는 몰랐던 거야. 너네 엄마는 그 속내를 빤히 들여다보면서 칵칵 하고 숨넘어가는 남편을 팔짱 낀 채 지켜보고만 있었지. 내가 옆에서 끝까지 지켜보고 있었거든. 사람 죽는다고 소리지른 건 너네 엄마가 아니고 바로 나였어. 너한텐 가혹하겠지만 이건 원수지간이라도 함부로 소문낼 말이 못 돼."

"거짓말."

"거짓말은 니가 많이 했다더라."

단심이네와 만난 이후 그나마 녹이 슬고 부식된 채로 희미하게 남아 있던 어머니에 대한 환상마저 완전히 소멸되어버렸다. 내 발걸음은 나도 모르게 칠칠이와 함께했던 읍내의 버스 터미널로 향했다. 그곳에 도착할 때까지 나는 수없이 발을 헛디뎠다. 구름 위를 걷는 기분이었다. 아버지가 살아 있을 때 내 누추했던 삶을 충만하게 채워주진 않았다. 그러나 그는 이 세상에서 둘도 없는 내 아버지였다. 그것이 서러웠다.

내 마음속으로는 마지막으로 한 번만 칠칠이의 흔적을 더듬어 볼 심산이었다. 과장인지 모르겠지만 유기견이 되어버린 이후 한 번도 짖는 모습을 보여주지 않은 칠칠이를 마지막으로 보았던 그때, 그의 표정에 묻어 있던 고결함을 나는 잊을 수 없었다. 고결함이 아니라면, 체념한 사람들의 얼굴에서 보여주는 만족감 같은 것이 어렴풋이 묻어났었다.

터미널에서 그 짐승을 찾아내지 못하면 깨끗이 단념하고 어쩔 수 없이 다시 단심이네를 찾아가야겠다고 다짐했다. 적어도 그들은 세상에서 유일하게 나를 필요로 하는 사람들이라고 믿었기 때문이다. 그뿐만 아니라, 나로 하여금 단심이네를 만날 수 있도록 단서를 제공해준 그 색소폰 주자를 다시 만날 수 있으리란 기대도 없지 않았다. 보 아니면 도라는 심정으로 나는 터미널에 도착했다.

광장의 모습은 그대로였다. 변한 게 있다면 광장 위에 떠 있는 하늘뿐이었다. 변한 것이 없다는 사실이 내겐 희망을 품게 만들었다. 변한 게 없다면 칠칠이가 나타나거나 색소폰 주자가 나타날 확률이 높을 것이라는 얼토당토않은 기대감이 있었기 때문이다.

광장을 중심으로 말발굽처럼 벌어져 앉은, 치장이 남루한 가게들, 떡전집 앞에 놓여 있는 살평상, 그 살평상 위에 앉아 화투를 치던 택시 기사들, 구두 뒤축에 징 박아주는 사람, 칼국숫집, 아무나 드나들어도 간섭받지 않지만 더럽기 짝이 없는 공중화장실, 화장실 주변의 쓰레기 더미와 그 주변에 버려진 쥐와 고양이 사체들이 풍기는 역한 냄새, 곰팡이가 시꺼멓게 핀 높다란 벽에 걸려 있는 텔레비전을 시청하는 식당 종업원들, 모두가 옛날 그대로였다. 그러나 칠칠이가 다녀갔거나 찾아왔던 흔적은 어디에도 없었다. 더욱이 은근히 기대했던 색소폰 주자의 모습도 볼 수 없었다.

나는 떡집 종업원을 상대로 칠칠이와 색소폰 주자의 행방에 대해 수소문했다. 그러나 그들은 한결같이 고개를 저었다. 내겐 절실한 것이었으나 그들에겐 한 귀로 듣고 한 귀로 흘려버려도 전혀 부담이 없는 시시한 것들이었다.

나는 광장 구석에 자리잡은 곱사등이 시계 수리공을 찾아갔다. 그는 자기 곁에 놓인 간이의자에 털썩 주저앉는 나를 흐릿한 시선으로 바라보았다. 지난날에는 그런 궁금증이 없었는데, 지금은 친숙하게 지냈던 사람의 얼굴도 가까스로 알아보는 흐릿한 시력으로 어떻게 시계 같은 정밀기계를 고치는 직업에 종사하고 있는지 궁금했다.

"아저씨 말 좀 물어봅시다."

그는 목디스크를 앓는 사람처럼 고개는 그대로 두고 상반신만 비틀어 나를 바라보았다. 그는 차양 아래의 의자에 앉아 있고 나는 서 있는데도 서로 간의 눈높이는 어긋남이 없이 수평을 유지했다.

"여기 광장에 유기견이 왔다갔다하는 것 본 적 없습니까?"

그는 또다시 흐릿한 눈을 들어 나를 찬찬히 훑어보았다.

"유기견? 목줄 없이 놓아기르는 똥개 말인가?"

"그렇지요."

"그것참, 별꼴이네. 이 근방 동네에 살고 있는 개들 열에 아홉은 목줄 없이 제 맘대로 쏘다녀. 저들끼리 폭풍처럼 몰려다니다가 내키면 아무데서나 흘레붙고 그래. 그 똥개들은 모든 것이 자유지, 자유. 어디 그런 개가 한두 마린가. 눈만 뜨면 이 세상을 자유로 살아가는 똥개들 천지야. 저길 봐."

그는 팔을 들어 국밥집 앞에서 서로 엉겨붙어 놀고 있는 똥개들을 가리켰다.

"내가 찾는 개는 모양이 좀 달라요. 잡종이시반, 저런 똥개들하고는 달라요."

"좀 다르다니 똥개들도 족보가 있나? 그거 금시초문인데?"

"고상하게 행동해요. 함부로 짖지도 않고……"

"고상하다고? 거참 별꼴이네. 고상하다면 서양에서 건너온 사냥개거나 장님 데리고 다니는 인도견이 아닌가?"

"그런 건 아니고요."

"어찌 말이 가리산지리산하나?"

"시베리아에서 왔기 때문에 털이 길고 많아서 한겨울에도 얼어죽을 걱정이 없는 개예요. 절름발이지만, 다른 개들하고는 모양이 다르지요."

"외양이 달라? 개가 송아지처럼 대가리에 뿔이라도 솟았다는 얘기야?"

"그건 아니고요. 몸집이 당나귀처럼 크다는 얘기죠."

"토종 똥개야?"

"그렇지요."

"조선시대 얘기 하고 있군. 몸집이 큰 토종 똥개에다 유기견이라면 옛날에 보신탕집으로 끌려갔지. 지금까지 명줄이 붙어 있을까. 설령 끌려가지 않아도 그렇게 소문내고 다니면 개장수들이 소문 듣고 그 개 찾아서 요절을 내고 말았을 거야. 내가 다 알아. 손바닥만한 이 시가지에 보신탕집이 몇 군덴 줄 알어? 얼추 잡아도 열댓은 넘을 거야. 그래서 똥개라면 이미 옛날에 씨가 말랐어. 그 똥개 정말 찾고 싶거든 보신탕집 쓰레기통에 있는 개뼈다귀나 뒤져봐."

"호락호락하게 보신탕집에 끌려갈 개가 아니에요."

"진돗개야?"

"아뇨. 똥개라니깐요."

"그럼 잔소리하지 마. 여기 있는 개장수들 똥개 잡는 일에는 이거야 이거. 똥개들은 이십 미터 앞에 개장수가 나타났다 하면 대뜸 알아보고 자지러질 듯 꼬리를 내리고 그 자리에서 폭삭 주저앉아버려. 제풀에 가위에 눌려 꼼짝을 못하지."

시계공은 내 코앞에다 자신의 엄지손가락을 치켜세워 들이대며 개장수란 사람들을 역성들기에 바빴다. 나는 색소폰 주자의 행방도 물어볼 심산이었으나, 그 순간 어깨에 힘이 쭉 빠지면서 말을 이어갈 기력마저 잃어버렸다. 내가 눈에 띄게 측은해 보였던지, 시계공이 담배 한 개비를 꺼내 내밀면서 말했다.

"피워봐."

그 피워보라는 말에 용기를 얻은 내가 물었다.

"개는 그렇고, 몇 년 전에 이 광장에서 악기 불던 남자 있었는데 그 사람 기억하세요?"

"응. 이상하게 생긴 나팔인가 불던 그 얼간이 말이지?"

"예. 그 사람 기억하세요?"

"기억하다마다. 그 친구 뉘 집 소생인지…… 나팔 하나는 빨자로 불더군. 내 반평생에 그런 달인은 처음 봤어. 참말로 기똥차게 불더군. 저기 칼국숫집에서 종업원으로 일하는 젊은 과부 하나가 그 나팔쟁이한테 홀딱 반해서 제정신을 잃어버렸어. 장사는 나 몰라라 내던지고, 그 얼치기를 암내 맡은 수캐처럼 넋을 빼고 뒤따라다닌 적도 있지. 식당에서 같이 일하던 여편네들이 아무리 알아듣게 쥐어박고 만류를 해도 듣는 척도 않고 그 얼간이 뒤를 따라다녔어. 언문도 읽을 줄 모르는 일자무식인 주제에 눈썰미는 있어서 분수에 넘치는 줄 모르고 넙죽대는 꼴이 가관이었지. 나팔쟁이는 엇 뜨거라 해서 줄행랑을 놓는데도 전혀 상관 안 해. 집 나간 아내를 찾아다니는 처지라고 귀가 따갑도록 실토정을 하는데도 니는 지껄여라 나는 니한테 반해서 니가 언제 어디서든지 벗으라면 주저 없이 벗겠다 이거야. 그 오줄없는 여편네 성화 때문에 그

얼치기는 결국 야반도주하듯 여기를 떠나버렸지."

"그 사람은 다시 돌아오지 않았어요?"

"응. 돌아온들 그 과부 여편네 등쌀에 견디질 못했겠지. 그 여편네만 아니었어도 이 광장이 줄곧 색소폰 소리로 넘쳐났을 텐데 아쉽게 되었지. 못 올라갈 나무는 쳐다보지도 말라는 선조 선생님들 말이 있는데, 그 칠칠치 못한 여편네가 자기 주제는 파악하지 못하고 가랑이 벌려주겠다고 날뛰다가 닭 쫓던 개 지붕 쳐다보는 꼴이 되고 말았어."

바로 그때였다. 시계 수리공은 탁자 위에 놓인 고물 안경을 집어 꼈다 벗었다를 반복하더니 갑자기 반색을 하고 자기 무릎을 탁 치며 말했다.

"가만있자. 이제 보니까, 너 몇 년 전에 새발골이라는 동네에 멀쩡한 집 놔두고 똥개 한 마리 데리고 대합실에서 노숙하던 애 아니냐? 네 키가 난쟁이 좆 길이만한 걸 보고 겨우 알아봤다. 너 그때 그놈 맞지?"

나는 얼떨결에 그렇다고 대답해버렸다. 그런데 나를 알아보는 것은 반가웠으나, 평가는 개떡같았다. 숫제 대놓고 인신공격이었다. 그제서야 나는 시력이 희미한 눈에도 볼 것은 다 본다는 것을 알게 되었다. 시력보다 감각이 우선한다는 얘기였다. 시계 수리공은 내 손을 끌어 꼭 잡으며 들으란 듯 다시 뇌까렸다.

"키는 작아도 궁금한 건 많은 친구로군."

***

쥐고 있던 내 손을 다시 꼭 잡으며 그녀가 말했다.

"이제 궁금한 거 없겠지요? 내 정체를 모두 말했으니까요. 벗은 몸도 보여드렸고."

"허전하겠구먼."

"그럴 것도 없죠. 어차피 이 세상에 남기고 갈 가치 있는 얘기도 아닌데요."

"손이 참 따뜻했소."

"그랬어요? 아저씨 손은 차갑던데."

"어릴 때, 지금같이 따뜻한 손을 잡아보았던 기억이 있어요. 아버지를 따라서 집에서 이십 킬로미터나 떨어진 읍내로 간 적이 있었는데, 그때 내 손을 잡아주었던 아버지의 손이 지금 순희씨 손처럼 따뜻했소."

"그러니까, 청춘이 사라져버렸지."

"그땐 나만 개고생한 게 아냐. 모두가 고생바가지 뒤집어쓰고 비틀거렸지. 내세울 게 못 돼. 그런데 그 이후로 언제 다시 한번 따뜻한 손을 잡을 수 있을까 하고 소원했지. 순희씨가 내 소원을 풀어준 셈이오."

"나한테도 소원이 있었어요. 결혼하고 나서 가진 소원이었는데요······ 대단한 건 아니었어요. 빨간 구두에 멋지게 차려입은 다음 남편 손을 잡고 번화가에 자리잡은 불란서 식당으로 저녁 먹으러 가는 거죠. 빨간 구두가 그렇게 신고 싶데요. 식당에 도착하면 남편이 몇 발짝 앞에 걸어가 젠 스타일로 장식된 식당 문을 열어주고, 나는 턱을 쳐들고 들어가 키가 크고 희끗희끗한 머리숱을 단정하게 빗어 넘긴 웨이터의 안내를 받는 거지요. 지금 생각하면 아무것도 아니고 유치하다고 빈정거릴 그게 그렇게 해보고 싶었어요. 대다수 부부들이 일상적으로 연출하는 그림인데도 우린 그런 그림을 한 번도 그려보지 못했어요. 서로 미워하거나 대수롭지 않은 상대로 여기지도 않았는데도요. 헤어지는 것도 어렵거나 고통스럽지 않았어요. 내가 소중하게 여기고 간직했던 것 모두 다 주고 나니까 헤어질 때도 아무런 미련이 남지 않았어요. 헤어지는 게 이상한 게 아니라 아무 미련도 남지 않아 머릿속이 하얗게 되던 그게 오히려 이상했어요."

"남편에게 졸라보지 그랬어."

"그럴 맘이 굴뚝같았어요. 그런데 이상하게 자존심이 목구멍을 타고 삐죽삐죽 기어올라 하고 싶은 말을 그때마다 가로막았죠. 거절당하면 그땐 무엇으로 감당하나, 그것부터 먼저 생각났지 뭐예요."

"그때 순희씨가 요청을 했어도 남편은 거절했을 수도 있어."

"왜요?"

"그런 건 조폭 사회에서나 상습적으로 연출하는 일이거든."

"아저씨 노숙으로 살았다면서 영화는 자주 보는가봐요?"

"한때는 혼자 영화관 가는 게 유일한 낙이었지. 시간제한 없고, 혼자 가도 뭐라고 핀잔주는 사람 없고, 자판기 커피 열 잔을 빼먹어도 이상하게 보는 사람 없고, 처음부터 보거나 중간부터 보거나 이래라저래라 간섭하지 않고, 이 프로 봐라 저 프로 봐라 윽박지르는 사람 없고, 보다가 지루하면 나와버려도 너 왜 나가냐 하고 핏대 올리는 사람 없고, 너 누구냐고 묻는 사람 없고, 영화 속에서 누가 무참하게 살해당해도 영화니까 걱정 안 해도 되고, 방귀 뀌어도 한번 뒤돌아보고 웃고 말지. 영화 다 보고 나서 화장실 가서 오줌 누면 세상에 그렇게 시원할 수가 없어. 그 맛에 영화 보러 가는 거지."

"이상한 아저씨네, 소변보러 영화관 간다는 얘긴데 다른 사람들은 대수롭지 않게 생각하는 것에 색다른 의미를 두시네요. 아저씨 이상한 사람 아니에요? 그런데 또 이상한 매력이 있네요."

"하찮은 인생이니까 그런 게지."

"아저씨 하찮은 인생 아닌 거 같은데요. 그런 말 하지 마세요. 그런 말 하니까 좋아해도 괜찮은 사람 같아 보인단 말이에요."

"왜, 좋아할 가치가 없나?"

"싫어요. 좋아한다거나 사랑하는 거 나한텐 버거워요. 사랑이란 거 자기 마음속에 숨어 있는 바람 같은 거예요. 자기 자신만 알죠. 그래서 빠져드는 것도 싫고, 싫다는 거 구걸하는 것도 싫고, 떠나간 다음에 나 혼자서 가슴속에 남아 있는 찌꺼기 뒤치다꺼리하는 것도 싫어요."

"무슨 말 하는지 알아듣기 어렵군. 젊은이들은 옳고 그른 것에 대한 판단이 꽤나 분명한데, 나이들면 그것도 흐릿해져. 나이들면 입장 곤란할 때가 많은데…… 그건 젊은이들이 말없이 있을 땐 속으로 무슨 생각을 하고 있는지 도무지 짐작할 수 없다는 것 때문이고, 말을 해도 무슨 말을 하고 있는지 속내를 꿰뚫어볼 수 없다는 것 때문이야. 내 나름대로는 세상 온갖 궂은일을 경험하면서 살아왔는데도 젊은이들 생각이 뭔지 알 수 없어 숙맥이 되어버린 거야."

"늙은이들 속내를 모르는 건 젊은이들도 마찬가지예요."

그녀는 지금까지 조용하고 나지막했던 어투와는 달리 매우 단호하게 말했다. 우리는 다시 침묵 속으로 빠져들었다. 딱히 나눌 얘기도 없었고, 더이상 얘기를 끌어갔다간 서로의 마음만 상할 것 같다는 생각이 들었기 때문이다. 그녀가 한쪽 발을 이불 밖으로 내밀어 아무렇게나 벗어둔 옷을 묘기라도 보여줄 것처럼 발가락으로 걷어올리고 있었다. 그녀가 걸쳤던 브래지어 끈 한쪽이 빨간 매니큐어를 바른 그녀의 엄지발가락 끝에 가까스로 매달려 대롱대롱 허공으로 올라오고 있었다. 그것은 그녀의 빈약한 가슴을 볼륨감 있게 감쌀 때는 뒤숭숭한 중에도 의미 있거나 가치가 있는 물건으로 보였다. 그러나 벗어던진 지금은 시골집 툇마루에 놓인 걸레처럼 하찮아 보였다. 팔을 뻗어 허공에서 대롱거리고 있는 브래지어의 한쪽 끈을 잡으며 그녀가 갑자기 말했다.

"아저씨, 우리 당나귀 찾으러 가요."

"그럴까."

"당나귀 찾으면 타고 다닐 거예요?"

"타고 다닐지 데리고 다닐지는 그때 봐서……"

"기왕이면 타고 다니세요. 멋있어 보일 거예요. 다른 사람들의 시선도 끌겠죠?"

"사실 내가 찾고 있는 건 당나귀가 아냐."

그녀가 내게 등을 돌렸다. 나는 브래지어의 한쪽 끝과 맞은편 끝을 당겨 찍찍이를 붙여 등에 밀착시켰다. 당나귀가 아닌 똥개라는 고백에도 그녀는 별로 놀라지 않을 것이었다.

"그럼 뭐였어요?"

"사실은 당나귀가 아냐. 당나귀만한 칠칠이라는 개지."

"그래요. 나도 알고 있었어요. 놓치고 말았다는 아저씨의 말이 허황된 말이란 걸. 하긴 놓친 것이 더 아름답고 커 보인다는 말도 있잖아요."

"알고 있었으면서 당나귀를 찾으러 가자는 건 뭐야?"

"그럼 어쩌겠어요. 달리 할 일도 없는데. 사람이 꼭 할 일이 있어야 움직이나요? 할 일이 없을 때도 움직일 수 있는 거예요. 거짓말인 줄 빤히 알면서도 귀기울여 듣는 척하는 경우도 세상에는 너무 많잖아요. 청개구리를 회초리로 툭 쳐봐요. 뒤로 발랑 자빠지면서 죽은 척하지요. 그게 당장의 위기를 모면하기 위한 위장술에 불과하다는 걸 알고 있지만 많이들 속아주잖아요."

"무슨 소린지 모르겠네."

"이 포구 근처의 당나귀 목장에서 아저씨의 당나귀를 찾지 못하면 다른 곳으로 가서 찾아봐요. 내가 동행해드릴게요. 당나귀를 찾을 때까지 멈추지 말고…… 아무 일도 하지 않으면 아무 일도 생기지 않는 거예요"

"칠칠이가 달아날 때 바라만 보고 있었던 건 큰 실책이었고 나쁜 일이었어."

"누구도 나쁜 일을 겪지 않고는 살아갈 수 없잖아요. 항상 뭔가 앞길을 가로막는 장애 같은 게 있기 마련이잖아요. 그저 나를 괴롭히고 고통주는 그런 것들이 나를 비켜 지나가주기를 바랄 뿐이지요."

"칠칠이와 나 사이에는 이별도 죽음도 없어. 나를 스쳐가는 바람 소리에도 칠칠이의 울음소리가 확연하게 들려. 바닷가 파도 위에도 칠칠이가 남긴 그림자가 밀려왔다가 밀려가는 것이 확실하게 보이거든. 내가 세상에 깔려 있는 깨진 유리창 위를 걷고 있을 때는 항상 칠칠이의 울음소리를 듣곤 했지. 그래서 내 발바닥에 상처 따위는 없었어. 그런 행복이 어디 있겠나. 그래서 나는 얼음장 위에 집을 지어도 무너지지 않는다는 자신감이 있어. 이

깟 노숙생활도 그래서 내겐 아무것도 아냐."

***

곱사등이 시계 수리공으로부터 두 번 다시 말문을 열지 못할 정도로 홀대를 당했으나 나는 터미널 광장을 바로 떠날 수 없었다. 그런 괄시쯤이야 항상 겪는 일상에 불과했기에 마음속에 담아두지도 않았다. 그 사건이 일어난 것은 내가 그 광장에 머문 지 닷새째 되는 날이었다. 나는 택시 기사들의 전유물처럼 되어버린 칼국숫집 앞 살평상에 앉아 무언가 하염없이 기다리고 있었다.

내 앞에 점퍼 차림의 사복 경찰들이 모습을 드러낸 건 해질 무렵이었다. 나보다 키가 훨씬 큰 두 사람이 나란히 서서 내 앞에 버티고 서자, 지는 해가 드리운 그림자가 내 시야를 칵 가로막아 버렸다. 그중 한 사람이 굵직한 목소리로 말했다.

"당신 학생이야?"

느닷없이 당한 질문이어서 나는 냉큼 대꾸를 못하고 애매한 표정으로 고개만 좌우로 흔들었다.

"학생 아니란 말이지? 학생 아니면 신분증 내놔봐."

초면에 순박하지 못한 언사로 신분증을 제시하란 말에 나는 적잖이 당황했다. 태어나서 그날까지 내게 그런 황당한 요구를 한 사람을 만난 적이 없었기 때문이다. 물론 그럴 만한 까닭이 있어 신분증을 요구하고 있다는 생각은 들었다. 하지만 내 몸에는 호랑이처럼 줄무늬도 없었고, 기린처럼 목이 유난히 길어 묻지 않아도 자신의 정체성이 뚜렷하게 드러나는 그런 존재가 아니었다. 특징이 있다면 난쟁이처럼 키가 작다는 것인데, 길거리에 나가면 나처럼 키 작은 사람은 발에 차일 정도였다. 신분을 보장해줄 만한 단서가 없다는 것이 나를 난감하게 만들었고, 말문도 막힐 수밖에 없었다. 내가 그들에게 해줄 수 있는 일은 열없게 웃는 것밖에 없었다.

"신분증 같은 거 없는데요."

"학생증도 없어?"

"그런 것도 없어요."

"신분증이 없다는 얘기야, 신분증 같은 게 없다는 얘기야?"

"신분증이 없습니다."

"신분증 없으면, 니가 똥인지 된장인지 어떻게 구분할 거야?"

빈정거리는 말투에 무슨 소동이 일어날 것 같다는 예감이 들었다. 두근두근 가슴이 뛰기 시작했다.

"그런 거 없어요."

"없어? 그럼 어디다 팔아먹었지?"

애당초 있지도 않았던 신분증을 팔아먹다니, 그런 것 없어도 지금까지 아무런 구애 없이 살아오지 않았던가. 그런데 느닷없이 있지도 않았던 것을 팔아먹었다고 윽박지르기 시작하자 억장이 무너지는 듯한 기분이었다. 이런 경우 사람들은 구구절절 대꾸할

말이 많을지 모르지만, 나는 그런 사연조차 없었다. 대답은 간단했다.

"팔지 않았어요."

그 대답이 사내의 기분을 완전히 망가뜨린 것 같았다. 얼굴에 벌겋게 열이 오른 쪽은 내가 아닌 그 사내 쪽이었기 때문이다. 그는 꿀 먹은 벙어리처럼 말문을 열지 못하고 한동안 마른침을 삼켰다. 그의 질문이 난폭해졌다.

"너 이름은 뭐야?"

"박호구요."

"박호구……? 이름은 있는데 신분증이 없다? 이름 하나는 거창하게 지었네. 호랑이 아가리란 얘기 아냐. 물리면 죽는다는 얘기 아냐. 누가 지었어?"

"몰라요."

"너 몇 살이야?"

"열아홉 살쯤 되었어요."

"쯤 되었다고?"

"예."

"이 자식이 지금 농담하고 있나. 거짓말이지?"

"거짓말 아닙니다. 저 거짓말 그만뒀습니다."

"내가 보기엔 서른 살도 넘어 보이는데?"

"그럴지도 모르지요."

드디어 속으로 조마조마했었던 욕설이 튀어나왔다.

“이 자식 봐라. 묻는 말마다 몰라요로 일관하면서 남의 부아를 돋우네. 야, 인마, 박호구. 좋아. 그 이름을 딱 부러지게 증명해줄 만한 증거를 내놓으란 말야. 대한민국 국민이면 눈먼 장님도 다 가지고 있는 걸 너만 없다고 버티면 무사히 넘어갈 것 같아? 정말 이럴 거야? 너 그런 식으로 버티면 손해볼 게 많을 텐데?”

“정말 몰라요.”

그가 뒤에 선 동료를 일별하면서 말했다.

“이 자식이 우릴 아주 똥개로 보는군. 난쟁이 똥자루만한 녀석이 어수룩한 척하면서 간땡이는 부어서 우릴 손바닥 위에 올려놓고 갖고 노는군 놀아. 너 그런 배짱 어디서 배웠어? 니 애비가 가르쳐준 거야?”

그는 어이없다는 얼굴로 나를 빤히 내려다보고 있었는데, 다른 한 사람은 무표정한 얼굴로 먼 데를 바라보고 있다가 질문을 던진 동료에게 귓속말로 짧게 한마디했다.

“연행하죠.”

“수갑 채워.”

“수갑이요? 똥개에다 목줄을 매죠. 그냥 끌고 가죠. 지가 튀어봤자 벼룩이지.”

두 사람은 양쪽에서 내 겨드랑이에 팔을 가볍게 끼며 광장 건너편에 있는 역무실을 턱짓으로 가리켰다. 역무실 안쪽에는 문한 짝이 닫힌 어둡고 좁은 공간이 있었는데 그들은 나를 그곳으로 데리고 들어갔다. 나는 일면식도 없는 그들에게 끌려가면서도 아무런 공포심 같은 걸 느끼지 않았다.

그때까지 나는 누구에게도 해를 끼치는 일이 없이 매우 공손하게 살았고, 사람들이 시키는 대로만 살았기에 마음속에 공포심 따위를 키울 이유 따위는 없었다. 그들은 나를 의자에 앉히고 한동안 빤히 지켜보았으나, 내 표정에서 아무런 근거를 찾지 못했다. 나는 평온했고, 그들이 나를 연행한 이유가 뭔지 몰랐기 때문에 무슨 말을 하려나 그것만 궁금할 뿐이었다. 그가 말했다.

"너 신분증 없다고 했지?"

"예."

"주민등록증 없으면 운전면허증은 있어?"

"없습니다."

"너 하느님이야?"

"하느님이라니요. 저 그런 사람 아닙니다."

"이 자식아, 이 세상에 존재하는 생물 치고 증명서 없어도 무방한 존재는 하느님 딱 한 사람뿐이야. 알겠어? 없다고 버티면 그만인 줄 알어?"

"정말 없습니다."

"개소리 집어치워. 사천만 백의민족한테 다 있는 걸 너만 없다고 우기면 안 되지. 알고 보니 이 자식 운동권 치고는 때가 많이 묻은 놈이네? 핑계를 대려면 나 같은 사람도 좀 알아듣게 핑계를 대. 알았어?"

나 역시 그랬다. 왜 이 사람들이 열거하고 있는 증명서 같은 게 내게 단 한 장도 없는지 알 수가 없었다. 아무짝에도 쓸모가 없었던 그런 증명서가 나에게 없다는 것을 이 사람들이 깨우쳐준 것인데 그 사실에 나 역시 놀랐다. 다른 사람들은 지금 이 사람들이 요구하는 증명서를 모두 갖추고 있다는 것에도 놀랐다. 그런 걸 눈여겨본 적도 없었다.

하느님만 빼고 다 있다는 그 흔한 증명서들이 어째서 내게만 없는 것인지 황당할 따름이었다. 그건 아마도 내가 어린 나이에 집을 나와서 연락을 끊어버린 탓이겠지만, 그렇다 해도 내가 이 사람들에게 잠시나마 구박을 받아야 한다는 것은 도무지 탐탁지 않았다. 그때였다. 한쪽 벽에 등을 기대고 서 있던 사내가 가만히 다가와 동료의 괴춤을 끌어당겨 방 한쪽 구석으로 데리고 갔다.

"선배, 저 자식 몸수색해봤어요?"

"아니."

"그거부터 해야죠."

"딱 보기에도 가진 게 아무것도 없어 보이는데?"

"그건 선배님 짐작이구요. 매뉴얼대로 해야죠."

"니가 해봐."

그러자 니라고 지목받은 사내가 대뜸 내게로 다가와 어깨부터 종아리까지 척척 소리나게 몸수색을 했다. 그러나 증명서는커녕 땅콩 몇 개만 찾아냈을 뿐이었다. 그는 내 주머니에서 꺼낸 땅콩 세 개를 사무용 책상 위에 올려놓고 무언가를 찾아내려는 듯 요리조리 뒤집어보았다. 그러고는 신경질적으로 바닥에 침을 뱉고 나서 중얼거렸다.

"이 자식, 세뇌 교육 철저하게 받았네. 전혀 정체를 알 수 없도록 위장하고 다니는군."

몸수색하던 사내가 물러나고 처음 나를 다루던 사내가 다가왔다. 그가 전혀 알 수 없는 한마디를 뇌까렸다.

"너 운동권이지?"

"그게 뭔데요?"

"이 자식 시치미 딱 떼는 거 봐? 너 지금 나하고 농담 따먹기 하자는 거야?"

"아뇨."

"그럼 어째서 딴청이냐?"

나는 문득 이때야말로 칠칠이가 나타나 이 사내들을 물리쳐주기를 바랐다. 그러나 칠칠이가 나를 지켜보고 있었다 하더라도 이 방까지는 고개조차 디밀 수 없었을 것이다. 사내가 담배를 피워 물었다. 그리고 내 코앞에 종주먹을 들이대며 칠칠이가 그랬던 것처럼 이빨을 곤두세우며 말했다.

"너 맛 좀 볼래?"

그러자 또다시 뒤에 서 있던 사내가 선배라는 사람의 괴춤을 끌어당겨 서로 벽을 바라보며 섰다. 속삭이듯 말하는데도 내 귀에는 또렷하게 들렸다.

"선배, 저놈 북에서 남파된 놈 아냐?"

"그건 아냐. 간첩이라면 증명서 정도는 간단하게 갖추고 다닌단 말야. 심지어 재벌 회사 사원증이나 명찰까지 위조해서 가지고 다녀."

"저 자식 정말 황당한 놈이네."

내 인생이 덫에 걸려 곤경에 처했을 때도 신분증이 필요했던 적은 없었다. 그것은 애당초 있지도 않았기 때문에 황당한 쪽은 오히려 나였다.

"그럼 저놈 정체가 뭐인 거 같아요?"

"골수 좌파 운동권이야. 강제 입영 당할까봐 신분증 버리고 숨어 다니는 연락책이겠지. 저런 놈은 다짜고짜 몽둥이로 다스려줘야 해."

"선배, 고문으로 공포심을 심어주는 건 운동권 놈들에겐 효과 없어요. 별무성과란 얘깁니다. 저놈 숨통 끊어버리고 나면 우리는 손에 피를 묻히게 되고, 저놈들 사이에선 순교자 하나가 생겨나는 거예요. 내가 보기에 운동권이랍시고 병역기피나 하면서 노숙으로 지내는 놈한테 훈장까지 붙여줄 필요는 없을 것 같아요."

"정말 그럴까."

"틀림없어요. 저 자식 주먹 쥐고 하늘 똥구멍 몇 번 찌르고 몰려다니다가 입영 날짜 코앞에 닥치니까, 시골로 도망다니고 있는 겁니다."

선배라고 불린 사내가 뚜벅뚜벅 내게로 다가왔다.

"너, 내 말 잘 들어. 좌파들은 너같이 돈 없고, 빽 없고, 일정한 주거지도 없는 놈들만 포섭해서 소모품으로 써먹는 거야. 너 같은 얼간이들만 찾아내서 저들 맘대로 이용하는 거라고. 신분증이 있건 없건 그런 것은 그다지 중요하지 않아. 니가 신분을 보장받을 수 없다는 바로 그 점이 니가 소모품에 불과하다는 사실을 증명해주는 거야. 알겠어? 화장실에서 똥구멍 닦을 때 한 번 쓰고 버리는 화장지 알고 있지, 이 땅강아지 같은 놈아? 너는 대대적으로 모여서 주먹질할 땐 체 게바라 같은 혁명가라도 된 듯 착각할 테지만, 저들은 네 신분증을 빼앗아 불태워버리고 안개 속에 숨어서 너를 조종하고 있단 말이야. 넌 꼭두각시놀음의 대상일 뿐이야. 너도 지금쯤은 깨닫고 있겠지? 그들은 다급한 처지에 이르면 너만 남기고 안개 속으로 싹 자취를 감춰버린단 말이야. 넌 지금 돌 틈으로 기어가는 뱀장어처럼 수사망을 요리조리 따돌리고 다니면서 너희들 대장과 연락이 닿기를 희망하고 있겠지만, 너 혼자 제멋에 겨워 우쭐하고 있을 뿐이지 너하고 같이 주먹 내저으며 몰려다니던 어느 누구도 니가 지금 여기에 있다는 걸 기억하는 사람은 없어. 그걸 알고나 있냐, 이 똥개야."

다른 사내가 지루하다는 듯 말했다.

"선배 시간 끌 것 없습니다. 본서로 데리고 갑시다."

그들은 나를 놓아줄 듯 한동안 머뭇거리긴 하였으나 기대와는 달리 놓아주지 않았다. 나는 도대체 이 사람들이 나를 두고 왜 이렇게 수선을 피우는지 알 수 없었다. 나는 내 후견인이었던 칠칠이가 곁에 없다는 비애를 곱씹었다.

칠칠이가 곁에 있었다면 경찰서까지 연행되지도 않았을 것이고, 분명 나를 강제 연행하려는 형사들의 목덜미를 물어뜯어 걸레쪽으로 만들어놓았을 것이다. 그때 두 명의 경찰관이 나를 연행했는데, 그들은 죽마고우처럼 내 양쪽에서 팔짱을 꼈다. 그런 흔연한 대접은 난생처음이었다.

내가 강제 입영을 당한 것은 읍내 터미널 근처를 배회하며 칠칠이와 색소폰 사내의 행방을 수소문하고 다닌 일 때문이었다. 곱사등이 시계 수리공과 당나귀, 색소폰 같은 낯선 말을 주고받은 것이 간첩들끼리 접선해 나눈 암호인 줄로 짐작한 택시 기사들이 수리공과 나를 싸잡아 수상한 자들로 신고한 것이다.

나는 형사대에 이끌려 경찰서로 이송돼 다짜고짜 입영 절차를 밟았다. 대한민국의 장병이 되기에는 신장 미달로 분류되었으나 운동권은 일정 기간 사회로부터 분리시켜야 한다는 방침 때문에 그 규정도 무시되거나 혹은 허용된 채 입영하게 된 것이다. 그들은 몇 장의 서류를 내 턱밑에 들이대고 도장을 찍으라고 윽박질렀다. 물론 나는 도장이 없다고 말했다. 그는 도사견과 마주친 어린 강아지처럼 꽥 하고 소리를 질렀다.

"도장 없으면 지장 찍어."

내가 머뭇거리자, 그는 내 손을 잡아끌어 시뻘건 인육에 손가락이 푹 들어가도록 찍은 다음 대신 지장을 찍어주며 말했다.

"이게 지장이야. 도장보다 더 확실한 거지. 알아들어?"

입영 절차를 밟기 전 나는 함께한 운동권 학생들의 이름을 대라는 강요에 시달렸다. 나는 내가 알고 있는 고향 사람들의 이름 몇을 가까스로 기억해서 불러주었는데, 사내들은 또다시 그들의 행방을 대라고 윽박질렀다. 나는 몰랐기에 모른다고 대답했고, 그 대답을 거짓말로 단정한 사내들이 드디어 나를 구타하기 시작했다.

그 혹독한 구타를 묵묵히 참아낼 수 있었던 것은 지난날 아버지가 노름판에서 흥분한 타짜들이 내리는 몰매를 오직 침묵으로 일관하며 고스란히 감내했던 전력을 본받았기 때문이었다. 그 구타 속에서 아버지의 망령이 나타나지 않았다면 난 아마 그 자리에서 골병이 들어 굴신을 못하고 뻗어버렸을 것이다.

반면 나의 병영생활은 입대 전에 겪은 고난에 비하면 의외로 수월했다. 휴전선과 마주보는 최전방 보병부대에 배속된 나는 한 가지 의미 있는 성과를 획득했다. 내게 군번이 주어졌고, 나는 그 이후 군대가 만들어준 인생이란 증거로 위기를 모면한 일이 여러 번 있었기 때문이다. 강제 입영이 결정되었을 때만 해도 내 신장 문제는 구애를 받지 않았다. 처음 부대 배치를 받았을 때, 배불뚝이 중대장에게 전입신고를 하는 자리에서였다. 중대장이 물었다.

"넌 어쩌다 군에 입대하게 되었나?"

"징집되었습니다."

"누가 널 징집했어?"

"딱히 누구라고 할 수 없습니다."

"너 말이야, 신장 미달이 분명한데 어째서 신체검사를 통과했지?"

"모르겠습니다. 저는 징병검사 받은 적 없습니다."

"허튼소리 그만두고 바른대로 대답해."

"그냥 길거리를 가다가 입영하게 되었습니다."

"현지 입영이란 뜻이야?"

"정말 모릅니다. 길거리에서 불심검문당할 때 형사가 운동권이라고 말했습니다."

"형사가 널 입영시켰어?"

"모르겠습니다."

"그렇게 모르는 게 많은데도 풍진세상 용하게 비켜가며 살아왔군."

"잘은 모릅니다만, 운동권 때문에 징집된 것 같습니다."

"뭐? 운동권이라고? 운동권이 널 징집했구나."

언성이 점점 높아져서 나를 불안하게 만들던 중대장의 어투가 갑자기 누그러졌다. 그러고는 선임하사를 불렀다.

"박호구는 신장 미달이잖아. 엠원 소총 개머리판이 땅에 질질 끌리겠는데?"

"아슬아슬합니다. 하지만 걱정 마십시오. 육이오 땐 소년병도 숱하게 많았습니다."

"선임하사가 육이오 때 참전했었나?"

"아닙니다. 그런 기록을 보았습니다."

내가 치러야 할 주된 임무는 북한군 초소가 산 능등 저쪽으로 희미하게 바라다보이는 경계초소나 참호 속에 배를 깔고 꼼짝 않고 엎드려 사주경계를 하는 것이었다. 그것으로 나는 한 인격체로서 매우 정중하고 정당한 대접을 받게 되었다는 것을 깨달았다. 그 참호 속에서의 매복 근무 수칙으로 키 큰 병사나 키 작은 병사를 막론하고 한결같이 엄폐물 뒤에 몸을 숨기고 납작 엎드리지 않으면 안 되었기 때문에 크거나 작은 것에 대한 비교 자체가 무의미했다. 짧은 거리를 살짝살짝 이동할 때를 제외한다면, 서서 하는 내무반 사열도 시늉뿐이었고, 키 순서대로 정렬해서 앞사람의 뒤통수를 바라보며 걸어가는 제식훈련도 없었다. 간혹이었지만 취침을 시켜놓고 금방 잠자리에서 일으켜세워 점호를 하는 일만 제외한다면 군대생활도 감당하기 힘든 것은 아니었다.

군대생활에서 나는 비교당할 때 응당 겪어야 했던 수치심 따위에서 완전히 해방될 수 있었고, 누가 내 정체성에 대해 의문을 품고 질문하면 내 이름과 부여된 군번만 우렁찬 목소리로 복창하면 아무런 장애도 구애도 받지 않았다.

노숙과 구걸로 일관되었던 나의 개고생은 끝이었다. 나는 대한민국 육군에 소속되어 있었으므로 매우 떳떳했고, 휴가를 주어도 마땅히 갈 곳이 없는 것 외에는 내가 있을 자리가 그처럼 공고할 수 없었다. 고문관이란 별호가 끈질기게 붙어다녔지만, 나와는 상관없는 일로 치부해버렸다.

집합하라는 구령이 떨어지고 난 뒤 조금만 지체해도 반드시 박호구가 어디 갔느냐고 삼엄한 얼굴로 찾아주었고, 사역이 있을 때는 가차없이 내 이름을 맨 먼저 불러주었다.

나는 비로소 어린 시절부터 그토록 염원했던 대로 투명인간이란 오명에서 완벽하게 벗어날 수 있었다. 그것을 아무런 대가도 바라지 않고 뱀이 허물 벗듯 홀랑 벗겨준 집단이 전혀 예상하지 못했던 군대였다. 나는 정녕 살맛이 났다. 사역에 동원되어서 잠시 치르는 그깟 노역쯤이야 내가 몽둥이찜질을 감내해가면서 견뎌내야 했던 강기찬 곡예단에서의 개고생에 비하면 치악력을 키워주는 껌 씹기보다 손쉬웠다.

더이상은 내가 골수 운동권 출신이었다느니, 키가 난쟁이 똥자루만하다느니, 읽은 책이라곤 단 한 권도 없는 얼간이라느니 하는 사람이나, 휴가를 왜 한 번도 가지 않느냐고 따지는 사람도 없었다.

지시와 명령에 군소리 없이 빠른 동작으로 따르기만 하면 하루하루가 아무런 구애 없이 전광석화처럼 흘러갔다. 군대에서 불편한 것은 딱 한 가지, 대소변이 마려워 대열에서 이탈해야 할 때마다 허락을 받아야 한다는 것이었다.

그처럼 세상에는 좋은 것도 있고, 불편한 것도 있고, 나쁜 것도 있었었다. 그러나 그 모두를 친구로 여긴다면, 좋은 것이든 미운 것이든 나쁜 것이든 성가실 일도 없었고 두려울 것도 없었다. 그렇게 내가 겪고 있는 인생은 특이했고 경이로움의 연속이었다.

인간이 가지는 덕목 중에서 으뜸인 것은 간섭받지 않고 살아갈 수 있는 것이다. 그것이 바로 자유라는 걸 나는 군대생활을 하며 적나라하게 경험했다. 다른 사람들이 두려워하거나 경원시하는 군대생활도 단 한 가지, 자신이 가진 자존심이나 허세 때문에 망가지는 경우가 많았다. 정해진 규율만 지킨다면 그 틈 사이로 얼마든지 자유라는 것을 만끽할 수 있었다.

비가 내리기를 원한다면 진흙에 발이 빠지는 것쯤은 각오해야 하듯이 내가 마음속으로부터 간곡하게 바라던 자유를 얻으려 한다면 기합이나 질책쯤은 참아야 한다고 생각했다. 군대가 계급을 앞세우는 전통 사회라는 것 한 가지만 명심한다면 아무런 환난을 겪지 않아도 되었다.

나를 끈질기게 따라다니며 괴롭히던 상습적 기면증에서 나도 모르게 탈출할 수 있었고, 내가 이천 미터 산봉우리 고지에 매복해 있건 저지대 늪 속에 처박혀 있건 깔축없이 찾아내 하루 세 끼를 꼬박꼬박 먹여주었다. 그런 생활에 적대감을 가지고 경원시한다는 것은 바보들이나 할 짓이라는 생각까지 들었다. 내 자존감이 그토록 철저하게 보장받을 수 있었던 데에는 그것 말고도 군대가 갖가지 군상의 집합체라는 점 때문도 있었다. 그래서 군대생활만큼 나 자신을 사랑하고 살았던 적이 없었다.

내 외모를 가지고 찌질이라고 수치심을 안기거나 보잘것없는 인간이라고 멸시하지도 않았다. 조롱한 적도 없었다. 성질 고약한 상급자가 나를 기합주겠답시고 걷어차기라도 하면 순간적으로 비틀거리긴 했으나 몸의 중심축이 크게 흔들린 적 없이 그때마다 오뚝이처럼 몸을 가누고 꼿꼿하게 중심을 잡고 바로 섰다. 그것이 나를 기합 주는 상급자보다 더 높은 상급자의 눈에 발견되어 군대정신이 똑바로 박힌 병사라고 칭찬을 들은 적도 있었다.

그들은 내가 키가 작기 때문에 웬만한 충격에도 잘 넘어지지 않는다는 것을 눈치채지 못했다. 외모 지상주의가 팽배해 있어, 키만 크고 영혼은 비어 있는 어리바리한 군상들이 길거리를 횡행하며 으스대는 바깥 사회보다 그래서 살기가 훨씬 편했다.

군대 사회는 해묵은 시빗거리로 기분을 잡치게 하지 않았다. 문제가 발생하면 그 즉시 어떤 식으로든 찌꺼기를 남기지 않고 해결해버렸기 때문이다. 나를 괴롭힌 것은 오직 참호 속에 빌붙어 창궐하고 있는 모기떼뿐이었다.

많은 사람들이 행복이란 머나먼 미래에나 존재하는 신기루라고 생각하거나, 지금의 생활에 대한 두려움이나 적대감이 자신의 행복을 가로막는다고 생각하는 것 같다. 그래서 곁에 있는 병사들은 걸핏하면 자신을 향해 자포자기를 연상시키는 욕설을 퍼붓거나 기물을 내동댕이치며 핏대를 곤두세우곤 했다.

행복 그 자체를 붙잡으려고 하면 행복감은 사라지지만 행복이란 것과 전혀 무관한 일에 몰두하고 집중할 때 나는 오히려 행복감을 느끼는 경험을 했다. 잠호 속에 들어앉아 저멀리 바라다보이는 북한 초소의 희미한 움직임에 시선을 꽂고 있다보면, 나는 어느덧 그 집중의 함정에 빠져들어 그곳에서 걸어나와 허공의 드넓은 무대에서 자유롭게 춤추는 내 환영을 발견한다.

언젠가 선임하사에게서 휴가 명령이 떨어졌다. 그러나 나는 그 휴가를 반납하고 말았다. 마땅히 갈 곳이 없었기 때문이다. 선임하사가 물었다.

"너 왜 휴가 안 가냐? 휴가자 명단에 엄연히 이름이 올라 있는데?"

"휴가 갔다가 다시 귀대해야 하잖아요."

"당연히 귀대해야지. 너 탈영하고 싶냐?"

"아뇨."

"그런데 왜 그런 쓸데없는 걸 묻냐?"

"갔다가 돌아올 휴가를 왜 가야 합니까?"

"너 그 말 정신 똑바로 차리고 하는 말이야?"

"물론이죠."

"야, 인마, 갔다가도 돌아오고, 돌아왔다 또다시 돌아가고…… 돌고 도는 것은 세상살이의 법칙이야."

"전 그런 거 모릅니다."

"군대생활 이십 년 만에 별 희한한 놈 다 보겠네. 너 휴가 가도 머물 곳이 마땅히 없는 거지?"

"만나보고 싶은 사람은 없고 제가 기르던 개는 만나고 싶은데, 있는 곳을 모릅니다."

"왜? 도망갔나?"

"그런 셈이죠."

"휴가 가서 찾아보지 그러냐."

"목줄 매서 기르던 개가 아니었거든요."

"짜식, 운동권에 있던 것들 속내는 알다가도 모르겠군. 도무지 무슨 말을 하는지 알아듣지 못할 때가 많아. 도망간 유기견 때문에 휴가를 반납하는 놈이 없나……"

"사실은, 제가 뜨겁다면 시체의 손이라도 무작정 잡는 버릇이 있지만, 운동권들 손은 한 번도 마주잡은 적이 없거든요."

"개수작 마. 네 신상명세서에 그렇게 적혀 있고, 네 지장도 찍혀 있어. 내가 근거 없는 소리 하는 것 같아?"

"운동권 아닌 거 정말입니다."
"안개 피우지 마."
"정말입니다."
"임기응변으로 둘러대는 말을 내가 믿을 것 같아?"

***

그녀를 만나고 보름쯤이 지나가고 있었다. 포구를 점령하던 안개가 말끔히 퇴각하고 사라진 반면 기다렸다는 듯이 비가 내리기 시작했다. 소낙비는 갯벼룩이 들끓던 방파제 시멘트 바닥을 찢어놓을 것처럼 험상궂게 내렸다. 안개에 젖어 있던 방파제는 자욱한 물안개로 여전히 시야는 흐릿했다.

한동안 안개에 갇혀 좀이 쑤시던 낚시꾼들 몇몇도 내리는 비를 무릅쓰고 방파제에 모습을 드러냈다. 그 방파제 맨 끝머리 빨간 등대 아래쪽의 테트라포드 위에 비옷을 입고 위태롭게 자리잡고 서서 낚시를 하는 사내가 있었다. 조황이 시원치 않아 낚싯줄을 던졌다가 다시 거두는 일을 지루하게 반복하는 모습이 멀리서도 보였다. 뒤집어쓴 후드 때문에 키가 훨씬 커 보인다는 것 외에 자세한 외양은 분별하기 어려웠다. 내 시선을 끈 것은 낚시 삼매경에 빠진 그 사내가 아니었다. 그 사내와 몇 발짝 거리를 둔 방파제 위에 우산을 쓴 채 낚시질을 지켜보고 있는 박순희의 거동이었다.

그녀는 사내가 방파제에 모습을 드러내기 서너 시간 전부터 그의 뒤를 놓칠세라 줄곧 등뒤에서 비켜나지 않았다. 그뿐만 아니라, 바다 쪽으로 시선을 곤두박고 있는 사내와 등뒤로 간간이 대화도 나누는 눈치였다. 나는 호객 행위에 열중하고 있다고 생각했다. 그것을 만류할 수도 간섭할 수도 없었으나, 그 사내를 너무 오래 붙잡고 있다는 생각은 들었다.

그녀는 먼빛으로 구경만 하고 있을 뿐 아니라, 간혹 사내가 미끼를 갈아끼울 때면 설 자리가 위태위태한 테트라포드까지 내려가 거들기까지 했다. 그러나 수월찮은 시간이 흘러갔는데도 사내가 낚시를 거두고 돌아서는 낌새는 보이지 않았다.

그녀가 호객을 목적으로 하고 있었다면 분명 실패였다. 진작 사내와 동행이 되어 방파제에서 모습을 감추어야 했다. 그런데 오랫동안 지켜보았는데도 남녀가 함께 자리를 뜬 적이 없었다. 바로 그 점이 내 관심을 끌었다. 사내는 오전에 도착해 자리잡은 포인트에서 비켜나는 법이 없이 네 시간이 넘게 낚시를 하다가 해거름이 되자 채비를 거두고 돌아갈 채비를 하였다.

사내는 이런 포구에선 보기 어려운 외제차를 몰고 방파제에서 사라졌고, 그녀는 영화의 한 장면처럼 빗속에 우산을 쓰고 혼자 서 있었다. 비로소 나는 가게 문을 나서며 그녀를 손짓해서 불렀다.

"그 사람과 서로 아는 사이였나?"

"아뇨."

"멀리서 보기엔 친숙한 사이 같았는데?"

"처음 만난 사람이었어요."

"호객하려다 실패했나?"

"그것도 아니었어요. 이 세상에서 가장 군센 사람은 갯바위 위에 혼자 서서 바다를 바라보고 있는 낚시꾼이란 생각이 들었어요. 바다로 뛰어들고 싶은 욕구를 어떻게 참고 견딜까 싶었죠. 높은 빌딩 난간에 서 있으면 왠지 뛰어내리고 싶은 욕구가 불쑥 솟아 가슴을 치는 건 많은 사람들이 경험하는 일이잖아요."

"별생각을 다 하는군. 할 일이 없으면 그런 엉뚱한 생각이나 하게 되겠지."

"할 일 없긴 아저씨도 마찬가지잖아요."

"우린 빌어먹는 거지들이란 생각이 들어. 거지들은 하는 일이 없잖아."

"동감이네요. 그런데 거지들이 있어야 자선가들이 설 자리가 있지 않겠어요? 거지들이 있어야 부자들이 천국에 갈 준비할 수 있겠지요. 매춘부가 있어야 사내들이 꿋꿋하게 집을 지키는 아내의 소중함을 깨닫게 되는 것처럼 말예요."

"사내들 타령 좀 그만해."

"아저씨는 나이가 많지만 벌거벗은 사내들과 어울린 경험은 나를 못 따라오겠지요. 남자들은 대개 벗은 몸이 볼품없어요. 때로는 내가 옷을 벗겨줄 때도 있는데, 그때마다 한숨이 나올 때가 많아요. 자기들끼리 모여 있을 때는 땅땅 벼르면서 잘난 척한다는 얘길 들었지만, 의자에만 앉아 있고 운동이라곤 집과 직장을 승용차 타고 오락가락하는 것뿐이라 사내 구실하기가 어렵게 되어 있어요. 그런 남자들이 자신들의 병약함을 만회라도 하려는 듯 느닷없이 훈계를 늘어놓는 거예요. 그 장소와는 전혀 걸맞지 않은 대사를 늘어놓는 거죠. 인생은 농담이 아니다, 진지하게 살아라, 남을 무턱대고 비난하지 마라, 굼벵이도 뒤집는 재간이 있다, 오늘을 내 남은 생애의 첫날처럼 살아라. 들어도 하품밖에 나오지 않는 그런 말들이에요. 내 인생에서 그런 조언 따윈 너무 공허하게 들리거든요. 옛날에 나를 떠난 남편도 별 가치도 없는 물총을 수시로 내 자궁에다 쏘아댔어요. 맹물이었죠. 남편뿐이겠어요. 알고 보면 세상에는 맹물들이 많다니까요."

그리고 잠깐 사이를 두었다가 느닷없는 한마디를 쏟아놓았다.

"비 그치는 거 봐서 서울에 잠깐 다녀올게요."

"갑자기 서울은? 거길 떠나왔다면서?"

"잠깐 다녀오겠다니까요."

"가로막을 처지는 못되지만 왜?"

"아까 방파제에서 낚시하던 친구하고 나눈 약속이 있거든요."

"그걸 왜 이제야 얘기하나?"

"아저씨하고 나하고 나누는 대화에 순서 정해둔 것이라도 있었나요?"

"그런 적은 없었지."

"그 친구 말이에요. 비가 오는 날인데도 곁에 서면 구역질이 날 정도로 향수 냄새가 진하게 났어요. 그 향수 냄새 때문에 호기심을 갖고 접근했던 거예요. 왜 진한 향수를 쓰느냐고 물었죠. 처음엔 코대답도 않더니, 곁에 앉아 집요하게 물고 늘어지니까 대답하데요. 자기 아내가 좋아하는 향수라고. 요새 그런 남자들이 생겨나기 시작했어요. 자기 줏대는 빼놓고 다니죠. 분명히 아내에게 얽매여 사는 남자 아니겠어요? 비 오는 날에 외제차 몰고 다니면서 낚시로 소일하는 것은 나는 아내 덕으로 살아가는 건달입니다, 하고 소문내는 거지요. 옛날 학창 시절에는 골수 운동권으로 활동하다가 감방 신세도 졌다나봐요. 감방 갔다 와서 빈둥거리다가 운수가 좋아 장가 한 번 잘 간 게 대박이 났나봐요. 처가에 재산이 많다고 엄지를 추켜세우면서 뽐내더라고요. 거짓말 같았지만, 에라 모르겠다 믿는 척했어요. 본색을 속인 건 나도 마찬가지였으니까요. 그래서 호기심이 발동했는지도 모르죠. 파괴 심리가 발동한 것 같기도 하고, 찢어버리고 싶었어요. 그래서 곁에서 떠나지 않고 유혹하기 시작했어요. 거들떠보려고 하지 않던 그 사람도 얼마 못 가서 홀라당 넘어오더라고요. 서로가 동시에 호기심이 발동한 거예요. 미국의 여성 보안관이 은행 강도하고 눈이 맞아서 잠자리를 같이하는 영화를 본 적이 있거든요…… 나 잽싸게 다녀올게요. 여기서 떠나지 말고 기다리세요. 우리 둘이 같이 당나귀 찾으러 가기로 약속했잖아요."

***

남들도 그러는 것처럼 군대를 떠나 사회로 복귀했지만 마땅히 몸 붙일 곳이 없었다. 안주할 수 있는 거처가 마련되어 있는 것도 아니었다. 내게 정신적인 버팀목이 되어줄 친인척은 물론 숨막힐 듯 가까운 인간관계를 맺고 있는 대상도 없었다. 기다리고 있는 것도 아니었다. 하물며 내 작은 몸뚱이에서 욕정이 생겨난다 해도 쾌락을 즐길 대상이 나타날 가망도 없었다. 그래서 세상이 간단없이 꾸며내는 사소한 음모, 그리고 고개를 들지 못할 정도의 굴욕, 돌이킬 수 없는 파멸이나 우여곡절과 같은 부박한 삶이 연속적으로 나를 후려칠 것이란 예상만은 어렵지 않았다. 나는 소낙비 쏟아지는 어느 여름날, 느닷없이 하늘에서 뚝 떨어져 마당가에 엎드린 두꺼비처럼 멍하게 하늘만 쳐다보는 처량한 신세가 되어버렸다.

나도 모르게 발길이 P시로 향했다. 내가 군에 입대하기 전까지 칠칠이와 함께 가장 오래 머문 곳이었기 때문이다. 역 광장의 풍경은 예나 지금이나 크게 변한 것이 없었다. 찌그러진 가게들도 그대로였고, 그곳에 종사하던 사람들도 몇몇은 보이지 않았으나 대체로 그대로였다.

가게들은 예전보다 좀더 낡은 상태로 그 자리에 있었고, 가게를 지키는 사람들도 조금씩 늙어 있었다. 아주머니에서 할머니가 된 여자들도 있었다. 그곳을 잠시 떠나 있었으나 눈에 띄게 변한 것이 없다는 게 나를 안심시켰다.

다만 한 가지, 눈에 띄게 변한 것이 있었다. 곱사등이였던 시계 수리공은 자취를 감추고 그 자리에 난데없는 군고구마 장수가 치고 들어와 난전을 벌이고 있었다. 그나마 나를 상대해 말동무가 되어주었던 시계 수리공의 모습이 사라졌다는 것이 적잖게 섭섭했다.

그가 있었다면 나는 강제 입대의 곤욕을 겪었으나 건장한 청년의 모습으로 다시 돌아왔단 것을 우쭐댈 수 있었을 터였다. 주변의 여기저기를 수소문해보았으나, 사람들은 거짓말까지 동원해서 기분 내키는 대로 지껄여댔다.

태엽을 감지 않아도 작동하는 전자시계가 출현한 이후 망해서 굶어 죽었다는 사람도 있었고, 절름발이 딸이 찾아와 곱사등이 아버지를 결부축해서 시골로 데려갔다는 소문도 있었고, 걸핏하면 고장을 일으켜 단골로 시계를 고치러 다녔던 암자의 늙은 스님이 데리고 절로 들어갔다는 소문도 있었다. 중구난방으로 떠들어대는 사람들의 말을 듣다못해 그의 흔적을 찾는 일을 단념하는 수밖에 없었다. 그러고는 할 일이 없었다.

권태가 찾아오고 잠이 오기 시작했다. 화장실이 바로 앞에 있어 지린내가 코를 찌르는 월세방을 얻어 잠을 자기 시작했다. 한번 잠에 빠져들기 시작하면 몸을 제대로 가눌 수 없을 정도로 깊은 잠에 빠져들었다. 잠이 오는 정도가 아니라, 소낙비처럼 쏟아졌다. 아침이건 저녁이건 낮이건 밤이건 도무지 눈을 똑바로 뜨고 있을 겨를이 없을 정도였다.

먹는 것도 반갑지 않았다. 배가 고프다는 생각도 들지 않을 정도였다. 몸뚱이에 누적된 피로 때문에 오는 잠인지, 기력의 소진으로 오는 잠인지 도무지 알 수가 없었다. 잠을 잘수록 체력은 가라앉기만 해서 몸뚱이를 추스르기조차 힘들었다. 게으름의 뿌리가 내 작은 몸뚱이를 관통하면서 수면으로 나타난 것이 분명했다. 그래서 나중에는 앉아서도 잤다. 마취제를 맞은 듯 깨어 있을 때도 정신이 몽롱했다. 이것이 바로 서서히 죽는 것이 아닐까 할 정도로 무기력해졌다.

다른 방에 세 들어 사는 사람들이 나를 신기하게 바라보았다. 나에게는 어려운 일이 아니었지만, 그들은 앉은 자세를 꼿꼿하게 유지한 채 깊은 잠에 빠져든다는 건 손쉬운 일이 아니라고 생각했기 때문이다. 그것은 이른바 등신불이나 말뚝잠으로 분류됨직한데 사람들은 그런 꼴을 흔하게 볼 수 없었기에 나를 보고 마술을 쓴다고 치켜세우기까지 했다.

어떤 사람은 신내림을 받았다고 떠들기도 했다. 그러나 나는 잠이 고통스러웠다. 한 달 가까이 무자비하게 계속되는 방탕한 수면은 분명 인생의 목표가 없는 사람들이 겪어야 하는 나태함 때문이란 걸 깨달았기 때문이다.

규칙적인 병영생활에서 어느 날 갑자기 풀려나면서 나는 정신적 방향감각을 잃어버린 것이다. 내 머릿속에는 아직까지 살아 있을 어머니 그리고 절름발이가 되어 골목 귀퉁이의 쓰레기통을 뒤지면서 연명하고 있을 칠칠이, 강선생과 단심이네, 색소폰 연주자, 시계 수리공, 그들이 엄연히 존재한다는 것을 군대생활에서 완전히 잊어버리고 말았다는 사실을 깨달았다.

잊어버려서는 안 될 존재들이었는데, 내 머릿속은 언제부턴가 하얗게 비어버린 것이다. 그것은 아마 군대생활의 독소가 그때까지 내 몸속에서 삼엄하게 똬리를 틀고 있었기 때문인 것 같았다.

어느 날 땅속으로 가라앉을 것처럼 무거운 몸을 이끌고 역 광장으로 나섰다. 당장 입에 풀칠을 해야 했다. 그동안 나를 유심히 관찰하고 있던 군고구마 장수의 리어카 곁에서 그 앞을 지나다니는 이 사람 저 사람을 쳐다보며 한나절을 보냈다. 그 늙은이는 밤낮을 막론하고 때가 꼬질꼬질한 마스크를 쓰고 있어서 언제나 두 눈만 빠끔하게 노출되어 있었다. 나중에야 알게 되었지만, 그는 화상을 입어 사탕 싸는 셀로판지같이 구겨진 얼굴을 가리기 위해 항상 마스크를 쓰고 다녔다. 마스크 밖으로 수염이 덥수룩했고 매일 같은 옷을 입고 다녀서 행색이 추레했다. 그의 눈에 내가 측

은하게 보였던 모양이다.

"이봐, 젊은이. 저녁에도 할 일은 없지?"

나는 열적게 웃으며 고개를 끄덕였다.

"소주 마실 줄 아나?"

"그거 못 마시는 사람도 있어요?"

"그럼 술친구가 있겠군."

"그런 거 없어요."

"항상 혼자 마셨나? 혼자 살고, 혼자 자고, 혼자 웃고 울고, 혼자 밥 먹고, 혼자 중얼거리고, 혼자 다니고?"

나는 다시 한번 열적게 웃으며 고개를 끄덕였다.

"나하고 소주 한잔 할까?"

나는 그를 따라 공장 서편 구석자리에 있는 포장마차를 찾았다. 해가 지려는 무렵이었다. 노을의 잔상이, 쓰레기들이 흩날리는 광장 한편을 비추고 있었다. 객지 사람인 나에게는 하루 중에 그때가 까닭없이 가장 쓸쓸했다. 포장마차로 들어서면서 늙은이도 혼자 중얼거렸다.

"젠장, 하루 중에 해거름 때만 되면 틀림없이 술배가 고프단 말야. 이게 무슨 조화인지 아무리 생각해도 모르겠어. 가만 서 있어도 술이 껄떡껄떡하고 목구멍으로 넘어가는 소리가 귀에 들리는 것 같단 말이지."

목로 의자를 끌어당겨 좌정을 하자 포장마차의 노파는 주문도 하지 않은 소주 한 병과 술국을 탁자 위에 올려놓았다. 노파의 물에 젖은 성긴 손이 유독 눈에 들어 왔다. 우리는 말없이 소주 두 잔씩을 연거푸 들이켰다. 늙은이가 노파를 바라보며 물었다.

"젊은이, 키 작다는 소리 귀가 따갑도록 들었겠구만?"

"예."

"속상했지?"

"아뇨, 그런 적 없습니다. 본래부터 그렇게 태어난 걸 누굴 보고 화풀이하겠어요."

"나도 그래. 고운 이야기든 미운 이야기든 옛날이야기밖에 가진 것이 없는 사람은 처량해질 수밖에 없게 되지. 고향이 여기서 그다지 멀지 않다지?"

"예."

아득바득 파고들며 남의 심사를 후벼댈 것 같았는데 고향 얘기는 더이상 하지 않았다. 나름대로 사려 깊은 늙은이라고 생각했다. 곁에 있어도 부담이 없는 늙은이 같다는 생각이 들었다. 그가 말했다.

"키가 작다고 해서 밥벌이할 곳이 없는 것은 아닐세. 무식하다 해서 포기하면 안 돼. 자칫 게으름을 피웠다간 반건달이 되지."

"저도 알고 있습니다만……"

"이보게 젊은이, 내 말 귓결로 흘리지 말고 새겨듣게…… 보리밭에서 나락이 나면 잡초가 되는데 삼밭에서 보기 좋은 국화가 피어도 잡초 되긴 마찬가지일세. 제 주제는 모르고 개울가에 엉덩이 걸치고 앉아 대중없이 먼 데를 쳐다보고 있으면 소득은 없고 길 먼지만 뒤집어쓰고 눈만 아프지. 떠돌이 비렁뱅이밖에 더 되겠나. 자네처럼 혈기 방장한 젊은이가 할 일 없이 빈둥거리며 빌어먹고 산다면 남들이 비루하고 몹쓸 인간이라고 비웃기밖에 더 하겠나. 그렇게 살다간 골목 깡패들처럼 허풍쟁이가 될 가망이 커. 잠만 자지 말고 자네가 있을 자리가 어딘지 잘 살펴봐. 아까도 보니까 대낮인데도 내 좌판 옆에 앉아 졸고 있더구먼. 나태한 사람은 악마의 장난감이란 말 들어본 적 없나? 자네의 월세방에는 어느새 그 악마가 들어와 자네를 끌어안고 있다네. 오너라 파멸아, 하고 소리치고 있어. 풀빵을 팔면 어떻고 번데기를 팔면 어떤가. 누가 나 대신 밥 떠먹여주는가 하고 입만 벌리고 있어봤자 허파에 바람만 들지. 자네가 살길은 먼 데 있는 게 아니고 바로 자네 발밑에 있네. 자네가 왜 이 주정뱅이 늙은이가 죽지 못해 벌이고 있는 군고구마 리어카 곁에서 하루해를 속절없이 보내고 있어야 하는가? 지루한 것을 처리해줄 무엇이 하늘에서 뚝 떨어지기를 바라는 것은 얼간이들이나 하는 짓이지. 부끄럽지도 않은가? 나 같은 늙은이와 자네 같은 젊은이의 차이가 뭔지 아는가? 고난을 겪으며 살아온 이력과 고난과는 아무런 상관없는 삶을 살아온 것이 차이야. 다른 것은 모두 개뿔이지."

장씨라는 그 늙은이를 만난 것은 나에겐 행운이었다. 그는 불길에 그을려 구겨지고 찌든 얼굴 위로 스쳐간 세파가 녹록지 않아 보이는 노인네였다. 장씨의 알선으로 국화빵 굽는 빵틀과 드럼통을 반으로 자른 화덕을 외상으로 구입했는데, 거기다 리어카를 대여해주고 저녁에는 보관도 해주는 상인을 소개해주었고, 보증까지 서주었다.

그는 달필이었고, 천성이 동정심 많은 사람이었다. 자신의 젊은 시절 얘기는 입 밖으로 흘리지 않았다. 심지어 자신의 고향이 어딘지 가족이 있는지 없는지도 밝혀주지 않았다. 사람 좋은 장씨는 자기 옆자리에서 풀빵을 굽도록 양해해주었다. 그는 초면인데도 불구하고 나를 대견스러운 젊은이로 대접해주었다.

"내 옆에 등신처럼 뻘쭘하게 서서 곁불만 쬐면서 금쪽같은 세월 허투루 죽이지 말고, 자네도 한번 해봐. 귀한 목숨 가지고 이승에 태어났다면, 병들어 죽는 한은 있어도 사지 멀쩡한 놈이 굶어 죽지는 말아야지. 키가 작다고 사람대접을 못 받을까. 인생을 너무 조급하게 살지도 말게. 나무늘보도 원숭이와 마찬가지로 나무를 타지만 원숭이처럼 나무에서 떨어지는 법은 없어. 나도 원숭이처럼 굴다가 실패를 맛보았지."

장씨는 손으로 거리 저쪽 모퉁이를 가리켰다.

"소일거리로 생각 말고, 한눈팔지 말고, 고개 푹 숙이고, 누가 헐뜯고 조롱을 하더라도 구린 입을 뻥긋도 하지 말고 열심히 해봐. 특별한 기술이 없어도 벌어먹을 방도가 있다는 게 천만다행

아닌가. 궂은일이라고 콧대 세우고 외면해보았자 부딪쳐서 저만 아프지. 자넨 인생이 뭐라고 생각하나? 우리같이 미친한 사람들에겐 뭐랄까…… 눈물 콧물은 아래로 떨어져도 밥숟갈은 올라간다. 그게 인생이야. 그래서 밥숟갈을 무시해선 안 돼. 남의 동정심 같은 것도 바라지 말게. 가슴속에 슬픔이 쌓이고 분노가 쌓여도 혼자 삼켜버리고 동정심을 받으려 하지 마. 그 동정심에는 반드시 자네를 하찮게 보는 마음이 들어 있다네. 그런 사람들은 수렁에 빠진 자네의 깊은 내막이 더 궁금한 사람들이야. 그들이 놓치지 않고 묻는 말이 있어. 자네를 빤히 들여다보면서 어쩌다 이 지경까지 오게 됐느냐고 꼬치꼬치 따져 묻는 거지."

멀리 떨어져 있긴 했으나 모퉁이를 돌아서면, 그 자리를 떠나지 않고 장사를 계속하는 장씨를 어렵지 않게 발견할 수 있었다. 나이 차이는 상당했으나 담배를 피울 때는 굳이 손위 손아래를 따지지 않고 맞담배질이었다. 장씨가 말했다.

"이 조그만 광장에 붙어살다보면 사람이 정직해져. 왜인지 알아? 모두가 가난뱅이들만 모여 살거든. 살림살이가 모두 고만고만해서 입에 풀칠이나 하고 살아가는 형편들이지. 크게 잘난 놈도 없고 그렇다고 크게 못난 놈도 없어. 도토리 키재기로 다툴 일이 없으니까 정직하게 살 수밖에."

그런데 장씨에게는 한 가지 병폐가 있었다. 그는 술꾼이었다. 밤늦도록 군고구마를 팔다가 거두고 들어가기 전에는 반드시 근처의 포장마차에서 거나하게 취해 횡설수설하다가 비틀비틀 집으로 돌아갔다. 그에게 신세를 진 나는 그의 발걸음이 꼬인다 싶으면 포장마차에서 그다지 멀지 않은 집까지 곁부축해서 동행하곤 했다. 골칫거리가 없는 것은 아니었다. 골목 깡패들이 수시로 찾아와 나를 조롱하고 괴롭힌 것이다.

그런 애꿎은 경험들이 거듭될수록 내 눈앞에서 모습을 감춰버린 칠칠이의 존재가 절실했다. 그가 있었다면 광장 주변의 골목 깡패들쯤은 간단하게 해치웠을 것이다. 그러나 칠칠이가 산기슭에 거주하는 늑대처럼 풀숲 뒤에 몸을 숨기고 내 일거수일투족을 훔쳐보고 있을 거라는 믿음에는 변함이 없었다.

그것이 나를 안심시켰고, 배짱을 갖게 만들었고, 곁에 벼락이 떨어져도 태연자약하도록 해주었다. 그 담대한 배짱과 태연함 때문에 골목 깡패들도 더이상 나를 괴롭히지 않았다.

그 광장 한편에서 국화빵을 구우며 칠 개월을 넘긴 초겨울께였다. 아침저녁으로 제법 쌀쌀한 기운이 옷깃을 스쳤다. 생계는 그럭저럭 지탱해나갈 수 있었지만, 닥치는 겨울 추위를 생각하면 가슴은 저절로 서늘해졌다. 그동안 우연으로라도 한 번 만나기를 은근히 바란 색소폰 연주자나 칠칠이 그리고 스님이 절간으로 데려갔다는 소문이 있는 시계 수리공을 만날 수 있는 행운은 없었다.

낮에는 장사일로 별다른 잡념 없이 보낼 수 있었으나 밤이면 좁은 월세방에서 새우잠으로 지새울 때가 많아 가슴속은 언제나 쓸쓸했다. 여자가 있었으면 좋겠다는 생각도 들었다. 그러나 역 주변을 배회하는 여자들은 국화빵 리어카의 단골손님이든 거리의 여자들이든 나만은 거들떠보지 않았고, 나 역시 굳이 그녀들과 어울리고 싶지는 않았다. 해가 지고 난 다음의 저녁은 그래서 항상 외롭고 허전했다.

그녀가 느닷없이 내 앞에 모습을 드러낸 것은 초겨울의 어느 날 오후였다. 화덕 앞으로 한 사람이 천천히 다가섰다. 얼굴을 보지 않았는데도 순간 등골이 오싹했다. 얼굴을 들어보니, 난데없는 단심이네였다. 그야말로 내 눈을 의심할 차례였다. 두 번 보아도 단심이네가 분명했다. 그녀가 단심이네라는 것을 알아챈 순간, 나도 모르게 그녀를 향해 꾸벅 허리를 굽혔다.

나에겐 그녀 앞에만 서면 고개를 들 수 없을 정도로 주눅이 드는 병폐가 있었다. 다시 가슴속이 희뿌연 안개로 뒤덮이는 것을 느꼈다. 아무런 생각도 할 수 없었다. 다만 틀림없는 것은 그녀가 내 앞에 서 있다는 사실이었다. 내가 정신을 차릴 수 없을 정도로 놀란 것은 그녀가 스스로 내 앞에 모습을 드러내리라고는 상상조차 할 수 없었기 때문이었다. 그러나 나와는 달리 그녀는 태연했다. 그녀는 무표정한 얼굴로 물었다.

"박호구씨, 여기서 뭐해?"

몹시 당황한 내가 할 수 있는 일은 손에 낀 장갑을 벗으며 열적게 웃는 것이었다. 남의 주머니를 몰래 뒤지다가 들킨 느낌이었다. 그러면서 나는 계속 그녀에게서 눈을 떼지 못했다. 어색한 시간이 상당히 흘렀는데 우리들의 조우가 비현실적으로 느껴지기는 마찬가지였다. 그녀는 좀더 강한 어조로 다시 물었다.

"박호구, 여기서 뭐하느냐고 물었잖아?"

"여기서 장사……"

주눅이 들어 말문을 열지 못하고 머뭇머뭇하는 나에게 그녀가 앙칼지게 쏘아붙였다.

"집이 어디야?"

"근처에……"

그녀는 군사시설을 지키는 경비견처럼 소름이 끼칠 정도로 두 눈을 가파르게 뜨고 나를 노려보았다. 허튼수작으로 대처하면 내 목덜미라도 비틀어 물 기세였다. 심사가 뒤숭숭했던 나는 그럴수록 움츠러들었다.

"찾느라고 한 달 동안이나 전국을 샅샅이 뒤지며 헤매고 다닌 거 알기나 해?"

나는 가까스로 말귀를 트고 대답했다.

"나도 짬내서 찾아갈까 했어요."

"찾아서 뭐하게?"

"강선생은 잘 있어요?"

"강선생 같은 소리 하고 있네. 그놈이 너 잡으면 다리몽둥이 작신 분질러놓을 텐데, 주책없이 안부까지 물어?"

"같이 오지 않았어요?"

"내가 그놈하고 왜 같이 와? 만나고 싶어?"

"꼭 그렇지는 않지만……"

"만나고 싶지 않으면 주둥이 닥치고 가만있어."

그녀의 행색은 지난날에 비해서 초라해 보였다. 행색이 초라하기는 나도 마찬가지일 테지만. 그 순간 내 시선에 들어오는 것은 그녀의 초라함이었다. 눈자위에 희미한 그늘이 묻어 있었고, 입술은 메말라 있었다. 머리도 단정하게 빗겨 있지 않았다. 귀밑머리 몇 올이 노을 바람에 힘없이 날렸다.

"군대생활은 재미있었나?"

군대생활을 두고 재미있었느냐고 묻는 그녀의 말은 나를 적지 않게 실망시켰다. 군대생활의 안부를 물을 때 고생스러웠느냐고 묻는 경우는 흔하지만, 재미있었느냐고 묻는 사람은 거의 없기 때문이다. 계속 어리둥절한 상태에서 머쓱하게 서 있는 나를 힐끗 일별한 그녀는 철판 가녘에 가지런하게 진열해둔 풀빵 한 개를 집어들었다. 그러고는 입으로 훅 불어 뜨거운 기운을 날린 다음 등에 업혀 곤하게 잠든 아이를 흔들어 깨웠다. 아이가 찡그린 얼굴로 잠에서 깨어나자, 그 입에다 다짜고짜 국화빵을 밀어넣었다. 자던 입이라면 필경 목이 멜 게 분명한데 아랑곳하지 않았고, 아이는 한입 가득 밀어넣은 풀빵을 울지도 않고 우물우물 삼켰다.

그 순간 고구마를 먹던 아버지의 환영이 스쳐갔다. 무던한 아이였다. 네 살 정도의 나이로, 걸을 수 있을 법도 한데 포대기에 싸서 업고 있는 걸 보면 먼길을 온 것이 분명했다. 겨우 정신을 가다듬은 내가 물었다.

"아직 거기 장터에서 살아요?"

"장터? 고려시대 얘기 하고 있네. 정신 차려. 거기 떠난 지 오래야."

"그럼 어디서 살아요?"

"볼라도 돼. 그런 것까지 알 건 없어. 그건 그렇고 풀빵 장사는 재미있어?"

재미에 환장한 여자처럼 그녀는 계속 재미를 물고 늘어졌다.

"뭐…… 그럭저럭 생계는 유지할 정도지요. 돈을 벌 정도는 아니고요."

"생계유지면 됐지. 풀빵 장사해서 갑부 되길 바라는 미련한 놈도 있나?"

"그런데…… 날 어떻게 찾아냈어요?"

"시방 그게 그렇게 궁금해?"

"예."

"그거 알아? 니가 날고 긴다 해도 부처님 손바닥 안이야."

그때까지도 강선생의 행방에 대해선 일언반구 말이 없었다. 그녀가 다시 물었다.

"집이 어디냐니깐?"

"여기서 몇 걸음 안 돼요."

"말하는 본새를 보자니, 군대 가서 때를 벗은 줄 알았더니 그게 아니군. 멍청하기는 예나 지금이나 매한가지야. 이 화덕은 언제 걷을 거야?"

"저녁 장사를 해야 돼요."

"꼴값 떨긴…… 그럼 집에 가서 기다릴 테니깐 집이 어딘지 그것만 가르쳐줘."

그녀가 서두르는 듯한 말투를 보이자 나는 불안했다. 발이 허공에 뜬 것처럼 허둥대고 있던 나는 말했다.

"화덕을 거둘게요."

나는 그녀를 월세방으로 데리고 갔다. 방으로 들어서자 비로소 힘겹게 업고 있던 아이를 내려놓았다. 포대기에서 풀려난 아이는 자기 어머니 앞에 얌전히 앉아서 눈을 깜박거리며 나를 빤히 바라보았다. 표독하게 생긴 주걱턱을 앞으로 쑥 내밀면서 그녀가 말했다.

"이 닭장같이 좁은 방에서 뭘 하냐?"

"뭘 하긴요. 잠자지요."

"박호구, 너 나하고 단둘이 방에 들어왔다고 옛날처럼 엉뚱한 생각 할 테야? 옛날처럼 흑심 품고 내 치마 들추고 기어들 건 아니지?"

"엉뚱한 생각이 뭔데요?"

"너스레 떨지 마. 나이를 그만치 처먹고 거시기도 몰라?"

"제가 무슨 거시기를 한다고 그러세요. 나는 거시기 안 합니다."

"너 옛날에 날 발로 걸어 넘어뜨리고 했던 일 생각나?"

"제가 언제 발로 넘어뜨렸다고 그러세요?"

"젊은 놈이 벌써 그 일을 잊었어? 시치미 잡아뗄 거야?"

"시치미 잡아뗄 일이 있나요. 나 거짓말 그만뒀어요."

그때 그녀는 말머리를 슬쩍 돌렸다.

"너네 임마 만나봤나?"

"아뇨."

"난 얼마 전에 소식 들었다."

"살아 있는지 죽었는지도 몰라요."

"배은망덕한 놈. 군에서 제대했으면 먼저 어머니부터 찾아뵙고 어찌하고 사는지 물어보고 돌봐드리는 게 사람의 탈을 쓰고 내질린 놈이 해야 할 짓 아닌가?"

"나도 조만간 찾아가야겠다고 생각했어요."

"죽은 너네 아버지하고는 상극이었지만, 그래도 그 쌔빠질 년이 널 낳아준 에미 아니냐. 손끝이 맵짜지 못해 살림살이는 야무지게 못하면서 무당년 섬기기에는 신명을 다 바쳤지만, 인생 말년에 가서 얻은 게 있어야지…… 그 무당년이 밤에는 남자보다 여자를 더 좋아한다는 소문을 너만 몰랐지 동네에 파다했다."

"엄마가 살림살이에 관심이 없었다는 것쯤은 나도 알고 있었어요."

"너네 엄마, 무슨 고질병에 걸렸는지 문밖출입도 못하고 겨우 붙어 있는 명줄이 오늘내일하다가 어느 날 곁부축을 받아 쥐도 새도 모르게 마을에서 자취를 감추고 말았다더라. 늙은 원숭이처럼 죽을 곳을 찾아 떠난 게지…… 남편이 숨넘어가는 꼴을 바로 앞에서 눈도 깜빡 않고 지켜보고만 있었으니 천벌을 받은 게지."

"어디로 갔는지 아는 사람은 없고요?"

"아무도 모르는 후미진 곳에 혼자 누워서 숨을 거두고 싶었던 게다. 너라면 어떻게 했을까? 남편 숨넘어가는 걸 두 눈 빤히 뜨고 아무렇지도 않게 지켜보았고, 피붙이 거두는 일을 호랑이보다 더 무섭게 알았다면 그렇게 죽는 길을 선택해야 할 것 아닌가. 그나마 다행이었다. 저승길로 들게 되었다는 것을 알아차리고 어떻게 죽어야 올바로 죽었다는 평판을 들을까 생각했다는 게 기특한 일이 아니냐. 나라도 그렇게 했겠다."

"양로원 같은 곳으로 가지 않았을까요?"

"양로원 같은 소리하고 있네. 양로원도 돈이 있어야 간다. 집 팔아 갖다바치고 잔돈푼이라도 생기면 그 무당년한테 죄다 갖다 바치고 죽을 때까지 빈털털이로 지냈다는 거 모르냐?"

"그 얘긴 그만하지요."

"듣기 거북하냐?"

"거북합니다."

"그래도 피붙이라고 쓸개는 뒤틀리는 모양이구나. 진작 그럴 일이지. 지금은 늦어도 한참 늦었다, 이 반편아."

"혹시 우리 칠칠이 못 봤습니까?"

"그 똥개 말이냐? 그 개새끼 얘기라면 이가 갈린다. 내 앞에 나타났다면 몽둥이로 때려잡아 삶아먹어도 속이 풀리지 않을 텐데 그냥 뒀겠나. 그건 그렇고 호구씨, 이 아이 찬찬히 들여다봐."

그녀는 느닷없이 자기 무릎에 얌전하게 앉아 있는 계집아이의 양쪽 볼을 감싸쥐고 내 앞쪽으로 디밀었다. 단심이네의 갑작스러운 행동에 당황한 아이는 울음을 쏟아낼 듯 울먹울먹하였으나, 금방 안정을 찾고 제 어미의 손에 얼굴을 맡겨두었다. 사타구니가 트인 풍차바지 사이로 아이의 귀뚜라미 다리같이 깡마른 볼기짝이 빠끔하게 바라다보였다. 아이가 단심이네를 쳐다보며 말했다.

"엄마, 나 오줌……"

그러자 단심이네가 얼른 윗목에 있는 양은바가지를 집어다 계집아이의 가녀린 사타구니 아래로 디밀었다. 칠칠이 밥그릇이었다. 나의 지난날이 순간 뇌리를 스쳐갔다. 아슬아슬 넘치기 직전인 바가지를 다시 윗목으로 살짝살짝 밀어올리며 그녀가 말했다.

"이 계집애 꼼꼼하게 들여다봐. 내가 괜히 찍자 놓자 하고 찾아온 게 아냐…… 납작한 코에다 겁먹은 눈동자 하며 안짱다리 걸음 하며 자세히 봐. 얘가 누굴 닮은 것 같아? 이 계집애도 지 애비 자식 아니랄까봐 왼손잡이야."

"글쎄요, 보나마나 강선생 아이니까 강기찬씨 닮았겠죠. 강선생도 왼손잡이 아닙니까."

"자세히 봐. 대한민국이 모두 왼손잡이라고 하더라도 이 계집애가 강기찬을 닮았나, 박호구를 닮았나? 미심쩍거든 길거리에 나가서 사람들 붙잡고 둘 중에 누굴 빼다박았는지 물어봐."

변명을 꾸어댈 말미도 주지 않고 그녀가 서둘러 보따리를 뒤져 궐련 한 개비를 꺼내 입에 물었다. 나는 화들짝 놀라 서둘러 성냥을 그어 그녀의 담배에 떨리는 불을 붙여주었다. 내가 왜 그런 짓을 했는지 스스로도 알 수 없었다. 담배 연기를 천장으로 훅 하고 내뿜고 나서, 입가로 회심의 미소를 띄우며 그녀가 말했다.

"눈 씻고 잘 봐. 얘가 삼 개월만 있으면 네 살인데, 얘 키 좀 봐. 난쟁이 일보 직전, 도토리만하잖아. 키만 봐도 니 새끼 아니란 말 못하겠지? 다식판으로 찍어낸다 하더라도 이처럼 요지부동으로는 못 찍어내겠다."

"아직 어린애니까 키 작기 예사지요."

"이런 반편이 있나? 두 눈을 빤히 뜨고도 태산을 몰라본다더니 흡사 그 꼴 났군. 이 계집애 이름이 뭔지 알아? 박희숙이야. 니 피붙이를 니가 군대에 가 있는 동안 어느 개아들 놈 하나 거들어주는 법 없이 나 혼자 낳아서 탯줄 끊고 강가 놈에게 모진 구박 받아가며 네 살이 턱밑까지 오도록 키웠어. 그거 알기나 해? 내가 이 아이 때문에 설한풍 쐬고 다니면서 온갖 개고생을 다 겪었어."

날벼락이었다. 너무나 느닷없이 닥친 일이어서 얼이 빠진 상태였다. 게다가 그녀의 능수능란한 말솜씨는 몇 마디 조리 있는 말로 대처한다 해도 감당하기 어렵다는 것을 깨달았다. 서운한 마음이 가볍게 실린 정도가 아니었다.

천식 환자에게서 터져나오는 기침처럼 나 자신도 걷잡을 수 없는 그런 말을 그녀는 아무렇지도 않게 쏟아내고 있었다. 단심이네는 내게 과거란 바꿀 수도 없을뿐더러 그 굴레에서 벗어날 수도 없다는 것을 따끔하게 기르쳐주고 있었다. 그러나 나는 미욱하게도 여자의 손에 들린 족쇄를 그때까지 발견하지 못하고 있었다.

"눈깔은 놔뒀다가 단춧구멍 할래? 아이 똑똑히 봐, 내가 거짓말하나. 어딜 봐도 이 아이 니 피붙이야. 그러니까 지금부터 니가 키워. 니 혼자 키우기 힘들거든, 보육원에 갖다 맡겨. 너도 짐작했을 테지만, 난 지금 떠안은 빚 때문에 눈알이라도 빼 팔아야 할 지경이야."

"날벼락이네요."

"이 자식 봐? 주둥이 가졌다고 말본새 한번 날벼락같이 하네. 그때 싫다는 날 농락할 때는 이런 불상사가 일어날 줄 몰랐어? 멀지 않은 장래에 이런 일이 일어날 줄 모르고 그 잘난 가죽방아를 내 사타구니에 쑤셔박았느냐고?"

"가죽방아라니요?"

"이런 미련한 놈을 보았나. 네놈 사타구니에 달린 거시기 말이다."

"오래전 일이라서……"

그러자, 단심이네는 눈발을 날카롭게 뜨고 나를 비틀어 물듯이 노려보았다.

"주둥이 닥쳐, 자식아. 주둥이에서 나오는 대로 잡아떼면 다 말인 줄 알아? 그때 내가 뭐랬어. 분명히 싫다고 했지?"

"그때 싫다는 소리 못 들었는데요?"

"너 하찮은 나이에 벌써 치매 걸렸냐?"

"치매라니요?"

"이 자식 봐? 꿩 먹고 알 먹고 좋은 것은 혼자 다 먹자는 수작 아냐? 너 교도소 구경하고 싶어 환장했냐?"

바로 그때였다. 그녀는 뜨거운 물에 손이라도 담근 것처럼 화들짝 놀라며 곁에 둔 보따리를 들고 발딱 일어나면서 뇌까렸다.

"이런, 내 정신 좀 보게. 신선놀음에 도낏자루 썩는 줄 모른다더니…… 하마터면 기차 시간 놓칠 뻔했네."

"아니, 어디로 가시게요?"

"그건 알아서 어따 쓰려고? 날 따라오고 싶어? 올 테면 이 계집애 들쳐업고 따라와. 니 신세가 어떻게 되나보자."

그 한마디를 남기고 휑하니 밖으로 나간 뒤로는 돌아오지 않았다. 모녀가 서로 죽이 맞는다고 할까 아이는 제 어머니가 줄행랑을 놓는데 거들떠보지도 않고 국화빵 봉지에 머리를 곤두박고 있었다. 울지도 않았고 밖으로 나가 돌아오지 않는 엄마를 찾지도 않았다. 방구석에 포개놓은 이불자락 위로 달랑 올라앉으며 나를 보며 생긋 웃기까지 했다.

나는 그녀를 뒤따라가 붙잡을 경황도 없이 한동안 천장을 쳐다보며 멍청하게 앉아 있었다. 그러다가 아이를 찬찬히 관찰하기 시작했다. 그러고 보니 나를 많이 닮았다는 그녀의 말이 허튼소리가 아니라는 생각도 들었다. 내 피붙이일지 모른다는 생각이 그때서야 뒤통수를 쳤다. 그뿐만 아니었다. 그 계집아이는 내 피붙이가 틀림없다는 결정적인 증거를 내게 보여주었다. 나는 이불자락 위에서 내려오지 않고 작은 엉덩이를 들었다 놓았다 하고 있는 계집아이에게 물었다.

"너 이름이 박희숙이 맞아?"

그때 아이는 왜 새삼스럽게 그런 걸 묻느냐는 듯이 두 눈을 동그랗게 뜨고 대답했다.

"응."

그때였다. 나도 모르게 아이를 와락 부둥켜안아버리고 말았다. 눈물이 났다. 그런데 어쭙잖게도 아이가 나를 달래주었다.

"아빠, 울지 마. 아빠가 그러면 나도 슬퍼."

영리하고, 똑똑하고, 감수성까지 갖춘 아이였다. 문을 열어보았다. 벌써 바깥은 어둑어둑하였고 단심이네는 그림자도 찾아볼 수 없었다. 그녀는 두 번 다시 모습을 드러내지 않았다. 정말 역으로 가서 남쪽으로 떠나는 열차를 탄 게 분명했다. 나는 아이에게 다시 물었다.

"내가 니 아빠 줄 어떻게 알았어?"

"엄마가 그랬어."

"그래, 똑똑하다. 너만치 영리한 아이가 이 세상에 또 있을라나."

그녀가 아이를 들쳐업고 내 거처로 찾아왔을 때는, 어떤 우여곡절을 겪더라도 등뒤에 묵직하게 걸린 계집아이 문제를 단숨에 매듭을 짓자 하고 단단히 벼르고 찾아왔을 것이었다. 그러나 예상외로 일이 싱겁게 결말이 나버리자, 그녀도 어이없다는 듯 허탈한 표정이었다.

그래서 몇 번인가 혼자서 헛웃음을 흘렸다. 양단간에 끝장을 보겠다고 처음부터 게거품을 빼물고 표독스럽게 대들었던 문제가 큰 실랑이 없이 해결되어버린 이유는 간단했다. 나 자신이 혼자 살기가 더없이 진력났기 때문이었다.

나는 일찍부터 내게 따뜻한 손을 내밀면, 그것이 시체에서 나온 손이라도 지체 없이 마주잡겠다는 생각을 항상 하고 있었다. 난데없이 모습을 드러낸 아이가 혈육이란 것도 그래서 내겐 하늘에서 뚝 떨어진 기적이었다. 기적이 없다고 생각하는 사람들도 있겠지만, 나는 그때부터 기적을 믿기 시작했다.

모든 일상에서 소소하게 일어나는 것들이 내겐 모두 기적이었다. 역 광장에서 장씨를 만난 것도 기적이었고, 단심이네가 나를 찾아낸 것도 기적이었고, 아이가 내 피붙이란 것도 기적이었다. 낯선 사람을 통해 특별한 방법으로 나타나는 모든 것도 기적이겠지만, 일상에서 하찮게 만나는 삶들도 내겐 기적이었다. 그럴 때마다 나는 결코 혼자가 아니란 것을 깨닫게 되었다. 그래서 내겐 우연도 기적이었고 필연도 기적이었다.

나는 항상 인생이 즐거운 줄로만 알았다. 왜냐하면 나와 만난 사람들 대부분이 거침없이 즐거운 시간이라고 말했기 때문이다. 내 인생 역시 그들과 싸잡아 즐거운 인생이라고 생각했다. 칠칠이와 오랜 시간 동행일 때도 그랬고, 강선생과 단심이네와 동행일 때도 마찬가지였다.

강제 징집되어 복에 없던 군대생활을 할 때도 그랬다. 즐거움이란 별것 아니었다. 창밖으로 시선을 돌리면 바람결에 나부끼는 나뭇잎이 보이고, 푸른 하늘로 떠내려가는 흰 구름도 보였다. 여름이면 시원한 소낙비도 내리고, 가끔씩 내키면 걸판지게 자위도 하고, 땀흘려가며 칼국수도 먹고, 입을 크게 벌려 단팥빵도 먹는 것. 그런 하찮은 일상들이 모두 즐거움이라고 생각했다. 그곳에 가보지 않았다고 거기가 없다고 할 수 없듯 내가 즐겁지 않았다고 즐거움이 존재하지 않는다고 할 수는 없었다. 춤추지 않을 때 더 많은 춤을 추는 사람도 있고, 눈을 감고 있으면서 손으로 천국을 만지는 사람도 있기 마련이었다.

나는 지체 없이 단심이네가 남기고 떠난 아이를 들쳐업었다. 밤열차에서 내리는 손님들에게 풀빵을 팔기 위해서였다. 고맙게도 장씨가 리어카를 자기 화덕 있는 곳으로 끌고 가서 불을 끄지 않고 기다려주었다. 그가 물었다.

"아까 찾아왔던 그 여자 누구야?"

나는 어물어물하다가 가까스로 둘러댔다.

"친척 누나요."

"근데 친척 누나가 느닷없이 나타나서 계집애를 떠맡기고 어디로 갔나?"

"잠깐 어딜 다녀오겠다고……"

"철부지 아이를 떠맡을 만한 친척도 있었나? 그런 얘기는 처음 듣는군."

"친척 맞아요."

"그런데 그 친척이라는 그 여자 무슨 죄지었나?"

"아뇨. 죄짓다니요? 그런 적 없는데요."

"그런데 웬 개 두 마리에 쫓겨 혼비백산해서 시속 팔십 킬로미터 속도로 줄행랑을 놓더라고."

"개 두 마리요?"

"내 시력이 아직까지 개 두 마리 세 마리는 구분할 수 있어. 두 마리가 틀림없어."

"역 주변에서 쓰레기통 뒤지던 유기견들 말입니까?"

"아냐. 이 주변에서 흔히 보던 개들이 아냐. 처음 보는 개들이야. 자네가 그 여자를 데리고 숙소로 들어간 지 얼마 되지 않아서 그 여자가 이번에는 아이도 업지 않고 혼자서 허둥지둥 광장으로 나서더군. 업고 갔던 아이를 벗어두고 나타난 게 이상하다 싶어서 유심히 바라보았지. 그런데 여자가 허둥지둥 길을 건너 광장으로 들어서는데, 길 건너에서 난데없는 개 두 마리가 나타나서 잡아먹을듯이 짖기 시작했지."

"개들이 어떻게 생겼어요?"

"검은 털과 흰 털이 섞인 개였는데 체구들이 워낙 커서 처음엔 당나귀떼인가 했지. 한 마리는 체구는 컸으나 털도 빠진 것 같고 다리를 절뚝거리고 있었지만, 체구가 약간 작은 한 마리는 아주 건강해 보였어. 한 마리는 어미고 한 마리는 새끼인 게 분명했지. 개 두 마리가 몇 길 건너에서 험상궂게 짖어대니 여자가 흠칫 놀라 뒤돌아봤는데, 사람이 그렇게 혼줄을 놓고 놀라는 꼴은 머리에 털 나고 처음 봤어. 여자는 개들이 짖기 시작하자 힐끗 돌아보더니 혼비백산이었지. 태도가 그 개들과는 안면이 있는 눈치였어. 엎어지고 자빠지며 개찰구 쪽으로 달려들었지. 그쯤 되면 사람 살리라는 비명이라도 지를 만한데 그런 소리도 없었지. 비명을 질러보았자 소용없다는 걸 알고 있는 것 같았어. 여자가 개들에게 쫓기고 있다는 것을 목격한 행인들이 개들의 진로를 가로막으며 방해하지만 않았더라도 개들이 금방 여자를 덮쳤을 거야.

개들은 행인들의 방해를 받으면서도 여자를 놓치지 않으려고 길바닥을 이리저리 휩쓸면서 계속 쫓았어. 그런데 더욱 놀라운 일은 여자가 개찰구를 통과해서 역구내로 들어갔는데도 단념하지 않고 개찰구를 뛰어넘어 안쪽까지 달려들었다는 거지. 역무원들이 몽둥이를 들고 웩웩 소리를 질러대는데도 요리조리 피하면서 막무가내였어. 그 여자 아마 행인들이 방해만 하지 않았어도 개떼들에게 물려 죽었을 거야."

늙은이가 흥이 나서 손짓 발짓을 현란하게 구사하며 상황을 설명하는 동안 나는 멍하니 서서 쳐다보고만 있었다.

"역구내로 들어간 이후에는 어떻게 됐어요?"

"그야 여기 있었던 내가 알 턱이 있나. 혼백이 허공에 뜬 것 같았던 여자는 구사일생으로 목숨을 건지고 열차에 올랐을 테고, 닭 쫓던 개 꼴이 된 개들은 역구내를 벗어나서 달리던 열차를 한동안 따라잡다가 힘에 부쳐서 자취를 감추어버렸겠지. 그 여자 어젯밤에 용꿈 꾼 게야. 죽을 목숨을 붙여서 달아났지. 이 손바닥만한 시골역 앞마당이 한때 완전 개판으로 술렁거렸어."

"두 마리가 똑같이 행동한다는 게 믿기지 않아요."

"다리를 절뚝거리고 있는 한 마리는 어미고 다른 한 마리는 새끼니까 당연하지. 당나귀만한 개 두 마리가 늑대처럼 눈에 불을 켜고 여자를 쫓아가는 꼴은 보기 드문 구경거리였어. 개는 내빼는 사람을 쫓는 습성이 있다는 걸 그 여자는 모르고 있더군. 가관이었지."

"그 개들은 여자가 달아나지 않고 그대로 서 있었어도 물었을 겁니다."

"그런 개는 없어. 개들과 아는 사이야?"

"알 것 같기도 해요."

나는 그제야 아차 했다. 뒤통수가 찡했다. 칠칠이가 암컷이었다는 사실을 오랫동안 잊고 있었기 때문이다. 나와 헤어지고 유기견이 된 칠칠이는 부상당한 몸으로 보신탕집에 끌려가지 않으려고 인적이 드문 장소를 골라 다녔을 테고, 폐가의 마루 밑에 숨어 지내며 상처가 아물기를 기다렸을 것이다. 그런 고초를 겪는 중에도 맞춤한 배필을 만나 새끼를 낳아 기른 것이었다. 수명을 그처럼 오래 지탱하는 것도 기적이었지만, 그 새끼들 중에서 튼실한 놈을 골라 지금껏 동행으로 지내고 있는 것도 기적이었다. 그런 칠칠이의 집요함에 치가 떨릴 지경이었다.

한 가지 의문은 있었다. 칠칠이에게 돌이킬 수 없는 부상을 입힌 것은 강선생이었다. 평소 단심이네와 친숙한 사이는 아니었으나 달려들어 물어뜯을 만큼의 앙숙은 아니었다. 그런데 어째서 그토록 극성스럽게 단심이네 뒤를 쫓았을까. 그것이 궁금했으나 알 길이 없었다. 그뿐만 아니라, 어째서 그토록 오랫동안 멀리서 나를 지켜보고 있었으면서 정작 내 앞으로 다가오지는 않은 것일까. 아마도 당시 치명적인 부상을 당하고 쫓겨나야 했던 자기를 찾지 않고 강선생과 단심이네와 동행했던 서운함이 앙금으로 남아 있음이 틀림없었다.

아이를 업은 채로 멍하게 서 있는 내게 장씨가 물었다

"제삼자인 내가 나서서 이래저래 떠들 일은 아니지만, 자네 먼 친척이라는 그 여자 말이야. 자네하곤 상극 아닌가?"

"상극이라니요. 그런 관계 아닙니다."

"아니긴. 개를 짐승이라고 깔보면 안 돼. 자네보고 키가 작다고 깔보면 분통 터지지 않던가? 개들도 마찬가지야. 우리하고 말이 안 통해서 그렇지 사람의 됨됨이를 더 잘 알아볼 때가 있어. 이봐, 내 말 잘 들어. 개들은 땅바닥에 턱을 붙이고 잠을 자면서도 수백 개의 사람들 발소리를 동시에 들을 수 있어. 개들은 낯선 사람을 보고 짖긴 하지만 그냥 지나가면 짖는 척하다가 그만둬. 여간해선 물려고 달려들지 않아. 그러나 불편한 관계에 있는 사람은 앞이 안 보일 정도로 짙은 안개 속에서도 대뜸 알아채지. 그 여자하곤 뭔가 맺힌 게 있는 거야. 아마 그 여자가 지난날에 개들에게 몽둥이질을 했거나 모질게 굴었던 게지. 개를 발로 차면 돌아서서 문다는 것은 간단한 원리야."

"한동안 시골역에 큰 소동이 벌어졌겠군요."

"그런데 두더지집이나 다름없는 그 좁은 방에서 아이를 돌볼 자신이 있나? 자네 혼자서도 빡빡하게 살아가는 판국에 풍파 겪게 생겼네. 뜻밖에 당하는 재앙이라더니…… 젊은 시절 잠깐 실수로 계집애까지 떠맡게 되었으니 남의 눈총인들 오죽하겠나."

"오해하지 마세요. 잠깐인걸요."

"늙은이들이란 가깝게 있는 것은 흐릿하게 보이지만, 멀리 있는 것은 꿰뚫어볼 줄 안다네. 자네가 둘러대도 난 알고 있어. 큰 고초 치르게 생겼네."

"다행히 혼자서도 잘 놀고 붙임성도 있네요."

"지금까지는 보채지 않았지만, 당장 오늘밤에 오줌 똥 마려우면 엄마를 찾아 징징거릴 텐데? 아직 정식 혼례 치른 적도 없는 처지에 아이부터 먼저 얻은 게 불행인지 다행인지 나도 짐작하기 어렵구만."

나는 웃고 말았다. 맞은편에 있는 역사에 불이 환하게 켜졌다. 밖으로 새어나온 희미한 조명이 역 앞마당을 적시고 있었다. 가출해 역사에서 노숙으로 지낼 때의 기억이 떠올랐다.

대합실은 옛날이나 지금이나 열차를 기다리는 여행자들에게 몸을 벽에 기대어 잠시 졸게 해주거나 노숙자들의 안식처가 되고 있었다. 그러나 문밖으로 새어나가는 불빛에는 쓸쓸하고 울적한 기운이 안개처럼 서려 있는 것도 예나 지금이나 변함없는 풍경이었다.

날씨가 겨울로 접어들고 매서운 삭풍이 불어가는 소리가 을씨년스러울 때, 간혹 역무원들이 나타나서 대합실을 청소하고 정리할 때가 있었다. 그때 칠칠이는 응당 밖으로 쫓겨났다. 그러나 멀리 가지 않고 대합실 바로 문밖에서 넙죽 엎드려 꼬박 뜬눈으로 밤을 지새우며 내게서 시선을 떼지 않았다. 역무원이 사라지고 난 뒤 내가 몰래 손짓해서 대합실로 들어오라는 신호를 보내도 못 본 척하고 그 자리를 지키고 있었다.

등에 업힌 아이 때문에 추운 밤공기 속에서도 온몸이 따뜻했다. 그 때문에 작은 행복감이 가슴속으로 가만히 스며들었다. 아이는 어느새 잠들어 있었다. 포대기 밖으로 기울어진 고개가 왼쪽으로 꺾였다 오른쪽으로 꺾어지기도 했지만, 작은 몸뚱이가 포대기 밖으로 떨어지는 법은 없었다.

남들이 보기에는 칠칠맞고 궁색해 보일지도 몰랐다. 그러나 행복이 별건가 싶었다. 갑자기 소낙비가 쏟아질 때, 찢어진 우산이라도 준비돼 있다면 그것이 행복일 것이고, 따뜻하게 데워진 우유 한 잔에도 행복감은 담길 수 있었다. 살갗을 베어갈 것처럼 혹독한 추위가 닥쳤을 때, 조그만 마루방에서 잠잘 수 있다면 그것도 행복일 것이다.

빈대떡 한 조각이라도 말문이 막히게 맛이 있다면 그것 역시 행복일 것이다. 닭장 같아도 밤낮으로 전기가 들어오는 조그만 방이 있다면, 홑이불깃으로 얼굴을 가리고 누워 그 입김으로 추위를 막을 수 있다면, 지금 당장 손을 뻗으면 먹을 것을 집을 수 있거나 여행하는 젊은 여자에게 풀빵 한 개를 덤으로 넣어주었을 때 그녀가 웃음을 보내준다면, 그 또한 행복일 것이다. 엉덩이를 차가운 방바닥에 붙이고 자다가 요때기라도 깔고 잘 수 있다면 그게 행복일 것이다.

역 근처를 배회하는 건달들을 두려워하지 않는 담대한 배포를 가진 것도 행복이었고, 누군가에게 조롱당하거나 업신여김을 당했을 때 가만히 서서 분노를 삭일 줄 아는 것도 크나큰 행복이었다. 따끈따끈한 화덕 위에 도시락을 얹어놓고 데워지기를 기다리는 짧은 시간도 행복이었다. 낯 모르는 계집아이가 찾아와서 느닷없이 아빠라고 불러주며 배고파할 적에도 작은 행복감을 느낄 수 있었다.

하루 일을 마치고 방으로 돌아와 아주 적은 푼돈이나마 구겨진 것을 펴가며 헤아릴 때 나는 행복했다. 술독에 빠진 장씨를 곁부축하여 그의 작은 집까지 데려다주고 돌아올 때 나는 행복감을 느꼈다. 나 스스로가 계속해서 살아가려 한다는 확인을 받을 수 있을 때도 행복했다. 말을 해보았자 아무도 귀를 기울이지 않고 외면하고 있어도 믿음을 가지고 희망을 품었을 때도 작은 행복감으로 가슴이 따뜻했다.

때로는 내가 누리는 행복감에 희미한 의구심이 들 때도 없지는 않았다. 그 행복감이 어쩌면 가짜일지도 모른다는 생각 때문이었다. 그러나 공허하다 할지라도 그 행복감을 놓치고 싶지 않았다. 그것은 내가 처음으로 맛보는 따뜻한 손길이었기 때문이다. 나뿐만 아니라 많은 사람들이 나처럼 허황되거나 속 빈 강정과 같은 행복감을 진짜로 착각하고 즐기고 있을 수 있었다.

세상을 살다보면 가짜인 것과 그렇지 않은 것을 물소와 다람쥐처럼 확연하게 구분할 수 없을 때도 있다. 내가 겪는 혼란스러운 생활에선 더욱 그럴 수 있을 것이다. 그래서 나는 공허한 것에 더 이상 의구심을 품지 않기로 했다. 희망과 절망이 종이 한 장 차이로 흘러가는 세상에선 그런 걸 따진다는 게 정녕 공허한 일인지도 몰랐다.

따지고 보면, 지금까지 내 주위에 있었던 많은 사람들은 한결같이 화난 얼굴을 하고 있었다. 군대생활 이외에 나와 만난 사람들 대다수는 오직 나보다 키가 크다는 이유 한 가지로 나를 가학적 방법으로 지배하려들었고 한껏 조롱했다. 그런 유쾌하지 못한 유산을 희숙이에게까지 물려줄 수는 없었다. 그것이 지금 당장 내 발등에 떨어진 불똥이라고 생각했다. 매일 아침 잠자리에서 일어나면 한 번도 거른 적이 없는 희숙이와의 일문일답이 이어졌다.

"희숙이는 누구 딸?"

"아빠 딸."

"아빠가 누군데?"

"박호구."

"박호구가 누군데?"

"박희숙이 아빠."

세상에 내가 태어나서 그보다 더 듣기 좋은 소리는 들어본 적이 없었다. 매일 반복해도 질리지 않는 일문일답을 주고받으며 우리 부녀는 역겨워하지 않았다. 조금도 유치하다는 생각이 들지 않았다. 그런 대화만이 내 가슴에 드리운 외로움의 그늘을 지워주는 최상의 방법이었다. 나를 행복하게 하는 일은 오직 아이가 상냥하게 웃는 얼굴로 내 질문에 꼬박꼬박 답하는 것이었다. 그럴수록 키가 작아서 겪어야 했던 세상의 우여곡절과 홀대를 아이에게까지 물려주어서는 안 된다는 결심은 굳어갔다.

틈만 나면 명성깨나 있다는 한약방을 찾았다. 한의사는 아이의 나이가 어려서 한약을 장기 복용하는 것은 무리라고 손사래를 쳤다. 그러나 나는 한의사를 할퀼 듯 덤벼들면서 설득했다. 내 채근에 견디다못한 한의사가 못 이기는 척하고 탕제를 지어주었다.

키 크는 보약이었다. 한약만이 아니었다. 아이의 키를 키울 수 있는 식품이 있다면 거리나 값의 고하를 막론하고 구입해 먹였다. 아이도 내가 구처해온 쓰디쓴 약을 앙탈은커녕 군소리 한마디 없이 넙죽넙죽 받아먹었다. 그토록 기특한 아이가 없었다.

처음 만났을 때는 귀뚜라미같이 여위었던 두 다리가 나와 같이 살면서 어느새 무처럼 살이 오르고 굼뜨던 행동에도 순발력이 붙기 시작했다. 아이에 대한 나의 극진한 양육은 확연한 성과를 거두었다. 더욱이나 키도 또래 아이들과 비교해서 월등하게 컸다. 나는 밤마다 두꺼운 양말을 신겨 잠을 재운 결과라고 믿었다.

저 아이가 정말 내 딸이 맞을까 의심이 들 정도로 키가 컸기 때문에 어떨 땐 자다가도 놀라 벌떡 일어나기도 했다. 그럴 땐 한동안 잠이 오지 않았다.

이상한 꿈을 꿀 때도 있었다. 희숙이가 성장호르몬이 과다하게 분비되어 심장이나 내장이 커지다가 나중에는 그 장기들이 터져서 죽음에 이른다는 거인병에 걸려 팔다리에 감각을 잃어가는 과정을 바라보며 안절부절못하는 나 자신을 바라보는 꿈이었다. 나는 공포심 때문에 잠꼬대로 소리를 질러댔고, 결국은 곁에서 곤하게 잠들어 있던 희숙이가 흔들어 깨우는 바람에 잠에서 깨어날 때도 있었다. 그때 등에는 진땀이 흥건하게 배어 있었다. 그게 꿈이었다는 것을 깨닫게 되는 순간에도 나는 행복감을 느끼곤 했다.

나는 삶의 매순간마다 살아 있다는 것을 느꼈고, 목표했었던 것에 도달할 수 있는 기회를 잃어버렸다 해서 좌절하지 않았다. 그 모든 것이 희숙이가 곁에 있음으로 가능했다.

광장에서 우리 부녀는 손발이 척척 맞았다. 내가 화덕에서 풀빵을 구워내면 아이는 그것을 거두어 밤새 접어 갖고 나온 종이 봉지에 담아 철판 위에 가지런하게 정돈했다. 지나가던 행인들이 웃음을 잃지 않는 아이의 상냥한 얼굴과 행복에 젖은 내 얼굴을 번갈아 바라보다가 한 봉지씩 사갔다.

행복감을 좌우하는 것은, 유흥가에 우쭐거리는 불빛처럼 휘황찬란한 인생 메달을 차고 있는 것이 아니란 생각이 들었다. 낯선 사람이라 할지라도 웃는 얼굴로 얘기하며 작은 재미를 느끼는 게 더 중요하다는 생각이 들었다. 인생의 어떤 기쁜 사건도 지속적인 행복을 선사하지는 못했다.

우리 부녀가 나눈 아침의 대화처럼 남들이 공허하거나 단작스럽다고 생각하는 그런 대화에서도 작게 빛나는 행복의 편린들이 숨어 있었다. 세상의 괄시에 상처받지 않는 것도 행복이었고, 야간열차가 기적 소리를 내뿜으며 멀어져갈 적에 슬픈 기억을 떠올리는 것도 행복감을 안겨주었다.

내 아이와의 그런 행복한 시절은 사 년이란 수월찮은 세월 동안 계속되었다. 그동안 우리는 단 한 번의 갈등이나 좌절도 겪지 않았다. 수입도 쏠쏠했고, 그 수입을 아이를 위해 쓰는 것도 행복감을 주었다. 그때까지 나와 맞은편에서 군고구마를 파는 장씨가 항상 내 인생에 조언을 아끼지 않았다. 그는 말했다.

"자네 웃고 지내는 걸 보니, 맨 처음 저 아이 만났을 때 내가 빈정거렸던 것이 후회된다네."

"아저씨도 뭐 그런 걸 가지고……"

"아니야. 자네가 매일 웃고 지내는 꼴을 보니 은근히 질투도 나지만, 사실 내가 껍데기로 살았다는 생각이 들 때가 많아."

"아저씨, 그런 말씀 마세요. 나는 아저씨를 만나지 못했으면, 이때까지 빈껍데기 인생으로 살았을 거예요. 큰 행운이었어요. 반칙을 해도 행운은 이길 수 없다, 그렇게 말씀하셨잖아요."

"그거 정말인가?"

"정말이다마다요."

"그럼 말만 하지 말고 술 한잔 사지 그러나?"

"그러다마다요. 제가 미처 살펴드리지 못했네요."

강선생이 나타난 것은 희숙이와 사 년이란 짧지 않은 세월을 같이 보내고 난 후의 봄날 오후였다. 오후의 아쉬운 잔광이 광장 동쪽 모퉁이를 고즈넉하게 적시고 있었다.

단심이네가 그랬던 것처럼 강선생도 해질 무렵 내 앞에 불쑥 얼굴을 디밀었다. 그는 내가 벌인 좌판은 거들떠보지도 않고 희숙이에게만 눈길을 주고 있었다. 국화빵 한 개를 집어 한입에 털어넣고 우물우물 씹었다. 그제서야 나는 그가 강기찬이라는 걸 알아차렸다. 철판을 뒤집는 일에만 열중해 있었기 때문이었다.

턱수염도 깎고 꽁지머리를 자르고 중절모를 쓰고 있었기 때문에 광장 앞을 지나가던 행인이겠거니 했던 나는 뱃속에서 억 소리가 나도록 놀랐다. 순간적으로 불길한 예감이 들었다. 좋지 않은 일이 벌어질 것이 분명했다. 그의 목소리는 차분하게 가라앉아 있었다.

"놀랐겠지. 그럴 것 없어. 진작 찾아오지 못해 미안했어."

"아니, 강선생님 아닙니까?"

"미쉐린 씨, 오랜만이야."

그가 손을 내밀었다. 그리고 엉거주춤하는 내 손을 잡아당겨 가볍게 흔들면서 웃었다. 그 웃는 얼굴이 왠지 두려웠다. 무슨 일이 벌어질지 불안했다. 그는 철판 위에 가지런하게 정돈된 국화빵 봉지 하나를 집어들었다. 그리고 구겨진 지폐 한 장을 철판 위로 던졌다. 그러고는 좌판 곁에 서서 자신을 빤히 쳐다보는 희숙을 턱짓으로 가리키며 물었다.

"쟤 이름이 뭐야?"

"박희숙이요."

강선생의 입가에 정체를 알 수 없는 쓴웃음이 스쳐갔다. 그때까지 희숙은 입도 뻥긋 않고 강선생을 쳐다보고 서 있었다. 그 와중에 키 큰 아이의 모습이 대견스럽다고 생각했다. 강선생의 입에서 그전에는 한 번도 들은 적이 없었던 묵직한 한마디가 조용히 흘러나왔다. 전혀 서두르는 기색이 아니었다. 그가 말했다.

"이름이 박희숙이 아닐걸."

"박희숙 맞습니다."

"내가 한번 확인해볼까?"

"해보세요. 박희숙이 아니면 내 손가락에 장을 지져요."

"장담이 쏟아지는군."

그 순간 강선생에게 밀리면 어떤 봉변을 당할지 모른다는 위기감이 가슴속을 후비고 지나갔다. 나도 이 순간 대담하게 나가지 않으면 안 된다는 생각이 들었다. 강선생에겐 단심이네와 또다른 음모가 있을지 몰랐다. 아이를 미끼로 돈을 뜯어내겠다는 심산이 분명했다. 나지막하나 묵직한 어투에서 그런 심보가 극명하게 드러나 보였다. 아니나 다를까 그는 희숙에게 손짓하여 가까이 불렀다.
"너 이름이 뭐지?"
"강애나요."
"정말?"
"강애나 맞아요. 아버지는 강기찬씨."
"얘 말하는 소리 들었지? 내가 얘보고 강애나로 부르라고 윽박지른 적 있어?"
"아니, 느닷없이 나타나서 이게 무슨 짓입니까? 제 어미가 나타나서 내 자식이라고 맡기고 간 앤데요?"
"에미가 니 자식이라고 맡기고 갔다? 너, 애엄마하고 간통했다는 얘기 아냐? 정말 그런 일이 있었냐?"
"간통이라니요. 그런 말 하지 마세요. 저는 간통의 간자가 뭔지도 모르는 하등 인생입니다."
"했단 얘기야, 안 했단 얘기야?"
"하긴 뭘 했다고 그러세요? 자꾸 우격다짐으로 그러지 마세요. 울고 싶습니다."
"그런데 얘가 네 자식이라고 우겨? 너 얼빠진 놈 아냐?"
그제서야 나는 말문이 막히고 말았다.
"얘 키 큰 것 좀 봐. 니 새끼라면 얘 키가 이렇게 클 수 있겠어? 니 씨를 받았다면 얘가 이렇게 클 수가 없어. 그런데도 얼토당토

않게 니 새끼라는 말이 나와? 너 인마, 한 번도 못 가본 교도소 구경하고 싶은 거지?"

"……"

"이제서야 제정신으로 돌아오는가보군. 그년이 형편이 쪼들려 몇 년 동안 너한테 애를 위탁했던 거야. 그렇다고 해서 니 자식이라고 우기면 쓰나? 착각도 분수 나름이지."

"아니, 이럴 수가……"

"이럴 수가는 뭐가 이럴 수가야. 어찌됐든 그동안 아이를 아무 탈 없이 튼실하게 키워주어서 고맙군."

"날벼락이네요. 그러면 나한테도 기회를 주셔야죠."

"무슨 기회?"

"애한테 이름 한번 물어보게요."

"그거 어렵지 않지."

나는 강애나라고 강변했던 희숙의 손을 덥석 잡고 흔들면서 다그쳤다.

"희숙아, 너 내 딸 맞지?"

"아뇨, 강기찬 딸인데요."

심란했다. 세상이 거꾸로 돌아가는 듯 정신이 어찔어찔했다. 복장이 터질 것 같았다. 지금까지 내가 느낀 행복감은 모두 가짜였던 것일까. 그렇다면 죽어버리고 싶었다. 머릿속이 하얗게 표백되는 느낌이었다. 등에 진땀이 흘렀다. 나는 가까스로 정신을 가다듬으며 강선생에게 말했다.

"애를 잡고 한번 더 확인해볼래요?"

"뭘 확인해?"

"얘가 정말 당신 딸인가 아닌가 확인해보란 말입니다."

"그건 어려울 거 없지."

그 순간, 강선생이 희숙의 멱살을 뒤틀어잡고 물었다.

"너 본명이 뭐지?"

강선생에게 멱살잡이를 당한 아이가 대롱대롱 매달린 채 조금도 주저하지 않고 대답했다.

"당연히 강애나야."

"틀림없어?"

"강애나 아니면 내 손가락에 장을 지져."

이번엔 강선생이 두 눈을 희번덕거리며 일갈을 퍼부었다.

"야, 이 자식아, 정신 똑바로 차리고 살아. 니가 시방 무슨 짓을 한 줄 알아? 뱁새 둥지에서 뻐꾸기 새끼를 기른 거야, 이 바보 자식아. 이제사 정신이 번쩍 들어?"

"아니, 그럴 리가 없어요. 내가 한번 물어볼까요?"

"궁상떨고 있네. 백 번이라도 물어봐라. 만약 이 아이가 박희숙이라고 대답하면 넌 단심이하고 간통한 거고 강애나라고 대답하면 강기찬의 자식이야. 알겠어?"

바로 그때였다. 강선생의 손목을 잡고 있던 아이가 빼죽거리고 있더니, 드디어 왁 하고 울음을 터뜨리며 말했다.

"나 그만 칵 죽어버릴 거야. 제발 싸우지 말어."

나는 정신을 가다듬고 강선생에게 말했다.

"나 여기 있는 거 어떻게 알았어요?"

"아무려면 내가 네놈 거처도 못 찾아낼 얼간이로 보여?"

"아이 데리고 가서 접시돌리기 시킬 거죠?"

"남이야 접시돌리기를 시키든 뺑뺑이를 돌리든 니가 무슨 상관이야. 넌 내 딸을 빼앗아다가 앵벌이로 내돌렸잖아."

"앵벌이가 뭐예요?"

"이 자식 봐, 이제 와선 시치미를 딱 잡아떼네? 꼭 껌팔이를 시켜야 앵벌이인 줄 알아?"

"입씨름 그만둡시다. 대충 얼마 드리면 되겠어요?"

그가 흰자 많은 눈을 치뜨며 물었다.

"그거 무슨 소리야?"

"얼마 드리면 돌아가시겠어요?"

"난 또 무슨 소린가 했네. 미쉐린 씨 돈푼깨나 굴리나봐?"

"많아서가 아닙니다. 날벼락 같은 얘기를 하시니까 협상하자는 것입니다."

"미쉐린 많이 똑똑해졌네? 세파에 시달린 결과겠지. 그러나 그런 얘기 하는 게 아냐. 내 아이 되찾으러 왔지 그 알량한 돈 뜯어내려고 온 게 아니라고. 니가 기르던 똥개한테 물려 병신 되긴 했지만, 예술가가 돈 몇 푼에 영혼까지 팔면 안 되지. 그러면 예술이 개판 되고 말아."

"당신네 두 사람이 서로 짜고 날 괴롭히려 드네요. 그러나 이번만은 양보가 안 됩니다. 협상도 싫다면 좋은 말 할 때 돌아가세요."

"너 날 협박하는 거야? 그년은 벌써 옛날에 나하고 헤어졌어. 앨 데리고 떠났다고."

"협박은 누가 하고 있는데요?"

그때 강선생은 또 한번 웃음을 흘렸다. 그러고는 점퍼 속주머니에서 종이 한 장을 꺼내 들고 내 코앞에서 흔들며 말했다.

"너 이거 뭔 줄 알아? 호적등본이야. 이 서류에 강기찬 딸 강애나 이름이 적혀 있나 없나 눈깔이 있거든 똑똑히 봐. 니가 허튼수작할까봐 구청 가서 떼온 서류야. 너 설마 낫 놓고 기역자도 모른다는 까막눈은 아니지?"

그 순간 나는 갈 데까지 가보자는 심산이었다. 나 자신도 놀랄 정도의 분노가 가슴 깊은 곳에서 불끈 치밀어올랐다. 나는 군대에서 얻은 지식 한 가지를 얼른 머리에 떠올렸다. 가장 효과적인 방어는 선제공격이란 말이 그것이었다. 말로 안 되면 폭력으로 대처하는 수밖에 없었다.

내가 폭력을 행사하려들면 반드시 칠칠이가 각축이 벌어진 현장에 모습을 드러낼 것이다. 내 눈에 보이지는 않지만 필경 후미진 골목 어귀나 쓰레기통 뒤에 몸을 숨기고 내 일거수일투족을 어김없이 지켜보고 있을 거라는 믿음에는 흔들림이 없었다. 지금까지 칠칠이가 보여준 전폭적인 지원이 그 믿음을 뒷받침하고 있었다.

내가 강선생에게 덤벼드는 순간 칠칠이는 침을 뚝뚝 흘리는 송곳니를 날카롭게 드러내고 달려와 강선생의 또다른 허벅지를 물어뜯어 걸레쪽으로 만들어놓을 것이었다. 아니래도 둘 사이는 옛날부터 서로 앙숙이 아닌가.

나는 다짜고짜 강신생의 멱살을 뒤틀어잡고 철판으로 잡아끌었다. 그러면서 내 시선은 광장 건너편에 있는 후미진 골목길을 힐끗힐끗 살펴보고 있었다. 내게 멱살을 잡힌 강선생은 놀란 눈치가 역력했다.

폭력을 행사하리라곤 상상조차 할 수 없었기 때문일 터였다. 그는 두려움에 압도되어 아무런 저항도 못하고 내가 잡아끄는 대로 질질 끌려왔다. 나는 내친김에 그를 넘어뜨리고 허리를 몇 차례 짓밟아버렸다. 이런 인간 말종이 이 세상에서 사람으로 대접받고 살아서는 안 된다는 생각까지 들었다. 나는 될 대로 되라는 심정이었다. 내 몸속에 배치되어 있는 온갖 폭력의 방법을 동원하여 강선생을 맹렬하게 구타하는 동안 그로부터는 놀랍게도 아무런 대응도 없었다.

그럴수록 나는 더욱 기승을 부리며 그에게 대들었다. 아마도 군대생활에서 단련된 기량 덕분인 것도 같았고, 칠칠이가 먼 데서 공격의 순간을 가늠하며 노려보고 있을 것이란 믿음 때문인 것도 같았다. 나의 공격은 그야말로 춤을 연상케 할 만큼 현란했다. 그는 코피를 줄줄 흘렸고, 눈두덩이 금방 복어 배처럼 부어올랐으며, 옷은 흙투성이가 되었다.

그가 내 공격을 고스란히 받아들이면서 일절 대항을 삼가는 것 역시 칠칠이의 공격을 예상했기 때문일 것이다. 그러나 칠칠이보다 먼저 우리 주위에 모여든 사람은 광장을 지나던 행인들이었고, 그 구경꾼들 사이를 비집고 뛰어든 장씨가 아니었다면 대판 시비는 진작 결말을 보지 못했을 것이었다. 장씨가 눈이 휘둥그레져서 싸움판으로 뛰어들며 소리쳤다.

"호구, 자네 왜 이러나. 저리 비켜나. 그러다 사람 죽이겠어."

장씨가 흙투성이가 되어 엎치락뒤치락하는 내 목덜미를 잡아챘다. 씩씩거리는 내 허리춤을 단단히 비틀어잡고 구경꾼들 밖으로 끌어냈다.

"자네 왜 그러나? 법 없이도 살 사람으로 알았는데, 손을 놓고 있는 사람을 그렇게 난도질하듯 하면 안 되지. 무슨 연유인지 까닭은 모르겠으나 말로 해서 안 될 일은 세상에 없어."

장씨는 아직도 분을 참지 못해 들숨 날숨이 거친 나를 광장 끝머리에 있는 포장마차로 이끌었다. 목로 의자에 앉힌 다음 장씨가 물었다.

"자네가 개 잡듯하던 그 사내는 누군가?"

개 잡듯하더란 말에 나는 얼른 떠오른 것이 있어 경황이 없는 중에도 물었다.

"아저씨 혹시 전에 그 여자를 뒤쫓았던 개들 못 보았습니까?"

"개들이라니? 엉뚱하게 개는 무슨 개 말인가?"

"전에 여자를 뒤쫓은 개들 말입니다."

"엉뚱한 소리 말고 정신 차리게. 개는 못 봤네."

"분명 나타났을 텐데요?"

"동네 강아지 한두 마리 싸움 구경한답시고 삐쭉거리고 서 있는 건 봤지. 자네가 경황중에 헛것을 봤나?"

장씨가 나를 진정시킬 생각으로 음료수 한 잔을 주문해서 턱밑으로 디밀었다.

"진정하게. 그 사람은 도대체 누군가?"

"말하자면 깁니다."

"긴 얘기든 짧은 얘기든 나중에 듣기로 하자고. 한잔 마시고 나가서 쑥밭이 된 좌판이나 수습하고 보세."

장씨와 내가 포장마차를 나섰을 때, 강기찬은 보이지 않았다. 그뿐만 아니라, 희숙이조차 보이지 않았다. 싸움을 구경하던 조무래기들이 강기찬은 희숙이를 데리고 방금 떠난 열차를 타버렸다고 했다. 가슴속에서 덜컹하고 억장 무너지는 소리가 들려왔다.

장씨가 달려들어 만류하지만 않았더라도 희숙이만은 놓치지 않았으리란 회한이 가슴을 쳤다. 그러나 사람 좋은 장씨를 원망할 수는 없는 노릇이었다. 닭 쫓던 개처럼 나는 이제 막 어두워오기 시작하는 광장의 어두운 하늘을 망연자실 쳐다보며 울먹였다. 모든 것이 끝장나버렸다는 생각에 눈에 보이는 것은 아무것도 없었다. 장씨와 다시 어울려 술을 마셨다. 그렇게 많은 술을 마신 것도 난생처음이었다. 그날 포장마차에서 억병으로 마시는 동안 장씨는 그렇게 말했다.

"자네, 분풀이는 속시원하게 했을지 모르겠지만, 매맞은 사람의 눈빛을 보자니 후유증이 남을 것 같군. 허우대로 보나 성깔로 보나 모든 것을 종합해볼 때 자네한테 당하고만 있을 사람이 아닐 것 같은데 어째서 소낙비 맞고 있는 두꺼비처럼 죽여주십시오 하고 엎드려서 맞고만 있었을까? 그 사람이 박이 터지도록 얻어맞으면서 혼잣말로 뭐랬는지 알아? 나 죽이려다 너 죽어."

나는 자포자기하는 심정으로 뇌까렸다.

"될 대로 되라지요."

***

문득 서울로 원정을 떠난 그녀가 궁금했다. 돌아오겠다고 약속했던 날짜를 훌쩍 넘기고 있었기 때문이다. 그렇다고 늙은이 주제에 젊은 여자의 거취에 신경을 쓴다는 것도 쑥스러웠다. 그랬던 것은 요즘 들어서 날씨가 하루가 다르게 추워지고 있었기 때문인지도 몰랐다. 혼자 방파제 끝에 앉아 팔팔했던 젊은 시절에 겪은 일들에 깊이 빠져 있는 동안 화덕에 피운 모닥불이 사위어 들면서 추위가 뼛속까지 파고들었다. 판자 몇 쪽을 사그라져가는 모닥불 위에 얹어놓았다. 등뒤에서 뭔가 바스락거리는 소리가 날 때마다, 뒤돌아보기를 여러 번 반복하는 것은 그녀가 나타나기를 기다리고 있다는 증거였다.

그동안 포구 끝머리에 있는 허름한 집들을 뒤져 월세를 놓는 집을 물색해보기도 했다. 그러나 도중에 실소하고 단념해버렸다. 괜한 짓을 하고 있다는 생각 때문이었다. 내 머릿속에 그녀를 염두에 두고 있었다는 것이 얼굴이 화끈하도록 부끄럽기도 했다. 딱 한 번 같은 방에서 밤을 지냈다 해서 나와 동거 따위를 생각할 그런 여자는 아니라는 생각이 뒤통수를 쳤기 때문이다.

포구에는 볼에 맞으면 싸늘한 비가 내리기 시작했다. 조업을 나가지 못한 어부들이 어판장 부근으로 나와 우산을 쓴 채로 쪼그리고 앉아 줄담배를 피우고 있었다.

그날 해질 무렵이었다. 낙타와 눈을 맞출 수 있을 정도로 키가 훌쩍 큰 두 젊은이가 내 앞을 가로막고 우뚝 걸음을 멈추었다. 차림새로 보아 이 포구에서 붙박이로 살고 있는 어부들이 틀림없었다. 그들은 거두절미하고 대뜸 반말로 나를 몰아세웠다.

"당신 오래전부터 여기 죽치고 앉아 떠나지 않고 있는데, 도대체 누구야?"

나는 언제나 그랬듯이 자리에서 벌떡 일어서며 말했다. 올 것이 왔다는 생각이 뒤통수를 쳤다.

"여기저기 여행 다니고 있습니다."

"여행 다니는 사람이라면 여기저기 쏘다녀야지 왜 여기서 죽치고 떠나지 않아?"

"안 그래도 곧 떠나려 합니다."

"당신 말이야. 나잇살이나 먹은 주제에 창녀하고 밤낮으로 어울려서 조용한 포구의 미풍양속을 해치고 다니는 짓을 예사로 하고 다니잖아? 그거 알고 있어?"

"몰랐는데요?"

"몰랐다니, 당신 지금 나하고 농담하자는 거야?"

"농담이라니요. 그럴 의향 추호도 없습니다."

"그 몸 판다는 여자는 어디 갔어?"

"돌아온다 하고 어디로 떠났는데 아직 돌아오지 않네요."

"정확히 어디로 갔다는 얘기야?"

"정확한 건 나도 모릅니다."

"늘 같이 붙어다니면서 어디 갔는지 모른다니 말이 돼?"

"정말 모릅니다. 나도 기다리고 있는 형편인데요."

"이런 씨발, 도무지 말발이 안 먹히네."

"욕은 왜 하시오?"

"당신이 지금 욕먹을 짓을 하고 있다는 걸 몰라서 그래?"

"미안합니다."

"미안이구 세안이구 집어치우고 이 포구에서 당장 꺼져. 마을 부인회에서 빗자루 들고 몰려나와 쓸어버리기 전에. 냉큼 떠나. 늙은이 주제에 창피한 줄도 몰라?"

"부인회에서 왜요?"

"뭔지 몰라서 자꾸 토 달고 있어? 소문 듣자니 당신 잃어버린 당나귀 찾으러 다닌다며? 그 말 맞아?"

"맞습니다."

"당나귀 찾으려면 당나귀 목장을 찾아가야지 오징어 잡는 바닷가에 와서 죽치고 앉았으면 당나귀가 나타나나?"

"일행이 곧 도착할 것입니다. 꼭 떠날 테니 하루이틀만 참아주십시오. 그동안 숨죽이고 있겠습니다."

그녀가 다시 포구로 돌아온 건 떠난 지 열흘을 훌쩍 넘긴 날 오후였다. 우선 얼굴이 핼쑥했다. 눈만 빠끔하게 보일 정도로 수척해져 있었다. 날 보고 웃긴 하였으나 그 웃음이 오히려 우울해 보였다. 불길한 예감이 들었다. 좋지 않은 일을 겪은 게 틀림없었다. 그러나 나는 어인 까닭이냐고 붙잡고 채근하지 않았다. 목로주점에 앉아 쓸쓸하게 웃는 걸 보면 스스로 사연을 털어놓을 것이었기 때문이다. 서울 길 열흘이 그녀에겐 잘못된 여행이었다. 그런데 마음과는 달리 사뭇 시무룩한 표정만 짓고 있는 그녀에게 참지 못하고 물었다.

"왜 그래? 뭐가 잘못되어서 그렇게 시무룩하나?"

그녀는 먼바다가 바라다보이는 창밖에 한동안 시선을 고정하고 있다가 나직하게 말했다.

"나 그 녀석한테 호되게 당했어요."

"당하다니?"

그녀는 소주잔을 들어 목구멍 속으로 술을 툭 털어넣었다. 원래는 한 모금 한 모금씩 반추하듯 마시는 것이 그녀의 음주 습관이었다.

"그 자식 여기 낚시하러 온 게 아니었어요. 제 눈에 만만하게 보이는 여자를 골라 헌팅하러 온 저질 중의 저질이었어요."

"헌팅이 뭔데?"

"모르면 모르는 대로 그냥 들어보세요…… 서울 가서 전화했더니 그 자식, 엉덩이에 스프링 장착한 놈처럼 탁 튀어나오더라고요. 외제차를 몰고요. 난 속으로 한몫 잡았다고 쾌재를 불렀지 뭐예요. 한몫뿐만 아니라, 이 녀석 잡으면 큰돈이 될지도 모른다는 기대가 만발했지 뭐예요. 돈 많은 놈이라고 뻐기곤 했으니까요. 애당초 그런 맘부터 먹었으니 당해도 싸지요. 누굴 원망하겠어요. 옛날 내 남편도 못 데려간 곳으로 정말 날 데리고 갔어요."

"그게 어딘데?"

"불란서 식당. 제가 언제 빨간 구두 신고 가고 싶었다던 그런 식당이었어요. 그림 같았죠. 공교롭게도 내가 눈감고 그리던 분위기 좋고 조용하고 아늑하고 머릿결이 희끗희끗한 웨이트리스가 소리 없이 다가와 우아하게 서빙해주는 그런 식당이었어요. 그림 같았어요. 와인을 마셨지 뭐예요. 황홀했어요. 정말 기분 짱이었어요. 그때 어떤 생각이 들었는지 아세요? 역시 나는 사람 보는 안목이 특별한 여자라는 자긍심 있잖아요, 그런 기분이 들더라고요. 나는 내 직업조차 홀라당 까먹고 웃고 떠들었어요. 우린 금방 친해졌어요. 그 자식도 아주 만족하더라고요. 그리고 그 이튿날부터 우린 동행으로 지냈어요. 뭘로 시간을 보냈는지 아세요? 그 자식 알고 보니까 사진작가로 자처하는 예술가였어요. 왜 계집애들은 예술가라면 빽 죽잖아요. 그 자식 그런 걸 노릴 줄 알더라고요. 틈만 나면 자기는 예술가라는 거예요. 나도 그런가보다 했어요. 제 입으로 예술가라고 떠드는데 어쩌겠어요. 예술가하고 동행하고 있다는 자긍심까지 생기데요. 그래서 하자는 대로 사진을 수백 장 찍었어요. 나체 사진 말이에요. 그 자식 나를 완전히 점령해버렸지 뭐예요. 왜 그렇게 열심히 찍는지 물어보지도 않았다니까요."

"저런, 그런 일까지 있었는데 가짜라는 걸 눈치채지 못하다니…… 똑똑한 척은 혼자 하면서……"

"그놈의 불란서 식당이 뭔지. 내가 불란서 식당에 눈이 뒤집힌 거예요. 여자가 제아무리 똑똑하다고 떠들어대도 제 꾀에 제가 홀라당 넘어간다잖아요. 그게 여자예요. 세상에 똑똑한 여자가 어디 있겠어요. 혼자 있다는 두려움 때문에 가치 없는 남자에게 매달리지 말자고 스스로 다독이며 챙겨왔는데도 이런 실수를 저지르네요. 젊은 남자란 선물 포장지처럼 겉모습만 그럴싸하다는 걸 잘 알고 있으면서도 저지른 실수예요."

"그리고 돌아왔구먼."

"아니에요. 그건 약과예요. 어느 날 깨어나서 보니까 그 자식 어디로 사라지고 없었어요. 흔적조차 남기지 않았어요. 이리저리 행선지를 찾아보는 동안에도 내가 당하고 말았다는 사실을 눈치채지 못했어요. 나중에야 아차 싶어 더듬어보았더니 지갑이 없어졌지 뭐예요. 그 지갑에 현금하고 수표가 들어 있었잖아요. 제 전 재산이었죠. 더욱더 날 놀라게 한 게 있어요. 그 자식 날 건드리지 않았어요. 이 멍청한 년은 그것도 모르고 있었어요. 나를 아끼기 때문에 아직은 잠자리를 하지 않는대요. 날 보고 지금은 몸만 보여달래요. 약간 이상하긴 했지만 그대로 했어요. 워낙 신사처럼 굴었으니까요. 순진한 나는 그 말을 철석같이 믿었지 뭐예요. 그 자식 내가 몸 파는 여자라는 걸 진작부터 알고 있었던 거지요. 선뜻 잠자리를 같이하기에는 성병을 의심했을 수도 있고, 그래서 더럽다고 생각했겠죠."

"그런데 서울서 여기까지는 어떻게 굴러왔나?"

"차 타고 왔어요."

"지갑을 도둑맞았다며?"

"알고 지내던 애들을 찾아갔죠."

"하늘이 무너져도 솟아날 구멍이 있다더니."

"그런데 당장 어떡하죠?"

"다 잊어버려. 그게 무슨 소용이야. 내 주머니에 많진 않지만, 아껴 쓰면 둘이서 한 달은 굶지 않고 그럭저럭 버틸 만한 돈이 있으니까. 고난을 겪다보면 고난보다 방법이 훨씬 더 많다는 걸 깨닫게 돼."

"벌충을 어떻게 하지요? 그 자식 이름도 모르는데……"

"차라리 몰랐던 게 편했어. 이름 알았더라도 분명 가명이었겠지. 그 가명을 손에 들고 동분서주했더라면 소득은 없고 사람만 다칠 따름이야."

"나 같은 바보가 어디 있겠어요. 발등이라도 찍고 싶어요."

"그렇게 눈썰미가 없었나. 똑똑한 척은 혼자 다 하더니만."

"맞아요. 무엇보다 그게 억울해요."

"잊어버려. 난 지옥은 안 믿어도 운명은 믿으니까."

"그렇지 않아도 신고할까 고민도 해보았어요. 그런데 떠돌이 매춘부가 지갑 도둑맞았다는 말을 누가 믿겠어요. 그놈을 잡는다 해도 내가 매춘부라는 걸 알게 되면 경찰이 누구 편을 들겠어요? 공연히 명예롭지 못한 내 신분만 노출되고 말 테지요. 그 자식 꿩 먹고 알 먹게 됐어요. 찍은 사진까지 팔아먹겠지요. 접대부들 선전용으로 전단지를 찍어서 뿌리든지……"

그녀가 울기 시작했다. 나는 떨리는 그녀의 어깨에 손을 얹고 가볍게 흔들었다.

"그러지 말아. 그러면 내가 아파. 적은 돈은 아니었어도 그깟 돈 있어도 그만 없어도 그만. 그 돈이 마음적으로는 떠돌이 생활에 어느 정도 위안을 줄 수 있었겠지만, 박순희의 구멍 뚫린 인생 전부는 아니었잖아. 잊어버려요. 울음 그치고 심호흡 한 번 해봐. 하찮게 생각하는 심호흡 한 번으로 많은 게 달라지니까."

"정말 막막해서 죽고 싶어요. 세상 재미없죠?"

"천만에. 말했다시피 나는 철부지 시절부터 객지를 떠돌며 살았지만, 눈앞이 캄캄했던 적은 한 번도 없었어. 계속해서 살아가려고 마음먹을 때가 가장 행복한 때야. 호들갑 떨지 않으면 행복할 구석은 너무 많은 세상이야. 재미난 것만 찾지 않으면 돼. 세상이 뒤집어질 만큼 재미난 것만 찾으려니까 소소한 재미는 눈에 띄지 않는 법이지. 세상이 뒤집어지지 않으니까 재미는 온데간데없고 폭탄주로 창자만 골병들지. 이런 생활도 길들면 불편할 게 하나 없어. 지붕에서 떨어지면 다시 올라가면 되잖아. 원숭이를 길들이려면 닭을 주어야 하듯 말야."

"참 무던한 아저씨네요. 늑대의 힘은 무리를 짓는 데 있고, 악어의 힘은 인내심에 있다잖아요. 아저씨의 힘은 무던한 데서 나오나봐요. 궁하면 무료급식소 같은 데 출입하면 되겠지요?"

"그런 데 가기 싫었어. 내 작은 몸뚱이나마 움직이지 않고 공밥을 먹는다는 게 내키지 않았기 때문이지. 전에도 얘기했듯이 운세가 닿아 한때는 직업을 얻어 내 형편에선 호의호식하면서 지냈어. 칠칠이를 찾아야겠다는 일념 하나 때문에 그만뒀지만 말이야."

"치킨파이처럼 속이 따뜻한 아저씨가 돈까지 모으셨네요?"

"돈 몇 푼 있으면 뭘 해. 떠날 수도 없고 머물 수도 없는 무의미한 인생이 돼버렸는데."

***

역 광장 부근에 있는 월세방에 형사들이 찾아온 건 강선생과 대판 시비가 벌어진 날로부터 일주일 뒤의 일이었다. 날 찾아온 그들은 다짜고짜 수갑부터 덜컥 채우고 나서 물었다.

"당신 박호구 맞아?"

"예."

"당신 일주일 전에 역 광장에서 자기 아이 찾으러 온 사람 폭행한 일이 있지?"

"예."

"그 사람이 폭행죄로 당신 고소했어. 폭행죄뿐만이 아냐. 죄목이 대여섯 가지나 된다고."

다시 말문이 막혔다. 후유증이 남을 것이라 했던 장씨의 말이 뒤통수를 쳤다. 그들이 이끄는 대로 나는 순순히 경찰서로 연행

되었다. 가슴이 답답했다. 나를 도와줄 사람의 얼굴을 떠올려보았다. 그러나 아무도 없었다. 오만 가지 생각이 주마등처럼 스쳐갔으나 도움을 청할 사람은 장씨뿐이었다. 나는 형사들에게 잠깐 말미를 내달라고 양해를 구하고 며칠 전부터 앓아누워 지내는 장씨를 찾아갔다. 그는 며칠 보지 못한 사이에 무척 수척해 있었다. 도와달라는 말이 차마 입에서 떨어지지 않았다. 그러나 대강의 사정이나 경위나마 알고 있는 사람은 이 세상에서 장씨 한 사람뿐이었다. 장씨는 무척 놀랐다.

"자네 이게 웬일이야?"

"아저씨, 그 사람이 날 폭행죄로 고소했답니다."

장씨는 흐릿한 시선으로 수갑 찬 나와 형사들을 번갈아 바라보다가 가까스로 입을 열었다.

"자네, 감옥 가게 생겼네."

"그럴 것 같습니다. 아저씨 도움이 필요합니다."

"나도 경험해봤지만, 자네 고생하게 생겼네. 감옥은 군대생활하고는 생판 다르다네. 좌판 정리는 걱정 말게. 내가 잘 처리해서 뒤끝이 남지 않도록 주선해줌세. 허…… 이걸 어쩌나."

"재판 도중에 혹시 아저씨를 증인으로 부를지도 모릅니다."

"내가 뭘 아는 게 있어야지……"

칠칠이가 생각났지만, 지금은 나타날 차례가 아니라는 생각이 들었다. 나를 연행하는 형사들은 무기를 소지하고 있었기 때문이다. 문득 강선생과 시비가 벌어졌을 때, 칠칠이가 왜 모습을 드러내지 않았는지 궁금했다. 쓰레기통을 뒤지다가 농약 묻은 음식을 잘못 삼켜 죽은 것이나 아닐까. 아니면 강선생이 막다른 골목 안으로 유인해서 몽둥이찜질로 죽여버린 것은 아닐까. 나는 이런저런 생각으로 머릿속이 어지러웠다. 재판정에 나갔을 때, 비로소 그가 내게 씌운 죄목이 결코 가볍지 않다는 것을 깨달았다.

사는 곳이 일정하지 않은 피고인은 천벌을 받아 마땅한 약취유괴사略取誘拐者다. 미천한 아동을 납치해서 사 년 동안이나 어둡고 습기 찬 골방에 감금한 채로 지속적으로 성폭행을 했을 뿐더러 아동으로 하여금 마약을 먹여 변성명하도록 유도하고 앵벌이로 만들어 광장으로 내몰아 돈벌이를 시켜 노동까지 착취한 전무후무한 악질 범죄자다. 범행이 매우 계획적이고 주도면밀해서 피해를 당하고도 저항할 방법조차 모르는 불과 다섯 살도 안 된 미성년 아동을 매우 위험하고 가학적이며 변태적인 방법으로 철저하게 유린했다. 자신이 어떤 피해를 당하고 있는지 정상적인 사고조차 불가능한 아동을 사 년 동안이나 유린한 이런 유형의 범죄는 일찍이 그 사례조차 흔하지 않은 가학적이고 추잡한 범죄행위다. 뿐만 아니라, 친부모가 드디어 납치당한 아동의 거처를 찾아내 구출하려 하였으나 피고인은 거액을 제시해 아동을 계속 납치 유린하려 시도하였고, 이를 거절한 친부모의 정상적인 구출 노력에 살인도 가능한 무기로 폭력을 행사해 전치 칠 주의 상해까지 입혔다. 그럼에도 불구하고 재판 과정에서 전혀 후회나 반성의 여지조차 보이지 않았다. 이런 반사회적이며 악질적인 범죄자는 선량한 사회로부터 장기간 격리해야 마땅하다. 더불어 피고인은 자신의 선천적인 신체적 후진성이 세상에 대한 복수심으로 발전하여 반사회적인 앙심을 품게 되었으며, 그 복수심이 미성년자를 학대함으로써 보상받으려는 심리까지 맹렬하게 작동하여 연속적인 악행을 저지를 위험성도 다분하다는 이유를 들어 십육년 동안 장기 복역토록 추상 같은 언도를 내린 것이다.

법정에 나온, 내 삶과는 아무런 관계도 맺지 않았던 증인들의 증언도 내게는 일관되게 불리한 것뿐이었다. 나는 죄질이 최악에 이를 만치 악인으로 낙인찍히고 말았다. 게다가 아이의 이름까지 고쳐 불러 일생 동안 죄를 숨기려 했다는 결론에 이르렀다. 나는 그 와중에 장씨에게 실낱같은 희망을 걸고 있었다. 장씨만이 내게 유리한 증언을 해줄 수 있었기 때문이다. 그러나 장씨는 법정에 모습을 드러내지 않았다.

사고무친한 처지에 병이 깊어 쾌차하기 어렵게 되었다는 것은 알고 있었으나, 병원으로 실려 갔는지 아니면 차가운 월세방에서 곧바로 저승길에 들었는지 확인할 길이 없었다.

한때는 말 못하는 칠칠이를 불러 증언대에 올려놓았으면 하는 가당찮은 생각도 했다. 그러나 곧장 실소하고 말았다. 그런 세상이 올 리가 없었기 때문이다. 모든 죄를 고스란히 뒤집어쓴 채 곧장 교도소로 직행하고 말았다.

국선변호인은 있으나마나였다. 그는 오히려 나를 귀찮게만 할 뿐이었다. 걸핏하면 면회 와서 이것저것 쓸데없는 것만 물었다. 부모가 살아 있느냐, 고향에 일가친척이 있느냐 없느냐, 교도소에 가면 영치금을 넣어줄 사람이 있느냐, 무고죄로 고소할 수 있는 방법은 찾아보았느냐. 나하고는 아무런 관계가 없는 것들만 골라서 질문을 던졌으므로 나중에는 면회를 신청해도 나가지 않았다.

***

그녀가 물었다.

"그 아이를 아저씨에게 맡기고 떠날 때는 무슨 심사였고 다시 데려갈 때는 또 무슨 심사였을까요?"

"처음에는 나도 이게 무슨 농간인가 했지. 곰곰이 생각해보았어. 그런데 나중에야 그 속깊은 내막을 알게 되었어. 강선생에게 시시콜콜 어깃장을 늘어놓다가 내쫓겨서 헤어지게 된 여자가 스스로 살아나갈 길이 막막했을 터이고, 엎친 데 덮친 꼴로 아이가 너무 허약해서 어미와 딸이 길거리에서 비명횡사할 것 같으니까 내게 바가지를 씌웠던 게지. 아니면 객지생활 하는데 아이가 걸리적거려서 도저히 데리고 다닐 처지가 못 되었겠지…… 빚에 쪼들려 눈알이라도 빼 팔아야 할 지경이라고 하소연하더군……"

"나중에는 강선생이 아이를 찾으러 왔잖아요."

"내가 아이의 양육을 책임지고 사 년이 지나면서 아이는 몰라보게 건강해졌어. 말씨도 또렷해지고 거미 다리 같았던 다리도 무다리처럼 건강해졌으니까. 그때부터는 내가 지난날에 강선생에게 받은 곡예 훈련을 시켜도 무난하게 소화할 것 같았고, 그리고 강선생이란 사람이 노리던 곡예사의 꿈을 이룰 수 있다고 생각했겠지. 집념 하나는 남 줄 게 없는 사람이니까."

"교도소는 형기를 다 마치고 출소했나요?"

"어떻게 했을 것 같아?"

"아저씨 같은 경우는 형기를 꽉 채우고 출소했을 것 같아요."

"나를 꿰뚫어보고 있군."

"모범수였다면 가석방도 가능했을 텐데요?"

"그만 것을 해서 뭐해. 바깥생활 미련 싹 버리고 감방생활에 길들면 군대생활할 때처럼 별 불편이 없었어. 알고 보면 거기도 사람 사는 세상이야. 세상 구경하기 딱 좋은 곳이야. 내가 그랬잖아. 난 지옥은 안 믿어도 운명은 믿는다고. 운명이 시키는 대로 살다보면 바보처럼 보이긴 하겠지만 세월은 물처럼 거침없이 흘러가기 마련이야. 나같이 하찮은 인생이라고 흔적이 남지 않는 것은 아니겠지. 인생이 뭔지 알아? 걸어다니는 그림자야. 해 떨어지면 사라지는 것이지."

"그런 말 듣기 싫어요. 하지만 아저씨 인생이 어떤 건지 이해는

가네요."

"이해됐다면 그런 다행이 없겠네. 마침 내가 당한 온갖 수모를 달갑게 들어줄 사람이 곁에 있다는 게 행복하군."

"우리 가서 한잔해요."

"마침 한잔하고 버스를 얻어 탈 돈은 주머니에 남아 있군."

"왜 여기를 떠나게요?"

"아니야? 떠나자고 했었잖아."

"당나귀 찾으러요?"

"그걸 잊었나?"

"잊다니요? 서울 가서 그 자식한테 당하고 아저씨를 만나러 여기까지 다시 찾아올 용기를 얻게 된 것도 바로 그 당나귀를 찾아가야겠다는 일념 때문이었어요. 해 떨어지면 그림자도 사라지겠지만, 이튿날 해 뜨면 그림자는 다시 태어나잖아요."

"아가씨는 참 예쁜 여자야."

"고맙네요. 어릴 적에나 들었던 예쁘다는 소리도 듣고…… 아저씨도 늙어 보이지 않아요."

"나는 늙어가는 것을 사람들 앞에서 불평한 적 없어. 가엾어 보이는 게 싫어서 그래. 내가 정말 늙었어 하고 우거지상을 디밀고 넋두리를 늘어놓으면, 처음 몇 번은 괜한 소릴 한다고 들어주는 척하다가 나중에는 친숙했던 사이라도 나를 멀리하게 되지."

"우리 더 늙기 전에 당나귀 찾을 수 있겠지요?"

“의심의 여지가 없어. 우리 살고 있는 세상 험한 곳이지만, 의심받을 곳은 아니라오. 아니래도 이 포구도 떠날 때가 되었다고 바다를 바라보며 혼자 중얼거리며 앉아 있었어. 저 파도를 봐. 어디든 떠나라고 자꾸만 우릴 떠밀고 있잖아.”

“여길 떠나도 그리고 당나귀를 찾아도 우리 함께해요. 나는 아저씨 따뜻한 손을 잡고 잠들 수 있다면 그걸 최상의 행복으로 생각할게요. 손이면 됐어요. 더 바란다면 과분한 일이지요. 아저씨도 말했잖아요. 분수 모르는 과욕이 재앙을 부른다고. 나는 아저씨 따뜻한 손만 잡아도 황홀감을 맛볼 수 있어요. 그 이상의 복잡한 세상과 만나고 싶지 않네요. 잠잘 때 외에는 한 번도 뒤로 넘어진 일이 없었던 아저씨와 동행이라면 내겐 크나큰 축복이에요. 나한테는 오래 걸어도 지칠 줄 모르는 다리가 있고, 아저씨에게는 남들은 볼 수 없는 것도 볼 수 있는 눈이 있잖아요.”

우리 두 사람은 우선 선술집으로 향했다. 그때까지 줄곧 바라보아도 싫증나지 않았던 바다가 다시 앞쪽 멀리로 펼쳐져 있었다. 그 포구를 배회하며 지낸 게 얼마인지 그건 굳이 헤아려보지 않았다.

# 작가의 말

방법은 고난보다 많다. 척박한 바위산 기슭에 십 년 동안 하루에 몇 그루씩 나무를 심고 있는 중국 농촌의 한 농부가 한 말이다. 그는 사고로 두 팔을 잃은 심각한 장애인이었다.

2017년 4월

김주영

문학동네 장편소설
뜻밖의 생


1판 1쇄 2017년 4월 30일
1판 6쇄 2019년 10월 11일

지은이 김주영
펴낸이 염현숙
책임편집 김영수 | 편집 김봉곤 강윤정
디자인 김현우 유현아 | 마케팅 정민호 박보람 나해진 최원석 우상욱
홍보 김희숙 김상만 오혜림 지문희 우상희
제작 강신은 김동욱 임현식 | 제작처 영신사

펴낸곳 (주)문학동네
출판등록 1993년 10월 22일 제406-2003-000045호
주소 10881 경기도 파주시 회동길 210
전자우편 editor@munhak.com | 대표전화 031) 955-8888 | 팩스 031) 955-8855
문의전화 031) 955-3576(마케팅) 031) 955-2679(편집)
문학동네카페 http://cafe.naver.com/mhdn | 트위터 @munhakdongne
북클럽문학동네 http://bookclubmunhak.com

ISBN 978-89-546-4528-7 03810

* 이 도서의 국립중앙도서관 출판예정도서목록(CIP)은 서지정보유통지원시스템 홈페이지(http://seoji.nl.go.kr)와 국가자료공동목록시스템(http://www.nl.go.kr/kolisnet)에서 이용하실 수 있습니다.(CIP 제어번호: CIP2017009015)

www.munhak.com